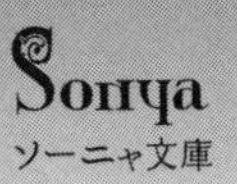

人は獣の恋を知る

栖野すばる

イースト・プレス

contents

プロローグ

本当はバルコニーから身を投げるつもりだった。

『母国の女王陛下には、リーラは死んだとお伝えください』

そう書きおいて、部屋を飛び出したのは夕刻のこと。

しかし、ほんの僅（わず）かに躊躇（ためら）った。そのせいで、小柄なリーラは高い手すりを乗り越える直前で捕まってしまったのだ。

そして今は、『命を絶とうとした罰』を受けている……。

泣きじゃくるリーラの真っ白な脚を、美しい男が開かせる。彼も衣服はまとっていない。これからリーラを抱くつもりだからだ。

彼の名は、アンドレアス。このオルストレムの国王で、リーラの仮初（かりそ）めの夫だ。

──私は王妃様じゃない……ただの身代わりで……。

アンドレアスの端正な面には表情がない。人は本当に怒ると表情を失うらしい。

自死を選ぼうとしたリーラに対する強い怒りがびりびりと伝わってくる。

「本当はお前を縛りたくなどないんだが、危ない真似をした仕置きだ。リーラ、僕を嘆（なげ）かせて何が楽しい？」

リーラは歯を食いしばる。

手すりに手を掛けた瞬間に、アンドレアスのことを思い出すのではなかった。

彼を置いて一人で死ぬことを思ったら、動けなくなってしまったのだ。

身体中を震わせながら、リーラは必死に謝罪の言葉を重ねる。

「も……もう飛び降りたりしませんから……だから……私を抱かないでください……」

一糸まとわぬ姿でリーラは懇願した。手首はリーラが身につけていたサッシュベルトで戒められている。脚を開かされ、抗うこともできない体位を取らされて、リーラはもう一度アンドレアスに言った。

「わ、私を抱かないでください……私などに王妃様なんて務まりません……お願いですから本物の……あ……」

剝き出しの乳房にアンドレアスの唇が触れる。

リーラの敏感な身体が、アンドレアスの強い情欲を受け止め、熱く火照り出した。

「嫌……」

乳嘴を舌で巧みに転がされ、恐怖と快楽がない交ぜになった涙があふれ出す。

「嫌、おやめください、嫌です……っ……」

どんなに拒んでも、愛おしい男の唇は離れなかった。

気づけばアンドレアスの身体がリーラの両脚の間に割り込んでいる。大きな手で腰と、手首で縛られた腕を押さえられて、押しのけることもできない。

「ア、アンドレアス……様……嫌、嫌です……！」

どれほど拒んでも、触れる手や乳房を弄ぶ唇は止まらない。

乳嘴から唇が離れると共に、艶やかな声がリーラの耳元で聞こえる。

「身体は嫌だとは言っていないようだが」

長い指が、濡れ始めたリーラの花心に触れた。

軽い愛撫だけであふれ出した蜜と、昨夜気を失うまで注がれたものの残滓が、アンドレアスの指を汚すのが分かる。

「こんなに濡らして、可愛い身体だ。今すぐにでもお前を抱けそうだな」

覆い被さってくるアンドレアスに、リーラは抗った。

「お願い、もうやめてください……もし御子様ができてしまっ……ああ……」

アンドレアスの指を受け入れた秘部がぎゅっと締まり、もっと欲しいとばかりにだらしなく弛緩する。

「それでいい、世継ぎをもうけるのも僕たちの大切な仕事だ」

耳元に熱い息が掛かる。秘部に触れた指が泥濘に沈んでいき、リーラは嬌声を堪えて唇を噛む。

慈しむように肩口に頭を抱え込まれ、耳朶に口づけされて、リーラの目からますます涙が流れた。

アンドレアスは間違いなく『偽妃』のリーラを愛している。『本物の王妃』のことなどこれっぽっちも愛する気はないし、飛び降りようとしたリーラのことを本気で怒っている、そのことがはっきりと分かった。

人よりも勘が鋭い自分の特異さを呪わしく思う。

「い、嫌です……指、指を、お抜き……くださ……」

どんなに堪えようとしても息が乱れ、言葉がまともに紡げない。

「本物は……私じゃな……んッ……」

逆らい続けるリーラを咎めるように、アンドレアスの指が濡れてうねる蜜窟を行き来する。中指と人差し指で淫路を暴きながら、つんと尖った花芽を親指で軽く押す。

「あぁ……っ……」

もう、やめて、という言葉さえ出なかった。

蜜裂からますます熱い雫が溢れ、濡れた襞が強く収縮した。目の前がクラクラするほどの快感が身体中を熱く燃え立たせる。

リーラは与えられる快感から逃れようと虚しく敷布を蹴った。

「指……抜い……っ……ん」

「静かにしていろ。お前は僕に抱かれるのが嫌なのだろう。それならば罰として、一番嫌なことをたっぷりしてやる」

アンドレアスの唇に唇を封じられ、ぐちゅぐちゅとことさらに音を立てて中をかき回され、リーラはしなやかな身体の下でもがいた。

どれほど抗おうとも、アンドレアスの身体はリーラから離れない。むしろ、リーラの身体がアンドレアスの引き締まった身体に吸い付いていくかのようだ。

——ああ、いくらお慕いしていても……駄目……なのに……。

アンドレアスの執拗（しつよう）な愛撫を受け止めながら、リーラはひたすら涙を流す。

「んっ……ん……！」

気づけば指が抜かれ、肉杭の切っ先が弱々しく口を開けた陰唇に押しつけられていた。

リーラの身体がひときわ熱くなる。

——受け入れては駄目……。

頭では抗おうとするのに、強引に大きく開かされた脚にはもう力が入らない。

「僕が嫌いか」

「あ……き、嫌い……です……」

ぼろぼろと涙を零しながらリーラは嘘をついた。胸が苦しい。心が焼けるようにじりじりと痛む。

「そうか、好きか……少しだけ安心した」

リーラの歪んだ泣き顔を見て、アンドレアスが笑った。透き通るような青い目には、リーラのぐしゃぐしゃに濡れた惨（みじ）めな顔が映っている。

「僕もお前を愛している」

再び口づけられ、リーラは薄く唇を開けた。

アンドレアスの身体に慣らされ始めた蜜路が、ゆっくりと押し入ってくる雄を歓喜と共に受け入れる。

――ああ……だめ……気持ち……いい……。

繋がり合うだけで、甘く蕩(とろ)けるような快感とアンドレアスへの情愛が身体中を満たしていく。このまま取り返しが付かなくなるまで愛されてしまえと、心の中の悪者のリーラが囁(ささや)きかけてくる。

「ん、あ……っ……」

身に余る大きな肉杭に貫かれ、リーラの唇から甘い嬌声が漏れた。粘着質(ねんちゃく)な音を立てて行き来するそれを絞り上げ、味わいながら、リーラは息を弾ませた。

「は……あぁ……あ、ん……っ……」

「二度と……バルコニーから飛び降りようとするなよ。明日からお前の見張りを倍に増やす。大事な『王妃』が怪我でもしたら大変だからな」

接合部をぐりぐりと押しつけながらアンドレアスが言う。彼の滑らかな肌には玉の汗が浮いていた。

「い、いや……違……私、王妃様じゃ……あぁ……」

繋がり合った場所から、次から次にだらしなく淫蜜が溢れてくる。

どれほど口で抗っても、身体は容易にアンドレアスに屈服し、はしたなく涎(よだれ)を垂(た)らし続けるのだ。

「あ、あんっ、あっ」

身体が揺さぶられるほどに突き上げられて、リーラは不自由な姿勢でただひたすらに喘いだ。甘く蕩けた声なんて上げるつもりはないのに、止められない。

アンドレアスと愛し合う喜びで、肌がぬめるような光を帯びていく。

──私もアンドレアス様が好きです。好きだから、もう解放してください……。

リーラはぎゅっと目を瞑る。

ここで舌を噛めば終わりにできるかもしれない。リーラは震える歯を舌先にあてがう。けれど噛み切ることはできなかった。

──できない……アンドレアス様……ああ……。

命を絶つ勇気も無いまま、リーラは抽送に身を任せ続けた。中を穿つものが硬さを増し、リーラの身体をきつく満たしているのが分かる。

リーラは息を弾ませ、必死に懇願した。

「駄目です、外に出し……あぁっ……」

リーラの願いを拒むように、アンドレアスの手がリーラの腰を強く掴む。

「ん……あ……いやぁ……っ……」

逃れようと脚をばたつかせても、びくともしない。

「僕の妃はお前だ。未来のオルストレム王の母も、お前だ」

アンドレアスが欲情にかすれた声で言った。

また中に出されてしまう。この身体の下で達してしまう。

「あ、あぁっ、い……っ……」

迫り来る絶頂感に逆らえず、リーラは泣きながらぎこちなく腰を揺らす。下腹部がひくひくと波打ち、限界を伝えてきた。

「リーラ、オルストレムの王妃はお前だ、諦めろ」

「ひ……う……」

命令と共に、リーラの中が痙攣するほど強く引き絞られる。

目もくらむほどの快感に溺れる間もなく、お腹の中に残酷な熱が迸った。リーラは歯を食いしばり、白い蹂躙者をただ受け入れる。

手首を戒めているサッシュベルトが外された。

リーラは自由になった腕で、そっとアンドレアスの濡れた背中を抱きしめる。

「ああ……可愛い奴。こんなに可愛いのはお前だけだ」

とびきり優しい声でアンドレアスが言い、リーラの身体を力強く引き寄せた。

アンドレアスに寄り添うリーラの目から、熱い涙が噴き出す。

「お願い……カンドキアに帰らせてください……」

リーラの懇願にアンドレアスは応えない。

身体に回る腕の力がますます強くなった。さながら『駄目だ』とでも言うように。

早くここを去らなければ大変なことになる。

分かっているのに、この王宮から逃げられない。

アンドレアスを裏切って死ぬ勇気もない。

身体を繋げ合ったままリーラは啜り泣いた。

リーラには、アンドレアスを突き飛ばすことも、ひっかくことも、頬を叩くこともできない。

大切な人を傷つけるなんてできるはずがない。

口で『嫌い』と嘘をつくのがリーラの精一杯だ。

それすらも胸を抉られて辛くてたまらないのに……。

発作的にバルコニーから飛び降りて、この日々を終わりにしようと思った。

死にたかったのか、と問われても分からない。

ただ解放されたかっただけなのだ。助けを求める先もない世界から。『バルコニーから落ちたら死んでしまう』ことをリーラはよく知っているから。

――子供ができる前に、逃げるか、死ぬか……。

本来ならば、リーラは一刻も早くオルストレムを出て、母国カンドキアに戻らねばならないのだ。

幸せな時間など過ごしてはいけない。

常に不幸でなければ許されない身の上だ。

それなのに、歯車が狂った。

皆がリーラを『妃殿下』と呼ぶ。

リーラのことを、完璧な王が溺愛する若く幸せな王妃として扱う。

圧倒的な『嘘』に押し包まれて『違います』と声を上げることもできない。

——早く『私は戻る』と女王陛下に知らせなければ。そうでないと、ああ……助けて、助けて、助けて……！

アンドレアスと繋がり合ったまま抱きしめられて、リーラは涙を流し続けた。

脳裏に、呪いに満ちた低い女の声が蘇る。

『誰も助けられないお前は、地獄行きですね』

第一章　身代わりの花嫁

リーラは長年、離宮の片隅で、頭に袋を被されて暮らしていた。

外して良いと言われたのは、馬車に乗せられたあと。

半月の旅の間でようやく顔を晒して人と会話をするのに慣れてきたところだ。

――ここが……オルストレムの王宮……。

リーラが連れてこられたのは、大陸でも指折りの歴史を誇る、オルストレム王国の王宮だった。

――どうしよう、どうしよう……天国みたいな場所に来てしまったわ……。

貴賓用の応接室に通されたリーラは、呆然としながら絹の絨毯を見つめていた。

ここに来る途中に見た黄金の燭台も、廊下の細やかな寄木細工も、天井に書かれた金泥の絵も、樫の両開きの扉も、何もかもが豪奢で煌びやかで、夢を見ているようだ。

自分がこんな場所に足を踏み入れる日がくるなんて、思ってもみなかった。

頭を下げたままのリーラの視界に、まっすぐな銀の髪が入る。

久しぶりに念入りに手入れをされた髪は、自分でも驚くほどさらさらだ。

――あ……髪が……反応してる……。

見た目にはぴくりとも動いていない髪の毛だが、先ほどからちょいちょいと引っ張られているように感じ続けている。

これがリーラの特異な能力だ。

リーラの髪は、周囲の状況に敏感に反応する。

このように見えない手で引っ張られているときは『警告』だ。

リーラの勘が髪を通して『何か』を教えてくれるのである。

――何を警告されているのかしら？　怖い……。

『気をつけて！』とひときわ髪が引っ張られたように感じたとき、よく通る朗々とした男の声が部屋の中に響いた。

「顔をお上げください、『イリスレイア』殿」

うながされ、リーラは顔を上げた。

そして、目の前に立つ男の美貌に息を呑む。

緩やかに波打つ黄金の髪に、透き通る鮮やかな青の瞳。

彼の名はアンドレアス。オルストレム王国の国王陛下だ。

年齢は二十九歳、リーラよりも十一歳年上である。

凜々しく端正な容姿は男性ながら大輪の薔薇のようだ。あまりの麗しさに、幻覚を見ているのではないかとさえ思えてくる。

——アンドレアス様は『オルストレムの太陽』と呼ばれているのよね……。分かるわ、なんてきらきら眩しいお方なの……。

リーラは、アンドレアスのまとう煌めきに目眩を覚えた。連れてこられる道中、役人から『アンドレアス様は本当にお美しいお方ですよ』と聞かされたが、これほどとは思わなかった。

「どうなさいました？」

アンドレアスのしなやかな手が、リーラの色素の薄い指先に触れた。手を取られた刹那、驚きと緊張で心拍数が倍に跳ね上がる。

今にも髪が逆立ちそうだ。触れた指先から流れ込んでくるのは、アンドレアスが持つ圧倒的な魅力と漲る自信。

——王様って……こんなにすごいのね……何もかもが本物の黄金みたい。

リーラの身体中が『大変なお方にお目に掛かってしまった』と震え出す。

赤い顔になったリーラに、アンドレアスが尋ねてきた。

「ご気分がお悪いのでしょうか？」

リーラは慌てて、アンドレアスの問いに首を横に振る。

『陛下の存在感がすごすぎて髪の毛が過敏に反応しております』などと、偉い人々が揃った場所で言えるはずがない。

「大丈夫です、失礼いたしました」

リーラの言葉に、アンドレアスが微笑んでくれた。

国民の皆から慕われる『王様』は、こんなふうに笑うのだと知って、再び胸がどきどきしてくる。

本来ならば、リーラが異国の国王にお目に掛かるなど有り得ないことだった。

リーラは『身代わりの花嫁』なのである。

アンドレアスの本当の婚約者は、カンドキア王国の第二王女で、名をイリスレイアという。年齢は二十歳。リーラより一歳半ほど年上だ。

三ヶ月前、王女は『結婚は嫌』と言い残し行方をくらましてしまった。

公には伏せられているが、それを幇助したのは王家の誰かだったらしい。

女王はイリスレイアの逃亡に関してオルストレムの関係者から問い詰められた際、こう答えたそうだ。

『我が王家には、他に王女はおりません。困りましたね』

きっと関係者一同、開いた口が塞がらなかっただろう。

――なんてことなの。女王陛下は祭祀の長だから、ちょっと変わった面がおありだって、お役人さんに馬車の中で聞いたけど……。

リーラは、イリスレイアと顔がそっくりだから、身代わりに選ばれただけなのだ。

国の威信をかけた政略結婚で、あろうことか花嫁が逃げ出したという大失態を誤魔化すために連れてこられた、当座の身代わりなのである。

——私には過去の記憶がないのに……こんな人間に大役を任せて大丈夫なのかしら。

リーラには、記憶がほとんどない。

覚えているのは『リーラ』という名前と一般常識だけ。あとは空っぽである。家族のことも自分が生まれ育った家のことも、何も覚えていないのだ。『離宮』と呼ばれる古い建物に幽閉されていた記憶しかない。

こんな状態の娘を『オルストレム王妃』の身代わりにしようと考えるなんて、カンドキア王家は大胆すぎると思う。

自分で言うのもなんだが、リーラが大失敗するという懸念はなかったのだろうか。

——私に王妃様役なんて務まるかしら……。

どきどきしながら俯くリーラの耳に、アンドレアスの美しい声が届いた。

「イリスレイア殿も長旅でお疲れだろう。彼女と二人で話をしたいから、オーウェン以外は席を外してくれるかな」

アンドレアスの言葉に、近衛騎士やカンドキア王女の護衛たち、侍女、その他名も知らぬたくさんの人たちが一斉に頭を下げ、応接室を出て行った。

残ったのは『オーウェン』と呼ばれた、銀髪に紫の目の青年だけだ。

——この人もカンドキアの血を引いているのかしら？　私たちと同じ髪と目の色をしているわ。

リーラはそっと様子を窺った。それにしても美しい男たちだ。アンドレアスが太陽なら、オーウェンは月……そんな印象を受ける。

――道中で聞いたわ。確か、オーウェン様はアンドレアス様にとても信頼されていて、妹のフェリシア王女殿下のお婿様になられたとか……。

フェリシアは左脚が不自由なため、特例で結婚後も王族に残ることが許されたとも聞いた。

「さて、『リーラ』殿。我々に力をお貸しくださってありがとうございます」

アンドレアスの口調が、不意に変わった。

不穏な気配を察しつつ、リーラは恐る恐る頷く。

「イリスレイア殿は、いつ発見されるご予定でしょうか？」

そんなの、分かるはずがない。アンドレアスはわざと聞いているのだ。

「申し訳ございません」

身代わりのリーラにできるのは謝罪のみだ。

――アンドレアス様、とても怒っていらっしゃる……当たり前よね、お相手が政略結婚をすっぽかして逃げるなんて……。

頭皮がじんじんするほどに冷え切った髪が告げてくる。

怖い人がいる。ここから逃げよう、と。

――逃げたいのは……やまやまだけど……この状況では無理よ。

リーラは諦めて、馬車の中で何度も練習させられた口上を述べた。

「イリスレイア王女が戻るまでの間、誠心誠意、身代わりを務めさせていただきます」

情けない震え声だが、なんとかまともに言いきることができた。

アンドレアスとイリスレイアの結婚は、イスキアという大国の仲介で行われた政略結婚である。

イスキアの西に位置するオルストレムと、東に位置するカンドキア。

両国の王族を結婚させることで、イスキア、オルストレム、カンドキアの三国の結束を強め、海を挟んで対岸に位置する『ニルスレーン王国』を牽制するのだという。

——ニルスレーンに対する防備を固める大事な政略結婚なのに、イリスレイア様は放りだして逃げてしまわれた……。なんてことなの。

政略結婚の仲介者であるイスキアは、花嫁イリスレイアの逃亡を知り『カンドキアは代わりの花嫁を用意し、結婚式を予定通りに行うべし』と通達してきた。

大陸各国に通達済みの結婚式を『花嫁が逃げました』などという理由で延期したら、侮(あなど)られるのは三国の王家だからだ。

そもそもリーラの母国カンドキアは、オルストレムに『助けていただく』立場だ。

三国間では最も力の強いイスキアの意向には従わざるを得なかった。

『イリスレイア様の身代わりを仕立てねばならなくなりました。仕方がありませんので、貴女にオルストレムに向かってもらいます』

冷たく暗い離宮に閉じ込められていたリーラは、そんな言葉と共に、無理やりこのオルストレムに引きずってこられたというわけである。

「貴女とイリスレイア王女は似ていると言いますが、どのくらい似ているのでしょうか」

オーウェンが表情を変えずに淡々と尋ねてくる。静かなのに大変な迫力だ。

――つ、つ、強そうな方……そうよね、国王陛下の側近なんだもの、文官といえど、きっと武芸に長けておいでなんだわ……。

リーラは、怯えながらも気丈に返事をした。

「は、はい、私とイリスレイア様はそっくりです」

「大袈裟ではなく？　誰も見抜けないほどそっくりでいらっしゃるのですか」

オーウェンの抑揚のない問いに、リーラは何度も頭を縦に振った。

「はい。目の色がほんの少し違うくらいです」

オーウェンは頷くと、アンドレアスに言った。

「陛下、リーラ様の生活領域は、ある程度人目につく場所に設定してもよろしいですか」

「王妃を隠すわけにもいかないだろう。カンドキアも安全性を確保して、よく似た女を送ってきたはずだ」

アンドレアスが近づいてきて、リーラの頤に手を掛け、顔を上げさせる。

――お、王様が一番怖い……なんてお厳しそうなの……。

またもや髪の毛がキーンと冷え切るが、リーラはなんとか平静を保った。

「本当に貴女の顔を晒しても、本物のイリスレイア王女と交替したときに怪しまれないでしょうか？　オルストレム側としては、それが心配で」

口調は相変わらず優しいけれど、根底には冷たい感情が流れているのが分かる。彼は偽花嫁を迎えざるをえない状況に激怒しているのだ。

「間違いなく、リーラ殿はイリスレイア王女にそっくりなのですね？」

リーラの顔から手を放し、念を押すようにアンドレアスが尋ねてくる。真っ青な目には、相変わらず怒りのどす黒い炎が揺らめいていた。

その目を見た瞬間、髪の毛がざわざわとうねるような感じがした。実際には、髪はぴくりとも動いていないのだけれど、リーラにはそう感じ取れるのだ。

アンドレアスの様子に違和感を覚える。怒り以外の強い何かを彼から感じるのだ。

これは一体なんだろう。リーラは神経を研ぎ澄ませて、髪が受け取っている『なにか』の正体を探る。そして、あっと声を上げそうになった。

――疲労……？　お疲れなの？

リーラはアンドレアスの目を見つめた。

青い目と見つめ合っていると、髪のざわめきが強くなる。『この人はなんでも溜め込みすぎて壊れる寸前だ』と囁きかけてくる。

なるほど、とリーラは頷いた。

端然とした佇まいからは想像もつかないが、この美しい王は疲れ切っているのだ。

――ああ、鋼のように強い心に、お身体がついていけないのだわ。

リーラの胸が痛んだ。恐らく、いや間違いなく、アンドレアスは過労で重い病気になる寸前だ。

けれど普通の人では彼の状態にきっと気づけないだろう。平気なふりがこんなにも上手だなんて……。

――私は国王陛下を心配することができる立場じゃないけれど……。

リーラはアンドレアスの様子を気にしつつ、彼の問いに頷いた。

「はい、お役人様も、間違いなく同じ顔と仰っていたので大丈夫です」

「それでは、割り当てられた部屋でお休みください。私は挙式まで執務が詰まっておりますので、何かありましたら侍従を通してご連絡をいただければと思います」

言葉は優しいのに、恐怖で髪が逆立ちそうな気がする。

リーラは何も言えずアンドレアスの青い目をじっと見つめた。

アンドレアスは、この怒りと疲労を呑み込んだまま、表向きはリーラに丁寧に優しく接するつもりなのだろうか。

――それは駄目。こんな状態で過ごしたら、病気になってしまう。

メラメラ燃える怒りの火が、いつかアンドレアスの生命を燃やし尽くしてしまうときがくる。その日はきっと、皆が思っているよりずっと早くにくるだろう。

アンドレアスは心の怒りを吐き出さねばならない。そのあと、身体も休めなければ。そうしなければ、本当に取り返しの付かないことになる……。

リーラはそう確信し、勇気を振り絞ってアンドレアスに言った。

「陛下、わ、私を怒ってくださいませ」

リーラの唐突な言葉に、アンドレアスとオーウェンが同時に目を丸くする。

「……変わったご趣味ですね」

アンドレアスの言葉にリーラは飛び上がりそうになった。

「しゅ、趣味ではございません！　陛下に怒っていただきたいのです」

なんの説明にもならなかった。もっときちんと話さなくては。

「あ、あの、本当に怒ってくださいませ、どんどん、我慢せず……！」

慌てふためくリーラに、オーウェンが助け船を出してくれる。

「どのような理由で、『怒ってほしい』と言っておいでなのですか？」

リーラは必死にオーウェンに訴えた。

「陛下は、本当は私に優しく話しかけるのもお嫌でいらっしゃるはず。嫌なことをたくさん我慢して、偽者の私を受け入れてくださっているはずなのです！」

オーウェンとアンドレアスが目を合わせ、リーラのほうを向いた。

――あ、あれ？　私の言ったこと、間違っていたかしら……？

慌てふためきながらもリーラは言葉を続けた。アンドレアスの鋭い視線を受け止めるのは怖かったが、必死に口を動かす。

「が、我慢せずに怒ってくださいませ！　お怒りを溜めすぎたらご病気になってしまいます。今も心に火がついて、煙がぶすぶす出ている感じが……いたし……ます……ので」

最初は勢いが良かったのに、語尾は聞き取れないほど小さな声になった。

――言わなければ良かったかな、余計なこと……。

俯いたとき、別人のようなアンドレアスの声が耳に届いた。

「怒れと？　もちろん怒っているさ」

リーラはびくりと肩を揺らして、恐る恐る顔を上げた。先ほどまで愛想笑いを湛えていたアンドレアスの顔には、刃のような冷たい怒りが浮いている。

リーラの長い髪が針のようにピンと伸び、びりびりと静電気をまとったように感じた。

――ひぃ……っ……！

蒼白（そうはく）になったリーラには構いもせず、アンドレアスが薄く形の良い唇を開く。

「偽者の花嫁を押しつけられ、結婚式だけ挙げて道化のように喜ばねばならないんだ。あ、腹が立つとも！　正直に言えば、僕はイスキアとカンドキアの国旗に小型の迫撃砲（はくげきほう）でもぶっ放したい気分だ」

「はく……げき……ほう……」

とてつもない威力を持つ、城の壁に穴を開けるほどの武器だと誰かに聞いたことがある。

――迫撃砲を……国旗に撃ち込みたいほど怒っていらっしゃる……。

怖すぎる。余計なことを言うのではなかった。

髪が、嵐に巻き込まれたかのように激しくざわめきを伝えてきた。

アンドレアスの怒りの激しさに、リーラの膝が笑い出す。

今すぐ『腹いせにお前の首でも刎ねるか』と言われかねない雰囲気だ。

――こ、こわい……どうしよう……っ……！

蒼白になったリーラを庇うように、オーウェンがアンドレアスに穏やかに尋ねた。

「陛下、本音が出すぎておりますが、よろしいのですか」

「彼女が言えと言ったからそうしたまでだ」

「かしこまりました。……リーラ様」

オーウェンに穏やかに名を呼ばれ、リーラはびくりと肩を波打たせる。

「よくぞアンドレアス様の不機嫌に気づかれました。昔から、びっくりするほど外面がよろしい方なのです」

「あ、そ、そうみたいですね……」

確かにびっくりするほど外面がいいことは分かった。だが、問題はそこではない。

リーラはぎくしゃくと返事をした。先ほどまでとは別人のように不機嫌を露わにしたアンドレアスから目が離せない。怖すぎて動けないからだ。

「それで、僕にどうしろと？」

「お、怒りたいときは怒って、心をお鎮めくださいませ……い、怒りを、溜めずに……」

リーラの言葉に、アンドレアスがわざとらしい大きなため息をつく。

「じゃあそうさせてもらおうかな。お前が気にくわなかったら、正直に全部その場で言わせてもらおう。それで僕も溜飲が下がるだろう、多少はな」

——うう……ま、まだ、お怒りを吐き出しきっていらっしゃらないのね。

何を言われるのかと想像するだけで涙がにじむ。

こんなにも気が強い男とは思わなかった。さすがは若くして一国を束ねるだけはある。

アンドレアスの感情を受け止めた髪が、未だにびりびりしていた。

——私、恐ろしいところに来てしまったわ……。

だがリーラには選択の余地などなかったのだ。リーラにできるのは、連れてこられたこの場所で『イリスレイア王女』の身代わりを務めることだけ。

髪はまだ痺(しび)れたままである。きっとアンドレアスの不機嫌を感じ取って反応してしまうのだろう。なんという強烈な性格の持ち主なのか。

——早くイリスレイア様が見つかりますように……交替してください……早く……！

リーラは目立たぬよう、ぎゅっと小さな拳を握りしめた。

◆

『イリスレイア王女が逃亡した』

その一報を受けたとき、アンドレアスの脳裏を良からぬ考えがよぎった。

——このままずっと見つからなければ、結婚せずに済むな。

だがそんなわけにもいかないのが政略結婚だ。

国民は『国王陛下がようやく花嫁を娶られる』と喜びに沸き立っている。

カンドキア王国の王女イリスレイアの到着は、挙式の一ヶ月前の予定であった。

だがイリスレイアは一向に見つからない。予定していた結婚式まで一週間しかない。

国民も『花嫁様はどうした』『なぜいらっしゃらないのだろう』とざわつき始めた。王宮内の挙式関係者は皆一様に青ざめ言葉もない様子だ。

アンドレアスは、先方の国内事情で花嫁の到着が遅れていると発表ししつつ、イリスレイアが発見され連れ戻されるのを待っていた。

それ以外手の打ちようがないのである。

――これで花嫁が『結婚式』までに見つからなかったら、またしても他国から侮られるな……腹が立つ。

オルストレムは歴史ある大国とはいえ、斜陽(しゃよう)の国だ。祖父の代までに大きく傾いた国を、父の代でなんとか立て直し、今はアンドレアスが必死に手綱(たづな)を取っている。

これから先もどうなるか分からない。

二年前の政変でも国は危機に晒された。

とある公爵が王位継承権を主張し、反乱を起こした。公爵の軍は王都に迫り、あろうことかアンドレアスの妹フェリシアを人質に取ったのだ。

窮地を脱し、反乱軍を平定したあとも、直(ただ)ちに国力回復というわけにはいかない。懸命に王権の再強化を図っている最中である。

アンドレアスの苛立ちは日に日に募っていた。

——とっとと我が儘な王女殿下を見つけてくれ。今のままでは、三国間の再結束どころの話ではないぞ。

イスキア、オルストレム、カンドキア。

大陸の北部を領土とするこの三国は、百年以上前から、海を挟んだ強国ニルスレーンと対峙してきた。それだけではない。三国の東端カンドキアは、つい最近までニルスレーンとの小競り合いが絶えない、まさに『戦地』であったのだ。

オルストレムはニルスレーンから遠いため、直接的な戦いは免れてきたものの、戦争が起きるたび、カンドキアに兵や食糧、武器などを提供し、莫大な貢献をしてきた。

ニルスレーンの動きは相変わらず不穏だ。軍備拡張の動きを露骨に見せている。

三国の首領格であるイスキア王国の諜報部は、ニルスレーンの軍備拡張について『オルストレムの政変を機に、再侵略の可能性を探り始めた』と分析していた。

——ふん……うちの国のせいにされてしまったか……。

アンドレアスは眉根を寄せる。頭が痛い。

確かに二年前の政変で、国力がやや衰えたことは否めない。公爵家の一つも御しきれなかった王家だと、大陸諸国に侮られてしまったからだ。

——ニルスレーンは我が国の隙を狙っているのか。あの国はいつでも戦争する気満々で疲れる。示威行動が多すぎて、相手をするのが面倒だ。

だが、ニルスレーンはカンドキアと小競り合いを続けてきた相手だ。

いくら『攻めてくるフリ』をしているだけだとしても、油断はできない。

だからこそ、三国間の同盟をより強固なものにしていく。そのために、オルストレム国王にカンドキア王女を嫁がせよう、と決定されたのだ。

――カンドキアは、イスキアとオルストレムの後援を受け、対ニルスレーン防衛線を強化せねばならない立場のはずだ。戦端が開かれれば、真っ先にニルスレーンに攻め込まれる立場なのだから……。

だが、政略結婚相手のカンドキア王女イリスレイアは、この結婚の重要性を無視して、どこかに逃げてしまった。

二十歳にもなって物事の重大さを何も理解していないのがすごい。

――戦争に負け続けて弱体化した国だと知ってはいたが……ここまでとは……。

問題のイリスレイアは、母国では『予言の稀姫様』と呼ばれているらしい。

稀姫とは、カンドキア王家に生まれる、不思議な力を持つという王女のことだ。

癒やしの力、予言の力、心読みの力、その三つを兼ね備えており、娶った男に栄光をもたらすとされている。遠い昔には諸国の王がこぞって『稀姫』を妃に求めたとも。

イリスレイアにわざわざ『予言の』と但し書きがつく理由は知らない。恐らく他の二つの能力は無いのだろう。だが興味が無いので、掘り下げる気はない。

アンドレアスが知っているのは、イリスレイアが『異国の王妃になるのは嫌』と出奔した……ということのみだ。

――実際は男と駆け落ちでもしたのだろうな。

アンドレアスは他人事のように考える。

非科学的なものが嫌いなアンドレアスは『稀姫』の力とやらを信じてはいなかった。

もちろんイリスレイアの『予言』とやらも信じていない。

予言など百個すれば一つくらいは当たる。

そんな詐欺師めいた人間とは仲良くできそうもない。

だが、カンドキア人の一部はそうではないらしい。イリスレイアが人前に姿を現すたび『なんと神々しいお美しさ』『さすがは神に選ばれたお方』と、袖を濡らして感動しているそうだ。

カンドキア女王からの親書にも『稀姫イリスレイアを娶れることをありがたく思え』と執拗に書き連ねられていた。

――格下の貧乏国の分際で何を……いかん、思い出したらまた腹が立って……。

親書の返事は臣下に草稿を任せそのまま書き写した。自分が書いたら『頭の医者にでもかかれ』と返事してしまいそうだからだ。

――女王は少々変わっておられるのだな。外交にもほぼ姿を現さないいし。神聖な人物だから下々には滅多に姿を見せないと聞くしな……。

女王に兄弟はいない。他に玉座に座らせておく人間がいないのだろう。

カンドキア王家は立て続きの敗戦で没落し、数十年前に政権を国民に返上している。そのため、現在は『行政府』と呼ばれる政治機関が置かれているのだ。

王家は宗教界の頂点として祭祀を担う立場となり、政治には関わっていない。

ゆえに女王の仕事は、カンドキア王国の象徴として生き、王家の尊い血筋を子孫に残すことくらいしかない。

以上がアンドレアスの知るカンドキア王家の内情である。疎遠な国だ。ニルスレーンが怪しげな動きを見せさえしなければ、深く関わる予定もなかった。

仲介役のイスキア王国は『なんとか政略結婚を成功させてくれ』の一点ばりだ。

——あらゆる意味で冗談ではないぞ。

アンドレアスはこめかみをぐりぐりと押した。

最近、ひどく体調が悪い。もとから頭痛持ちのところに、苛々すると内側から破裂するかのような強烈な頭痛が生じるのだ。

まだ結婚もしていないというのに、アンドレアスの頭の中は『どうすればイリスレイア王女と早く離婚できるか』という儚(はかな)い希望でいっぱいだった。

王女の逃亡のせいで、イスキアとカンドキアの関係者は、カンドキアの女王を除いては天地をひっくり返したような騒ぎらしい。

女王の王配はイスキアの使者に土下座して『王女は必ず見つけ出す。もし間に合わなければ身代わりを立てる』と約束したそうだ。

アンドレアスは、カンドキア王配に半ば同情しつつ考えた。

——変な女を嫁にすると苦労するのだな……この結婚、本気で反故にできないかな。

しかし、イスキアとカンドキアからは、訳の分からない報告がこの半月、一方的かつ矢継ぎ早に届いている。

『今、イリスレイア王女を探している』

『イリスレイア王女が見つからないので、代わりを探している』

『ようやくイリスレイア王女の代わりが見つかったので、急ぎオルストレムに送る』

どんどん話がおかしくなっているが、距離がある分、こちらの返事を送るにしても時間が掛かりすぎて突っ込みを入れる隙すらない。

アンドレアスには二国の暴走を見守ることしかできなかった。

——何をしているんだ、イスキアもカンドキアも……。

王女の身代わりを送ってくるとは何事だろうか。そんなものは要らないので婚約破棄をさせてほしい。

そう思っていたとき、筆頭書記官のオーウェンが新たな書状を持ってきて告げた。

「陛下、イスキア国王からの親書でございます」

オーウェンはアンドレアスに一通の手紙を差し出した。

封蝋と署名を確認する。

間違いなく、アンドレアスの母方の伯父にあたる古狸、イスキア国王からの親書だ。

開封し中身を取り出したアンドレアスは、眉間に皺を寄せたまま手紙を投げ、吐き捨てるように言った。

「……頭痛が悪化した」

言い捨てたアンドレアスは、懐から頭痛止めの丸薬を取り出し、用量の倍を口に放り込んで、そのまま呑み下す。

オーウェンが、アンドレアスの投げ出した手紙をサッと拾って一瞥する。

「なるほど……丁度本日、イリスレイア王女の身代わりの女性が、オルストレム王宮に到着なさると。名前はリーラ。ニルスレーンの目を欺くために彼女と予定通り盛大な結婚式を行ってほしい、なるほど……ちなみに女王陛下はご病気により式を欠席なさるのですか。相変わらず外交の席には一切顔をお出しになりませんね」

オーウェンは淡々と手紙を読み上げたあと、丁寧に畳む。

「ご結婚おめでとうございます、陛下」

「何を言っているんだ……お前は……！」

本当に身代わりを送ってくるとは……阿呆らしすぎて信じられなかった。

それに主賓のカンドキア女王が挙式を欠席するとは、非常識にもほどがある。

どんなに外交嫌いの引きこもり女王であっても、娘の挙式には顔を出すべきだ。

この結婚は、ニルスレーンの脅威に晒されているカンドキアに、オルストレム側が手を差し伸べる形の政略結婚なのだから……。

——僕を舐めているのか、あいつらは……。

鬼の形相になったアンドレアスに、オーウェンが言った。

「妻に『たまには冗談でも言って陛下を楽しませて』と頼まれているもので。今のは冗談なのですが、面白かったでしょうか？」

「面白くない、今度僕の好きな小話集を貸してやるから勉強しろ」

「それを参考になさっておいでだから、陛下の冗談はつまらないのではありませんか」

オーウェンが真顔で言った。なんという無礼な台詞だろう。

自分の弟同然に育ったオーウェンでなければ愛想笑いのまま平手打ちしているところだ。

——突然今日、偽王女殿に来られても困るんだがな！　まあ……カンドキアも急ぎに急いで別の女を捜し、特急便で送りつけてきたのだろうから仕方がないのか。

ニルスレーンの軍拡政策を『オルストレムの内乱のせい』と言われたときから、イスキア王国の無茶振りは覚悟していた。

だが、まさか身代わりの女を押しつけてきて『予定通りに偽の王妃と結婚式を挙げろ』と言い出すとは思わなかった。

「その……身代わりのリーラとやらの身元は？」

「なんでも、カンドキア女王の父君……先王陛下が晩年にもうけられた妾腹の姫君でいらっしゃるとか」

「そんな姫君の存在は一度も聞いたことがないが」

「一応『王族だ』ということにしたかったのでしょうね。実際には訓練を受けた密偵だろうと思いますが」

「お前もそう思うか」

「ただの娘を寄越すとは思えません。『この機に乗じてオルストレム王の様子を探ってこい』と密命を受けた美女がやってくるのでは」

アンドレアスは眉根を寄せる。

「面倒なことになったな……」

言いながら、アンドレアスは壁の姿見に映る自分の姿を確かめた。

アンドレアスが二十四歳のときに父が急逝(きゅうせい)した。それから五年。王位に就いてからは気苦労ばかりだ。過労と心労で二十歳のときより明らかに痩(や)せてやつれた。

果たして自分は何歳まで生きられるのだろう。父が天に召された年齢を超えられるだろうか。

そう思い、アンドレアスは大きくため息をつく。そのとき扉が叩かれ、近衛隊長のやや焦った報告が聞こえた。

「陛下、カンドキアの王女殿下ご一行が到着されました」

表向きは『到着が遅れている』ことにしているイリスレイアの偽物が到着したらしい。

——手紙と同時に到着するな……！

身代わり王妃を寄越す……などという重大な企み事をするならば、もう少し時間に余裕を持ってオルストレム側にも知らせてほしい。

だが、怒った顔のまま偽の王女に会いに行っては駄目だ。王宮の人々が、未来の王妃の顔を見に集まってくるだろうから。

――その場で取り乱して罵倒しないよう心せねば。

アンドレアスはゆっくり立ち上がり、深呼吸して扉を開けた。

いかなるときも『国王の仮面』を外してはならない。道徳的で理性的、人間として『こうあるべき見本』でいなければならないのだ。

アンドレアスは、その場に立っていた近衛隊長に頷いてみせた。

「分かった、今から向かう。王女殿下は、第一応接室にお通ししたのだな？」

「さようでございます」

アンドレアスは頷き、足早に第一応接室に向かった。長旅でやってきた貴賓を一番初めに迎える場所だ。

扉の前にはたくさんの貴族が集っている。どうやらイリスレイア王女到着の報が伝わり、彼女の顔を一目見ようと集まったに違いない。

アンドレアスは、顔に『国王』の笑みを貼り付けた。

人々が一斉にアンドレアスに頭を垂れる。

アンドレアスは鷹揚に頷いてみせ、第一応接室の扉を叩いた。

「イリスレイア王女、失礼いたします」

国王自らが両開きの扉を叩いて声を掛けるのは、中にいる他国の王女への礼儀だ。同時に、脇に立っていた衛兵二人が、中から細い声で「はい」と返事が聞こえた。

さっと扉を開く。

アンドレアスはゆっくりと応接室に入った。

ドレスの裾をぎこちなく左右に引き、深々と頭を下げた小柄な娘に名乗る。

「初めまして、イリスレイア王女殿下。アンドレアス・オルストレムです」

それにしても、この娘は震えすぎだ。初々しいと言えば初々しいが、気の弱い箱入り令嬢が猛犬を前に怯えきっているようにしか見えない。

——これで訓練された密偵と言えるか？　わざとか？　僕を油断させる気なのか？

妹フェリシアの堂々かつ優雅な立ち居振る舞いを思い浮かべ、偽の『イリスレイア王女』と比べた刹那、複雑な想いが去来した。

この振る舞いが本物なら、密偵としてはできが悪すぎる。

小柄な娘は頭を垂れたまま、消え入りそうな声でアンドレアスに応じた。

「初めてお目に掛かります、アンドレアス陛下……イリスレイアと申します……」

偽物の『イリスレイア』は一向に顔を上げようとしない。王族同士の挨拶では顔を上げる許可は不要だというのに……。

呆れつつ、アンドレアスは声を掛ける。

「顔を上げてください、『イリスレイア』殿」

長い銀の髪を揺らして、娘が顔を上げた。

真っ白な肌に大きな明るい紫の目。銀の髪は絹のヴェールのように華奢な身体を覆っている。ほんの少し目尻の下がった顔立ちは儚げで優婉だった。

綺麗な女など見飽きたはずのアンドレアスですらも、はっとするほどの美しさだ。

同時にひどい頭痛がすっと引いたことに気づいて、アンドレアスは内心で首をかしげた。

最近はもう頭痛止めも効かない、頑固な痛みになりつつあったのに。

――綺麗な女を見て体調が良くなるとは……僕も現金な男だ。

そう茶化したくなるほどに、『偽花嫁』は美しかった。

華奢で真っ白な身体に、銀の滝のようにさらさらと流れる髪。

まるで淡雪のような娘だと思った。目を離した隙にすっと溶けて消えてしまいそうな……。

――驚いた。しかし美人だな……。本当にイリスレイア王女によく似た身代わりなのだろうか？　僕を油断させるために送り込まれたのなら、美しくても不思議はないが。

何も喋らない娘に焦れ、アンドレアスはわざわざ手を差し伸べて、彼女の手を取りながら尋ねた。

「どうなさいました。ご気分でもお悪いのでしょうか？」

アンドレアスに小さな手を預けた娘が、みるみる真っ白な頬を薔薇色に染める。純朴で可愛らしい反応だった。

礼儀正しく笑みを浮かべたまま、アンドレアスは思った。

——処女だな。

我ながらひどい感想だと思うが、間違いない。

激務の鬱憤晴らしに大枚を叩いて、最高級娼婦を何度も買ったから分かる。この娘は、玄人たちとは真逆の生き物だ。この顔が演技なら天才女優と言っていい。

さて、『リーラ』とかいう名のこの娘はどこから連れてこられたのだろう。

本当に、イリスレイアが捕獲されるまでまともに身代わりを務められるのだろうか。そもそもこの頼りなさで密偵なのだろうか。

若干の不安と疑問を感じつつも、アンドレアスは偽の花嫁に微笑みかけた。

——本物が見つかるまで適当に愛想良くしておこう。

どうせ長い付き合いにはならないはずだ。アンドレアスはそう決めた。

数分後、『密偵にしては鈍そうだ』と侮っていた娘相手に、本音を垂れ流しにして激怒する羽目になるとも知らずに……。

◆

リーラがオルストレムに到着して一週間後。

『花嫁交替』の国家機密を知る一部の人間たちの特訓のお陰で、なんとか無事、当初の予定通りの結婚式が行われることとなった。

髪を結い上げられ、花を飾られ、金剛石の首飾りと耳飾りを着けられたリーラは、まるで本物の王女のようだった。

——……あとは私が失敗しないだけね。

総絹仕立ての純白の花嫁衣装は、国王の黒の第一正装と対を為す、光り輝くようなドレスだった。

花嫁衣装のヴェールは総レースで、薔薇と淡雪を編んだような模様で仕立てられている。二人の侍女が裾を持ってくれなければ歩けないほどに長い。地味なリーラも、一国の王女殿下のような威厳と壮麗さに満ちているように見える。

——衣装の力はすごいわ。

リーラは事前に何度も練習した通りに、オルストレムの大聖堂の身廊(しんろう)を歩き、居並ぶ三国の重鎮たちの間を通り抜ける。

オルストレムに到着してからというもの、ひたすら結婚式の練習だけを繰り返してきた。人々の視線に晒されて緊張の極みに達しているが、絶対に失敗はできない。

いよいよ本番だ。どうやって歩いているのかも分からない。

リーラの手を引いてくれるのは、女王の代理であるカンドキアのロスヴァ公爵だ。彼の手に触れていると髪が痺れ『どうか失敗しないでくれ』という祈りが伝わってくる。

公爵の切迫感にますます緊張しながら、リーラはなんとか身廊を歩ききり、壇上で待つアンドレアスのところまでたどり着いた。

——つまずかなかった、よかった！

そこから大司教への宣誓が始まる。アンドレアスがよどみなく結婚の誓いを述べたのが聞こえた。次は、リーラの番だ。

——百回以上練習したから大丈夫……！

リーラは全身全霊の力を込め、教えられた通りに必死に口上を述べた。

「はい、我が夫となられたアンドレアス様に、永遠の愛と忠誠を誓います」

——アンドレアス様は本物の夫ではないし、お会いするのはまだ二回目……ああ、こんなに嘘に嘘を重ねた結婚式を挙げて許されるのかしら……。

オルストレム王国に到着した日から、アンドレアスとはほぼ顔を合わせてこなかった。

多忙な彼は『挙式の前後は騒がしくなるから』と、仕事を前倒しで終わらせるために執務室に引きこもっていたからだ。

リーラはリーラで式の練習と、付け焼き刃の礼儀作法を夜中まで教え込まれて、アンドレアスに面会するどころではなかった。実質、彼とは一週間ぶりの再会なのである。

「イリスレイア殿、こちらを向いてください」

壇上の聖職者のほうを向いていたリーラは、傍らに立つアンドレアスに声を掛けられ、彼と向き合う姿勢になった。

久々に再会するアンドレアスは、初めて会ったときと同様に、気が遠くなるほど美しい。

そしてやはり、どんなに上手く隠していても重たい疲労感がじりじり伝わってくる。

――……お会いしていない間も、ずいぶんご無理を重ねられたみたい。

心配しながらアンドレアスの顔を見ていると、不意に大司教から声が掛かった。

「では誓いの口づけを」

――えっ？　口づけ？

大司教の言葉にリーラは耳を疑った。

花嫁の練習のために、カンドキアの使者と一緒に大聖堂の身廊を何百回も往復したが、今の宣言は初耳だった。

――口づけ……？　大司教様は今、口づけと仰った？

薄いヴェールを持ち上げられると当時に、アンドレアスの美しすぎる顔が近づいてくる。

彼は顔を傾け、動けないリーラの唇に自分の唇を優雅に押し当てた。

――私が……アンドレアス様と接吻……を……。

唇が離れた拍子に、身体中にどっと汗が噴き出す。

――あ、ど、どうし……よう……私……本物じゃないのに、く、口づけなんて……。

戸惑うリーラの肩を抱き寄せ、アンドレアスがくるりと列席者の方を向いた。

一斉に拍手喝采（かっさい）が起こる。

「ご成婚おめでとうございます」

昔から緊張の度が過ぎると何も感じられなくなるのである。

「国王陛下、王妃殿下、万歳」

祝福の声があちこちから響き、血の気が引いた。髪の毛はもはや死んだように無反応だ。

——身代わりの私がこんなにお祝いされてしまうなんて。

アンドレアスが慣れた仕草で片手を上げる。

すると、大聖堂の中にますます激しい拍手と喝采がこだました。

——今の仕草、すごく王様……って感じだった……王様だから王様なんだけど……。

目を白黒させているリーラに、アンドレアスが低い声で言った。

「大聖堂の外に向かい、祝福で集まった沿道の人々に挨拶をします。よろしいですね、イ、イ、イ、イリスレイア殿」

『イリスレイア』と呼ばれ、リーラははっと姿勢を正した。

生まれて初めての口づけと、アンドレアスの王者の風格溢れる堂々たる仕草に圧倒されて頭が真っ白になっていたが、結婚式はまだ終わっていないのだ。

リーラはアンドレアスに手を取られたまま、精一杯足を踏みしめて歩き出した。

——私、こんなにたくさんの人に祝福されている。本物じゃないのに。

罪悪感で胸がいっぱいになる。

逃亡したイリスレイアはちゃんと見つかるのだろうか。

そう思うと、改めて気が遠くなってしまった。

結婚式が無事に終わったあとは、国民への顔見せだった。

美しく飾られた馬車に乗り、ひたすら笑顔で手を振り続けた。当然心の中は『偽者ですみません』という気持ちでいっぱいだ。

数時間がかりの馬車でのパレードのあとは、王宮に戻って『晩餐会』に参加した。

数え切れないほどたくさんの人に『よろしくお願いします』と挨拶をして、その後は会食……この辺りから記憶も曖昧だ。

何も食べていない。偉い人から事前に『とにかく今日はぼろを出さないようにしましょう。余計なことは喋らず、食事も作法に自信がなければ食べなくていいです』と指示をされたので、快活に会話を交わすアンドレアスの隣でずっと微笑んでいた。

――疲れすぎて……お腹も空かない……。

最後の方は気が遠くなりながらも『結婚式の日程』を終え、リーラは広く豪奢な一室に通された。

『アンドレアス様は会議ののちにおいでになります。お部屋でお出迎えくださいませ』

侍女頭の言葉を思い出し、リーラは嘆息した。

――結婚式のあとまで会議？　働き過ぎでいらっしゃるわ。

リーラはなんともいえない気持ちで溜息をつく。アンドレアスはもっと身体をいたわるべきなのに。

——それにしても、なんて広いお部屋なのかしら。

浴室も応接室も衣装室も、扉の奥に全て揃っている。居間はリーラが過ごしていた離宮の部屋の何十倍という広さだ。

——この部屋に楽団を呼んで私的な演奏会をすることもある、とか侍女頭さんは言っていたけれど、どんな世界か想像もつかないわ……。

リーラは広々とした豪奢な居間を見回した。

今は夜だから窓の外は何も見えない。だが朝になれば、一面の硝子窓から美しい中庭が見下ろせそうだ。

リーラは恐る恐る窓辺に歩み寄る。窓の端には硝子戸があり、広いバルコニーが見えた。きっとここから庭を眺めるのだろう。

外に出て夜の庭を覗いてみようかなと思った瞬間、幼い女の子の声が頭に響いた。

『バルコニーから落ちたら死んじゃう』

——な……なに……？　突然……。

リーラは戸惑い、足を止める。一体誰の声なのだろう。自分ではないことだけは分かる。

——私……記憶にはないけれど、バルコニーから落ちたことがあるのかな……？

しばらく考えたが、何も思い出せなかった。

結局バルコニーには出ず、リーラは窓から離れて部屋の中を見回した。

部屋の中ほどに置かれた長椅子は、今すぐに腰を下ろしてみたいほどフカフカして見える。

文机が二つ並んでいて、一つは黒檀の厳めしげな机、もう一つは象牙と白木の優美な机だった。

天井は白、壁は上半分が白で、下半分は寄木細工だ。落ち着いた居心地の良さそうな部屋だった。

何より壁紙も床も、敷かれたカーペットも真新しい。家具が全て新調されたものだと気づき、リーラはオルストレム王室の富裕ぶりに感心した。

——あの扉の先には何があるのかしら?

リーラは、居間の更に奥にある扉に手を掛けた。

そこは寝室だった。寝台は一つしかない。見たことがないほど大きい寝台だ。

リーラは寝台に歩み寄ろうとして、ふと足を止めた。寝室の意匠があまりに立派すぎることに気づいたからだ。

——いけない、ここはアンドレアス様のご寝所ね。みだりに踏み入っていい場所ではないわ。

気づいたリーラは慌てて扉を閉める。

——あれ?　じゃあ私の寝る場所は?

そのとき、不意に廊下の辺りが騒がしくなり、リーラは立ちすくんだ。部屋に執務を終えたアンドレアスがやってきたのだ。

扉を開いた近衛騎士をねぎらいながら、アンドレアスが室内に入ってきた。

「それではアンドレアス様、本日の宿直は私どもが務めさせていただきます」

二人の近衛騎士がアンドレアスに向けて深々と頭を下げる。

「ありがとう」

緊張して立ち尽くすリーラに近衛騎士二名が向き直り、もう一度頭を下げた。

「王妃殿下、本日の宿直は私どもが務めさせていただきます」

呆然としているリーラに、アンドレアスが言った。

「今日は彼らが夜通し見張りをしてくれます。ねぎらってやってくれますか」

よそ行きのアンドレアスの言葉に、リーラは慌てて頷いた。

「ありがとうございます」

近衛騎士たちは恭しく頭を下げると、きびきびした動作で部屋を出て行った。

どうしていいのか分からずリーラは立ち尽くす。

「まあ、座ろうか」

アンドレアスはため息をつくと、無理やりリーラの腕を捕まえ、長椅子に座らせた。

いきなりアンドレアスのすぐ側に座らされ、心臓がどくどくと大きな音を立てる。

――アンドレアス様、とてもいい匂いがする……王様専用の香水なのかしら……?

頭に次から次へと脈絡のないことが浮かんできた。こんなにも美しく威厳に溢れた男性を目の前にして、平静でなどいられないからだ。

　押し黙ってしまったリーラに、アンドレアスが問うた。

「お前のことはリーラと呼べば良いのか」

　初めに問われたのは、予想もしないことだった。

「い、いいえ、イリスレイアと……恐れ多いことですが、王女殿下のお名前でお呼びくださされば結構でございます」

「いや、二人で過ごすときはお前の実名で呼ぼう」

　リーラは驚いて、恐る恐る尋ねた。

「どうして……ですか……」

「身代わりの役目は頑張って務めてもらいたいが、お前個人をないがしろにするつもりはない。『リーラ』が『イリスレイア』の振りをしっかりと務めてくれればそれでいい」

　予想外の言葉にリーラの目が点になる。

『イリスレイア王女になりきれ』と命じられ、冷たく扱われると思っていたのに。

　――お、思っていたより……思いやりのあるお方……なのかも……。

　呆然としているリーラにアンドレアスが言った。

「初対面のときは悪かったな」

「えっ？」

　確かに初対面のときの彼の怒りようはすごかったが、謝罪されるとは思っていなかったので、リーラは素っ頓狂な声を上げてしまう。

「いきなり偽の花嫁を押しつけられる羽目になって機嫌が悪かったんだ。粗暴に振る舞ってすまなかった」

アンドレアスの美しい唇から紡がれたのは、予想外に優しい言葉だった。

リーラはほっとして傍らのアンドレアスを見上げる。

「じ、じゃあ、イスキアとカンドキアの国旗に、は、迫撃砲を撃ち込みたいというのも、ご冗談だったのですね……」

「いや、それは本気だ」

アンドレアスの言葉と同時に、髪がぴりりと痺れた。

――あっ、やっぱり本気なんだ……。

リーラは恐ろしさに身を縮めた。

「だが、お前には八つ当たりしないようにする。いい歳をして子供じみた真似をしてしまったと反省しているんだ、これでもな」

アンドレアスは、疲れたようにため息をついた。

リーラはちらりとアンドレアスを見つめる。

やはり健康には見えない。病になる一歩手前の疲弊ぶりに思える。髪の毛が『そう、そう』と同意するようにざわめいた。

「お前、姓はなんという?」

――え……姓……なんて……覚えてないわ……。

アンドレアスの問いにリーラは戸惑って視線を彷徨わせる。

――私が記憶喪失だという話、伝わっていないのかしら。

「申し訳ございません、私、自分の姓は……知りません……」

「カンドキア先王の娘、女王の異母妹。僕たちはお前の身元をそう聞いているが、これで正しいのか？」

厳しい問いに、リーラは弱々しく首を振った。

「分かりません」

父母のことなどまったく分からない。リーラの記憶は、離宮で布を被され、ぼんやり過ごしていたところから始まるからだ。

「分からないとはどういう意味だ」

厳しい声でアンドレアスに質される。

――駄目だわ、私が記憶喪失だとご存じない……みたい……。

リーラは蒼白になりながら、小さな声で答えた。

「カンドキアの使者から聞いておられませんか？　私には昔の記憶がないのです……」

「なに？」

アンドレアスの鋭い声に、リーラは無言で頷く。

「……そんな話は初耳だが。そもそもこちらは、カンドキアからお前に関する資料をほとんど受け取っていない。お前は何者なんだ？」

冷たい声音だ。疑われていることが確実な口調だった。髪の毛がアンドレアスの疑念と呆れ果てた気持ちを受け止め、だらりと垂れ下がる。

――私……怒られるためにここに来たようなものじゃない……？

カンドキア側の手回しの悪さに泣きたくなってきた。

しかし泣くわけにはいかない。勇気を振り絞り、リーラは抗弁する。

「出発時に皆が慌てすぎていて、忘れたのかもしれません」

リーラも、身代わりの経緯など何も知らない。

「偽花嫁が記憶喪失とは、さすがに怪しいにもほどがある。どういう冗談だ？　何を隠している、答えろ」

厳しい糾弾の言葉が、リーラの髪にぐさぐさと突き刺さる。

――どうしてこんなに大事な話が伝わってないの……？

リーラは今すぐにでも土下座したい気持ちで答えた。

「私には記憶も隠し事もございません、ほぼ頭が空っぽと思っていただければ」

重苦しい沈黙が辺りに満ちる。

リーラは小さな声でごにょごにょと事情を説明した。

「イリスレイア様とそっくりな者が、記憶喪失の私しかいなかったのです。あ、た、確か、カンドキアの人たちは、送り込んでしまえばこっちのものだと言っておりました」

アンドレアスが何も言わないので、リーラは必死で説明を続ける。

「それで……本物のイリスレイア様が見つかり、入れ替わるまでは、とにかくアンドレアス陛下に頭を下げ続けてくれと命じられております……」

沈黙が重すぎて、怖くて涙が出てきた。

「私がカンドキア王家から与えられた役割は、イリスレイア様の身代わりをしつつ、アンドレアス様に謝罪をし続けることなのです。……申し訳ございません」

震えるリーラを一瞥し、アンドレアスが不意に広い肩を揺らす。

――な、なに？　もしかして、笑っていらっしゃるの？

驚くリーラに、アンドレアスが言った。

「分かった。お前が身元を説明できないというなら、オーウェンに調べてもらおう。今日のところは許す」

アンドレアスの言葉に、リーラは安堵のあまり気を失いそうになった。このまま投獄でもされるのかと思い、本気で恐ろしかったからだ。

「まずは、この話よりも先にすべき話があった。リーラ、結婚式の練習を一生懸命してくれてありがとう」

アンドレアスがゆっくり手を伸ばし、リーラの頭を撫でてくれた。

優しい声と仕草に慰められ、リーラは目をまん丸にした。髪もぴりぴりしない。アンドレアスの指先からは、怒りも悪意も伝わってこなかった。

――あっ、え……っ？　王様が……私の頭を……？

気づくと同時に、恐れ多さのあまり気が遠くなる。

「よく考えたらお前は僕の妹よりも年下なのだったな……若いのによくやってくれた。大儀であった、リーラ」

「あ、ありがたきお言葉でございます。光栄でございます」

ぎくしゃくと答えたリーラに、アンドレアスが微笑みかける。

臣下に見せる完璧な太陽のような笑みではなく、心に染み入る優しい笑顔だ。

またもやリーラの心臓がどくどくと大きな音を立てた。

――王様は色々なお顔をなさるのね。

顔を火照らせ、リーラは俯いた。

「お前は、カンドキア王家の血筋の娘か何かなのだろうか？」

「……分かりませんが、そうかもしれません」

アンドレアスは腕組みをして、リーラの顔を覗き込む。

「なぜ記憶が無いのだろうな」

真っ青な瞳にじっと見つめられていると、どんどん顔が熱くなってくる。きっと彼が美しすぎるからだ。

リーラはますます俯いて、小さな声で答えた。

「自分でも……まったく分かりません……」

「ならば仕方ないな」

アンドレアスの視線を感じなくなり、リーラはほっとした。

「休むなら寝間着に着替えるといい。寝室の奥に、僕用とお前用の衣装室がある。そこにあるのは普段着と寝間着だ。儀式や晩餐会用の衣装はまた別の部屋にあり、それぞれに着付け用の部屋が用意されている」

衣装の部屋だけでいくつあるのだろうか。

リーラは慌てて今言われたことを頭に叩き込んだ。

一つ入れれば一つ抜けていくような気がして、嫌になってしまう。

――ああ、どうしよう、覚えることがいっぱいで……。

リーラは才気煥発なほうではない。きっと記憶があった頃も、打てば響くような切れ者ではなかっただろう。

急に王妃の振りをしろと言われて緊張と混乱ではち切れそうなのである。

「僕は自分で着替えをする。脱いだ服も自分で畳んで翌朝侍女に回収させているが、お前はイリスレイア殿に合わせた行動をしてくれ。侍女を呼んでも良いし、自分で着替えても良い。イリスレイア殿は普段どちらだ？」

アンドレアスの問いに、リーラは身を固くする。

――えっ……し、知らない……どうしよう……！

焦るリーラをよそに、アンドレアスが真剣な顔で言う。

「イリスレイア殿が発見されたあと、周囲の者たちに疑念を抱かせたくない。しゃべり方、笑い方、侍女に対する対応、何をどこまで自分でするか、全部イリスレイア殿に合わせてほしいのだが」

とんでもないことを頼まれてしまった。

リーラにイリスレイアの真似などできないことは、カンドキアの皆も分かっていた。だが、イスキアに『身代わりを立てろ』と強要されて仕方なく、布袋を被され幽閉されていたリーラを離宮から引っ張り出したのだ。

——想像も付かないわ。イリスレイア様ってどんな方？

青ざめたリーラの様子に気づいたのか、アンドレアスが尋ねてきた。

「どうした、影武者ならば最低限の訓練は受けているだろう？」

アンドレアスの期待値の高さに真っ青になりながら、リーラは正直に答えた。

「あ、あの、私……イリスレイア様がどのような方か分かりません」

リーラの答えが予想外だったのか、アンドレアスが美しい目を大きく瞠った。

「申し訳……ございません……私、急に偉いお役人様に連れ出されて、馬車に乗せられて、半月掛けてここに参ったのです。途中で合流したお役人様に『イリスレイア様の代わりに、オルストレム国王の花嫁役を務めよ』と言われて……」

アンドレアスの視線が痛すぎる。

「きっと、皆慌てていて、私にイリスレイア様について教えることまで思いつかなかったんだと思います」

アンドレアスは何も言わない。

きっと呆れ果てているのだろう。国の命運をかけて送られてきた『身代わり』の頭がほぼ白紙だったなんて。

沈黙が痛かった。申し訳なくてぷるぷる震えているリーラに、アンドレアスは言った。

「分かった」

冷たい声にリーラはしゅんと落ち込む。

「しばらく『イリスレイア妃を静養させる』と発表する。明日からの行事のうち、予定を繰り延べられるものは繰り延べるから、どうしても出席せねばならない行事では『緊張した振り』をして、黙りこくっていてくれ」

アンドレアスの事務的な口調に、リーラは何度も頷いた。

「お前が身代わりと知っているのは、役人と近衛騎士の一部、それから侍女頭と彼女が選んだ数名だけだ。仕方がない……本物が来るまでは、なるべく人に接触しないように行動してもらう」

「かしこまりました」

どうやらなんとかしてくれたようだ。リーラの目から安堵のあまりぽろぽろ涙がこぼれる。

「何を泣く？」

アンドレアスが呆れたように言い、懐から出した手巾で顔を拭ってくれた。

「お役に立てず申し訳ございません」

必死で嗚咽を堪えながら、リーラは言った。

「お前が悪くないのは分かった。とにかく目立たないようにしてくれ」

涙を拭ってもらいながらリーラは何度も頷いた。そういえば髪の毛は何も反応していない。アンドレアスは本当に、リーラを怒っているわけではないのだ。

――温情あるご判断をしていただけて良かった。それにアンドレアス陛下は、怒っていらしても、物事を公平に判断してくださる方だわ。ここにいる間くらいは、人間らしく扱っていただけそう……。

気が緩んだと同時にまた猛烈に眠くなってきた。疲れ切っているのだ。

「まずは寝間着に着替えてこい」

眠そうなリーラに気づいたのか、アンドレアスがそう言ってくれた。

「かしこまりました」

強い眠気に必死に抗いながら、リーラは教えられた場所に行き、置かれた寝間着に着替えた。ドレスはなんとか脱ぐことができたのでほっとする。

着替えを終えて先ほどの居間に戻った。

アンドレアスは場所を移し、並んだ文机の黒いほうで何かを書いている。

真剣な表情だ。とても邪魔はできない。『働き過ぎは身体に悪いから、もう休んでください』などとは言えない空気だ。

——終わるまで……見守っていよう……。

リーラはアンドレアスの椅子の後ろ辺りの床に腰を下ろす。敷かれた絨毯はふわふわで温かく、ここを寝床にしてもいいくらいだ。

——ああ、お城の中って、どこもかしこも暖かくて気持ちがいい……。

リーラは重たくなってきた瞼をこじ開けながら、ぼんやりと思う。

アンドレアスは背後に座り込んだリーラに気づく様子もなく、カリカリとペンを走らせている。結婚式の夜まで執務をするなんて、働き者の王様だ。それが良くない。アンドレアスは休まなくては……。

——駄目よ……目を開けていないと……。

リーラは白目を剝きそうになりながら自分に言い聞かせる。ともすればかくんと船を漕いでしまって眠いことこの上ない。

なんの刺激もない、ただ生きているだけだった場所から連れ出され、馬車で半月以上も運ばれてきて、その日から『国王陛下の花嫁役』をしくじらないように練習を重ね……想像以上にくたくただ。

——寝ては……駄……。

上半身ががくんと横に倒れたのが分かったが、眠すぎて起きていられなかった。

アンドレアスの執務が終わるのを待っていなければ……と思いながら、リーラはいつしか夢の中にいた。

何もない薄汚れた離宮で布袋を被らされたまま、ただぼんやりと座り続けた時間が蘇る。一日に一度女官がやってきて、身体を萎えさせないためにと庭を歩き回らされた、何もない真っ白な日々。

『みがわりに……なります……みがわりになりま……』

リーラは夢の中でかすれた声を絞り出していた。

被らされた布袋を通して、リーラの言葉は果たして相手に届いたのだろうか。

『お静かに！　女王陛下の監視に知られたらどうなさるおつもりですか』

切羽詰まった叱責に、リーラは布袋の中で口を噤んだ。

――ああ……それは嫌……怖い……！

『さ、鎮静剤をお呑みください。静かになさらなくては、お命が危ないのですよ』

布袋を少しだけ持ち上げられ、露わになった唇に吸い飲みが押し当てられる。

――この薬……頭がぼうっとするから嫌い……。

霞む目の前に広がるのは赤く汚れた床だった。ああ、また今日も誰も助けられなかった。自分は地獄行きに違いない……そう思ったとき、不意に身体に衝撃が走る。

「どうした、おい、どうした！」

鋭い声と共に揺すられて、リーラはびくんとなって目を開けた。眩しさを覚えると同時に、夢で見ていた光景が綺麗に霧散する。

——私、なんの夢を見ていたのだろう？

目から大量の涙が流れ、絨毯を濡らしていた。慌てて指先で涙を拭ったリーラは、自分を抱え起こしているのが誰なのか気づいて、気を失いそうになった。

「アンドレアス……様……」

——居眠りしてしまったわ……！

蒼白になったリーラに、アンドレアスが真剣な顔で言う。

「なぜ僕の後ろで倒れている？　具合が悪かったのか？　気づかなくてすまない、執務に集中すると周りが見えなくなるんだ」

「あ、あの……あの……」

まさか眠たさのあまり、座っていたはずが転がってしまいました……などと言えるはずがない。だが、言わないわけにはいかない。

リーラは消え入りそうな声で正直に答えた。

「寝ていました……」

「なぜ寝台で寝ない!?　床で寝たら風邪を引くだろう！」

「アンドレアス様のお身体が心配でしたので、お休みになるのをお待ちしていたのです」

答えたとき、扉が叩かれた。

「陛下、いかがされました？」

近衛騎士の声だ。目を吊り上げていたアンドレアスが、はっとしたように扉を振り返る。

「なんでもない。イリスレイア殿が転ばれただけだ。お怪我もないようだし大丈夫だ」

「かしこまりました」

近衛騎士の気配が去って行く。アンドレアスはほっと息をつき、リーラを床に座らせて手を放した。

「驚いた。もう寝てくれ、無理しなくていい」

「申し訳ありませんでした、ではお先に休ませていただきます。失礼いたします」

リーラは床に膝をついた姿勢のアンドレアスに平伏し、立ち上がる。そして長椅子に横たわった。

「おい、それは寝台ではない。長椅子で寝ても休めないだろう」

怖い声が聞こえる。目を瞑ろうとしていたリーラはびくりとなって身体を起こした。

「きちんと寝台に行け」

「あ、あの……でも……あそこは陛下のご寝所では……」

「いいから行け」

リーラは慌てて長椅子を下り、立ったまま深々と頭を下げた。

「かしこまりました……では隅っこで休ませていただきます……私のような者にまでお情けをかけていただき、ありがとうございます」

腕組みをしているアンドレアスの前をとぼとぼと横切ろうとしたとき、不意にアンドレアスが言った。

「そうだ。僕も寝ようかな」

髪の毛が、アンドレアスの得体の知れない感情に反応し、ぴくりと震えた。

――え……な……何かしら……。

リーラは恐る恐るアンドレアスを見上げる。頭一つ分以上背が高い彼は、間違いなく薄い笑みを浮かべていた。

「そうしよう。疲れたからお前と一緒に寝る」

さーっと血の気が引くのが分かった。

なぜならば、アンドレアスの美しい顔にははっきりと『面白そうだからこの娘で遊ぼう』と書かれていたからだ。

リーラの髪が見えない指先で何度も引っ張られる。気をつけて、と警告を送ってきているのだ。しかしこの状況では気をつけようがない。

「一緒に寝よう。お前は身代わりとはいえ僕の花嫁だ。花嫁としての務めはなんでも果たしてくれるんだろう？」

妙に楽しそうなアンドレアスを前に、青ざめたままリーラは頷いた。

「は……い……」

アンドレアスの言うとおりだ。引きずられるようにしてオルストレムにやってきたが、役人からは『決してアンドレアス王に逆らわぬように』と厳命されている。

花嫁の夜の務めも、求められれば応じるようにと。アンドレアス王の機嫌をこれ以上損ねないように振る舞ってくれと強く言われているのだ。

――ひどいことを頼まれているけれど……私に拒否権はないもの……。

震えるリーラを一瞥し、アンドレアスがからかうように言った。

「ふうん、ずいぶん素直だな」

リーラは頷く。

「わ、私は、影武者不合格の女でございますが、そ、その分、なんでもいたしますので、お申しつけくださいませ……」

「……まあいい。僕も寝間着に着替えてくる」

震えるリーラの相手に飽きたのか、アンドレアスは淡々と言い捨てて、寝室に入っていった。リーラも静かにあとを追う。衣装室で着替えている彼を、寝台に腰掛けて待った。

――何をされても逆らわずに、陛下の不興を買わないこと……。

リーラは、深呼吸をして拳を握りしめた。

「寝ていいと言っただろう」

突然聞こえた声にリーラは飛び上がりそうになった。

――お着替えが速いわ！

座ったままのリーラを咎めるように、寝間着姿のアンドレアスが言った。薄い衣装に着替えると、痩せているが鍛(きた)えられている身体なのが分かる。

たぶん、人知れず身体を鍛えて、人前では運動一つしていませんという顔をするのが好きなのだ。なんとなくそんな想像が浮かんだ。大きく外れてはいない気がする。

「寝るぞ。僕もこの寝台で寝るのは初めてだ。新品だな。生木の匂いがする」

アンドレアスは寝台に潜り込みながら言った。

確かにこの部屋の家具はどれも新品ばかりだ。

国王と、カンドキアから嫁いでくる若き王女のために、特別に設えた品ばかりなのだろう。特に寝台なんて、偽者であるリーラがイリスレイアより先に使ってしまっていいのかと躊躇われた。

「早く寝ろ」

寝台の中から命じられ、リーラは勇気を出して寝台に横になった。

もちろんアンドレアスからは思い切り距離を取る。

——あ、ああ、良かった！　広いからくっつかずに眠れ……え……？

毛布の中で腕を引かれた……と思った瞬間、リーラの身体はアンドレアスに抱き寄せられていた。

寝台の中で若く美しい男性、しかも国王陛下と抱き合うなんて、とんでもないことだ。

——い、いや、どうしよう、こんな薄着で！

髪の毛が『もう限界です』とばかりに、ぱたりと反応しなくなった。不安と興奮と緊張が許容量を超えたのだ。

「隙がありすぎてつまらん」

「あ……あ……あの……あ……」

引き締まった身体に包み込まれてしまい、驚きと焦りで何も言葉が出てこない。

「しかし、お前は小さい。十八にしては小柄だな」

「ひ……あ……も、申し訳……ございません……背が伸びませんでした……」

「ふうん」

つまらなそうな返事が頭の上で聞こえた。

――どうしよう、背が低いことでアンドレアス様の不興を買っているみたい。

焦ったリーラは慌てて自分の背が低い理由に思いを巡らせる。

「にっ、日光が足りておりませんでしたので……背が伸びません……でした……」

震え声で正直に答えると、アンドレアスが笑い出す。

――私、何かおかしなことを言ったの？

半泣きのまま身を固くしてると、笑いを収めたアンドレアスが言った。

「お前は植物か」

「いいえ……でも人間も日差しがないと背が伸びないのです……たぶん……」

アンドレアスが、リーラの言葉にもう一度笑い出す。寝床に横臥して笑っていても、気が遠くなるほど美しい男だ。

リーラはこれまでの会話も忘れてアンドレアスの笑顔に見とれた。

――神様が特別に作った人間みたい……とてもお綺麗だわ……。

そう思いながらも瞼が落ちてくる。こんな美男子と添い寝しているのに、緊張より睡魔が勝るなんて、自分はどれだけ疲れているのだろう。

「寝ても構わないが……なんなら、僕と別のことをするか？」

アンドレアスに悪戯っぽく問われて、リーラは一瞬戸惑いつつも素直に答えた。

「すみません、私は失礼して、休ませていただいてよろしいでしょうか……」

眠さが限界なのだ。今喋った分で全ての体力を使い果たした。

恐れ多くも、国王陛下に抱かれている最中に居眠りなんてしたら無礼すぎる。

そこまで考えるのが限界だった。

アンドレアスが何か返事をしてくれたのは聞こえたが、リーラはそのまま気を失うように眠りに落ちてしまった。

◆

——滅茶苦茶な身代わり妃を預かってしまったな。

アンドレアスは眠ってしまった美しい娘を見つめ、しみじみ思った。

密偵や刺客のたぐいならば、アンドレアスを籠絡しようと、この絶好の機会に色っぽく脚を開くはずだ。『甘く蕩ける一夜』以上に男を油断させる機会はないからである。

しかしリーラは違った。こちらから仕掛けた誘いを断り、すやすや眠っている。

「おい、僕をたらし込むなら早く仕事をしろ、怪しい奴め」

柔らかな頬をつつくと『んん』と声を上げ、一瞬嫌そうな顔をするが、またすぐにすやすやと平和な寝息を立て始めてしまう。寝た振りではないようだ。無防備にもほどがある。

――何者なんだお前は。本当に。

これは手が掛かりそうな女だな、と思った瞬間、『仕方がないから僕が世話を焼こうか』という禁断の誘惑がむくりと頭をもたげた。

『世話焼き』はアンドレアスの宿痾だ。

アンドレアスは幼い頃から、人に守ってほしいとも、誰かに寄りかかりたいとも思ったことがない。

どんな状況になろうが自分のことは自分でやりたい。気位が高すぎて他人に干渉されるのが嫌いなのである。

しかし人と関わること自体は好きだ。

なので、自然と自分が面倒を見る方に回っていた。

幼い頃から、弟代わりのオーウェンや、幼いフェリシアの面倒を積極的に見てきた。

オーウェンは、長年義母に虐待され、常識を身につけないまま育ったにもかかわらず、学術で最優秀の成績を収めた子供だった。

『とんでもない子供がいる』と王家に紹介されたのだが、本当にいろんな意味でとんでもなかったので、アンドレアスがつきっきりで常識や社交術を教えたのだ。

フェリシアの世話もよく焼いた。暇さえあれば一緒に庭を散歩し、ままごとや人形遊びにも付き合った。

『にいたまがいい』と夜泣きするフェリシアに添い寝したことだって何度もある。本人は幼すぎて覚えていないだろうが……。

周囲の者たちからは『殿下がそこまでなさらなくても』と言われてきたが、アンドレアスは幼い頃から、妹や頼りない者の世話を焼くのが好きなのだ。

だが王になってからは自重している。

特定の臣下の世話を焼くと『贔屓』だの『ご寵愛』だのという話になるので、日頃は世話焼き欲を封印しているのだ。

間抜けで怪しい偽妃が現れて、『これで世話を焼ける』と張り切っているのは否めない。

――それにしても『日光が足りておりませんでした』とはどういう意味だ。確かに肌は真っ白だが……幼い頃から日に当たらずに育った令嬢のような肌だな……。

不思議に思いながら、アンドレアスはリーラの長い髪を手に取った。

まっすぐで絹のような手触りの髪は、まるで銀細工のようだ。リーラは髪もさることながら、肌も目もどこもかしこも美しい。どれほど大切に育てられたのか、しみ一つない素肌を見ているとそれが伝わってくるようだ。

――さて、この頼りない美女の正体はなんだ？　しばらく観察して、何者なのかを見極めねばな。

少年の頃、オーウェンと二人でこっそりと『間諜探し』をして遊んだことを思い出す。オーウェンは恐るべき勘のよさで、アンドレアスは言行の不一致や僅かな表情の変化で間諜を見つけ出すのが得意だった。

勝敗は、五分五分だっただろうか。

目を付けた人間が捕縛され投獄されるたび『大きくなっても悪い奴を探し続けよう』とオーウェンと約束したものだ。

そして、いつまでも相手が尻尾を出さないときは、挑発し罠にはめた。そうやってオーウェンと二人、この王宮での生き抜き方を知り、庇い合って大きくなったのだ。

今も、オルストレム王宮には間諜が何人もいる。捕らえられないのではない。たいして害がないから、監視しつつ泳がせているだけだ。

さて、リーラはどちらなのだろう。

何もできない無垢な娘か、それとも、なんらかの密命を帯びてやってきた存在なのか。

アンドレアスはリーラの顔をまじまじと見つめる。

隙だらけの寝顔を見ていたら、ふとリーラと初めて対面した日のことを思い出した。

『偽者の花嫁を押しつけられ、結婚式だけ挙げて道化のように喜ばねばならないんだ。あぁ、腹が立つとも！　正直言えば、僕はイスキアとカンドキアの国旗に小型の迫撃砲でもぶっ放したい気分だ』

――なぜ僕はあんなに怒ったんだろう。腹の中を見抜かれたくらいのことで……。

自分が言い放った言葉を思い出した刹那、ため息が漏れる。

なぜ初対面のリーラにあそこまで本音を話してしまったのだろうか。

アンドレアスは自分が心を乱され、リーラに暴言を吐いてしまった理由を考える。しかし、自分でもよく分からない。

あの瞬間、リーラの美しい瞳に本音が吸い出されたかのようだった……。

——まあいい、せっかく早い時間に床に入ったんだ、僕も休もう。明日も忙しい。

そう思いながら、アンドレアスはリーラを抱いたまま目を閉じる。

普段は執務のことで頭がいっぱいでなかなか寝付けないのだが、今は腕の中でリーラがすやすや眠っているのでつられて眠くなってくる。

自分は他人の気配が気になる性質だから、よく知らない女とは一緒に眠れないだろうと予想していたのに、意外だ。

そもそも『偽花嫁』と同衾(どうきん)する気になったのも、神経質なアンドレアスらしくないのだ。

さっきまでは、一人で長椅子で寝ようと思っていた。

なのに今は、リーラを抱いてそのまま眠りにつこうとしている。

「……身代わりに……なります……」

リーラが、か細い声で寝言を言った。

——ん？　もうとっくに身代わりだろう？　寝ぼけているのか……。

アンドレアスは、ふう、と息を吐き出した。この娘は妙に抱き心地が良い。柔らかな身体に疲労が吸い取られていくような気がする。

――偽花嫁を抱いて清らかに眠るとは。僕も結構疲れているんだな……。

そこまで思ったところで、アンドレアスの意識は途切れた。

◆

オルストレム王宮の朝は早いらしい。

もう起きろと言われ、自分でも信じられないほど眠いまま、リーラは『イリスレイア王妃』の衣装に着替える。

しかし悲しいかな、離宮でリーラが着せられていたのは被って終了のお粗末極まりない服だけだ。こんな豪華なドレスの着方などほとんど分からない。

――ふ……ぁ……あれ……このドレス……どこをどうするの？

「リボンの結び方が逆だ。それにここはもっときつく締めなければ」

見かねたアンドレアスが着付けを手伝ってくれるほど寝ぼけている。

「アンドレアス様は……女性の服も上手にお着せになるのですね……すごいです」

目を擦りつつ言うと、アンドレアスが微妙な表情で頷いた。

「……まあ一応な」

一方『夫』のアンドレアスは外がまだ薄暗いというのに完璧に国王の第三正装をまとっ

ている。今日の彼は疲れていないだろうか。初対面のときにアンドレアスにまとわりついていた疲労は、かなり根深そうに見えたのだが……眠すぎて髪が反応しない。

「アンドレアス様、今日はお身体は大丈夫ですか……お元気でいらっしゃいますか……」

「お前は人の心配をする前に、しっかり目を開けろ」

にべもなくはねつけられ、リーラはその通りだと思った。

――うう……その通りだわ。でも私、だめ、眠くて死にそう……。

「今日から僕と同じ時間に起きてもらう。毎朝六時に侍従長が挨拶に来る。彼の先導で謁見室に向かい、侍従、武官、文官たちに朝の挨拶をするのが王室の恒例（こうれい）だ。王妃たるもの、時間厳守だぞ。分かったか？　…………大丈夫か？」

「かしこまりました、えと……六時までに着替えを済ませます。ドレスの着方も練習いたします」

　どうやらオルストレム王家の人間は早起きらしい。

　リーラは鏡を確かめる。目が開ききっていない。アンドレアスが着付けてくれたドレスだけが完璧だ。王様はなんでもできるのだな……と寝ぼけた頭で思う。

――眠いわ……。

「しゃんとしろ」

　呆れ果てた顔でアンドレアスが言う。きっちりと衣装を着こなし、髪の毛一つ乱れていない彼に言われると、自分の劣等生ぶりがいたたまれなくなった。

「はい……」

リーラは消え入りそうな声で返事をして、精一杯背筋を伸ばす。

「時間がない。僕が髪を梳かすぞ」

アンドレアスが手を伸ばして櫛(くし)を取り、もつれた髪を梳いてくれた。

髪に触れられるのは苦手なのだが、アンドレアスの指先からは何一つ嫌な気配が伝わってこない。磨(みが)き抜かれた輝く鋼に触れられているようで、背筋がしゃんと伸びる。

威厳溢れるアンドレアスの気配のお陰で、リーラもようやく目が覚めてきた。

「髪は自分で結えるか？」

「申し訳ありません……できません……」

情けなさすぎて消え入りそうな声になってしまった。

「お前にできることはなんだ？」

「イリスレイア様のふりをして黙って立っていることです……」

リーラの言葉に、アンドレアスが小さなため息をつく。

そんな仕草さえも上品だ。リーラとまったく違う人種なのだと改めて思い知らされる。

「もういい。リーラ、ここに座れ」

命令されて、そこにあった背もたれのない椅子に座ると、アンドレアスが衣装室からイリスレイア用の髪結いの道具が入った箱を持って来た。

「昔はよく、僕が妹の髪を結っていた。幼い妹は僕の暇なときを見計らって『お兄様に結ってほしい』と甘えに来たんだ」

器用にリーラの長い髪を扱いながら、アンドレアスが言った。

――あ……あら？　怒っていらっしゃらない……？

髪結いの手を止めずにアンドレアスが続けた。

「母上を早くに亡くして寂しかったのだろう。だから妹は手を変え品を変え、僕に甘えに来た。毎日は結ってやれなかったが、意外と忘れていないものだ、ほら」

あっと言う間に、リーラの髪は綺麗な結い髪に仕上がっていた。三つ編みを丸めて頭に巻き付けた上品な髪形だ。

「ありがとうございます」

「どういたしまして」

アンドレアスは軽く肩をそびやかしただけだった。だが、その表情を見た瞬間に、リーラの髪がふわっと温かくなる。

――照れ隠し……なさってるんだ……。

無表情のアンドレアスを横目に見て、リーラは小さく微笑んだ。隠しても分かる。親切にしすぎたと思ってあえてこんな顔をしているに違いない。

――綺麗な髪形にしていただけたわ……。

人に優しくされるのは久しぶりで、嬉しかった。胸と髪に温かいものが広がる。

にこにこしているリーラに構わず、アンドレアスは淡々とした口調で告げた。

「僕は今日からいつも通りの執務体制に戻る。お前は『イリスレイア王妃』として朝の挨拶をしたあとはここに戻ってきて寝ていていい」

寝ていていい、という言葉に、リーラの目の前がぱっと明るくなった。一晩寝たくらいでは心労と挙式の疲れが取れなくて限界だったからだ。

「ありがとうございます」

「昨日も言ったが、お前は建前上静養中ということにする。どうしても欠かせない場以外は出てこなくていい。この部屋で過ごすか、庭の散策でもしているように」

リーラは嬉しくなって笑顔で頷いた。

「はい」

「寝ていていい、と言ったときだけ嬉しそうだな」

腕組みをしてアンドレアスが言った。

「髪の毛を結っていただけたのも嬉しかったです」

微笑みかけると、アンドレアスの美しい顔が近づいてきた。

目を丸くしたリーラの額に、アンドレアスの唇が触れる。接吻されたのだと気づき、リーラは身体を固くし、頬を火照らせた。

髪の毛は一瞬ぴくりと反応しただけだ。アンドレアスには、リーラに嫌なことを無理強いするつもりはないらしい。

「朝の口づけだ。これは形だけでも夫婦である以上、必ずせねばならない。お前も僕にしろ。王室では、朝の六時の鐘が鳴る前にしなければいけない決まりがあるんだ」

どうやらこれは国王夫妻の義務らしい。

「え……えっ……わ……わたしが……くち……づけ……？」

リーラの目が一気に覚めた。焼けるように熱い頬を持て余し、リーラは息を呑む。本当にアンドレアスの額に口づけせねばならないのだろうか。

「早くしろ、六時の鐘が鳴る」

急かされたリーラは慌てて背伸びをし、身を屈めたアンドレアスの額に口づけた。

自分から男の人に口づけをするなんて、恥ずかしさで身体がはじけ飛びそうだ。

「こ……これで……ようござい……ますか……」

消え入りそうな声で尋ねたとき、アンドレアスの唇がにっと吊り上がる。

「まあ、合格だ。お前は意外と素直だな」

――どういう意味かしら……私が素直って……？

首をかしげたとき、鐘の音が響き渡った。朝六時の鐘だ。同時に居間の扉が叩かれた。

「おはようございます、国王陛下」

昨夜宿直の挨拶をしてくれた近衛騎士の声だ。赤い顔のまま姿勢を正したリーラの傍らで、アンドレアスがよく通る声で告げた。

「入れ」

鍵(かぎ)を回す音がして、近衛騎士が扉を開けた。

「朝の謁見の警護をさせていただきます。よろしくお願いいたします」

深々と頭を下げる近衛騎士の姿を見つつ、リーラは思った。

――今日は、とにかく黙ってアンドレアス様の側で笑顔で立っていることね。

リーラはアンドレアスと共に、近衛騎士二人に前後を挟まれて歩き出す。部屋を出た先の廊下には、たくさんの人が待っていた。

服装からするに、侍従長とその部下の男女たちだろう。

「おはよう」

アンドレアスが鷹揚な口調で言う。リーラも続けて、「おはようございます」と言って頭を下げた。すると黙っていた人々が一斉に挨拶を返してきた。

「おはようございます、国王陛下、王妃殿下」

――アンドレアス様が喋るまでは誰も喋らないのね……。私も気をつけよう。

「イリスレイア殿、これから謁見の間に参ります。我がオルストレム王家では、毎朝王宮の者たちと顔を合わせ、朝の挨拶を交わすのが伝統なのです」

「かしこまりました、アンドレアス様」

それにしても別人のように丁寧な態度だ。リーラを本物の王妃のように扱っている。

――急に偽王妃を押しつけられたのに、上手くつじつまを合わせてくださるんだから、アンドレアス様は頭の回転が速い方なんだわ。

しかし残念なことに、アンドレアスとは違い、リーラは特に頭の回転が速くない。ちゃんとアンドレアスの言うことを聞いて『ぼろを出さない』ようにしなければ。

朝の光が差し込む荘厳な廊下を通りながら、リーラはキョロキョロと辺りを見回す。何もかもが古めかしくて立派で、好奇心が掻き立てられる。

「ここには三百年前に高名な画家が描いた絵が残っています」

アンドレアスが廊下の交差する部分のホールで立ち止まり、天井を見上げた。

――まあ……風の神様が描いてある……！

生き生きと躍動するような風の神が、花の乙女を攫っていく絵だった。まき散らされた花は四隅の柱にまで広がり、柱の金泥模様に繋がっている。

「この城はとても古いので、至る所に骨董品があります。たとえばこの大窓の枠もそう。百五十年前、イスキアがニルスレーンとの戦いに勝利した折、友好国の戦勝を祝って作られた窓枠なのです。これらの文化財を補修を重ねて守っていくのも王家の仕事です」

よく見れば、アンドレアスが示した大きな窓枠には戦艦が彫り込まれている。

「参りましょう、イリスレイア殿。すっかり見入ってしまいました」

アンドレアスに言われ、リーラは頷いた。人々の一行はしずしずと謁見室に向かう。

「謁見室もいくつかありますが、このような朝の挨拶は第三謁見室で行います。広さがあり、気軽な催しに使える場所です」

――え……と……第三謁見室は広さがあって……気軽な……。

リーラは慌ててアンドレアスの言葉を頭に叩き込む。とにかく朝、早起きしてからもやることが山積みなのが分かった。

どうやらここが第三謁見室らしい。リーラはアンドレアスに続いて、開かれた扉の中から第三謁見室に入った。

周囲には人々が立っている。椅子が二つある。王と王妃の座らしい。

そのとき不意に赤ちゃんの声が響き渡った。

「あ！　あっぱ！」

隣を歩いていたアンドレアスが相好を崩し、声の主である赤子に歩み寄る。

金髪の可愛らしい赤ちゃんを抱いているのは、オーウェンだ。背の高い彼の傍らには、この世のものとは思えないほどに美しい女性が佇んでいる。

——あっ、もしかしてこの方が、アンドレアス様の妹君の、フェリシア殿下？

緩やかに波打つ黄金の髪に、夢見るような真っ青な瞳、真っ白な肌。微笑みを浮かべた口元。同性のリーラですら見とれてしまう、春の女神のような美しさだ。

手には杖を持っている。事故で足が不自由になったと聞いたが、藤色のドレスを着こなす優美な佇まいは、悲惨な怪我の後遺症など感じさせない気品に溢れていた。

——あの赤ちゃんは、フェリシア様とオーウェン様の御子様なのね。

「おはよう、エマ」

アンドレアスが、赤ちゃんに挨拶をした。この愛らしい子はエマという名前らしい。アンドレアスが言葉を発して初めて、周囲の人々が一斉に笑いさざめいた。

「うま……ん……んん……まんま！」

手を伸ばしたエマをオーウェンの手から抱き上げ、アンドレアスが額に口づけをする。

「謁見室で僕より先に喋るのはお前くらいだ、エマ」

優しい、愛情に満ちた口調だった。

笑顔でアンドレアスとエマを見守っていたフェリシアが、優しい声で言う。

「陛下、結婚式はお疲れ様でした」

「ああ、ありがとう。お前は今日は休んでいて良かったのに」

エマをオーウェンの腕に返し、アンドレアスが答える。

「いいえ、王妃殿下に朝のご挨拶する最初の機会ですので、夫に頼んでエマと私も同席させていただきましたの」

フェリシアはアンドレアスの背後にひっそり立つリーラを見つめ、きらめくような笑顔で告げた。

「イリスレイア様、おはようございます。フェリシアと申します。不慣れな王宮で何かお困りのことがございましたら、私にご相談くださいませね」

フェリシアの美しさと優雅さに見とれていたリーラは、慌てて「ありがとうございます」と深々と頭を下げる。自分の髪がきらきらと輝くような気がした。

この輝きは、リーラが感じ取ったフェリシアの優しさだろう。

フェリシアはリーラが『偽妃』だと知っている一人だ。

その彼女がこんなに朝早くから赤ちゃんを連れて謁見に来てくれたのは、偽妃として振る舞わねばならないリーラを気遣ってのことに違いない。

乳児を抱え、足も不自由なフェリシアは、臣下の謁見に出る必要はないのだろうに。

――なんてお綺麗でお優しいの。本物のお姫様ってこんなにキラキラしているのね……。

そのとき、フェリシアが何かに気づいたように、あら、と声を上げた。

「イリスレイア様の御髪は、もしかして陛下が？」

「時間がなかったからな」

少し照れたようにアンドレアスが答える。

どうやらアンドレアスは、フェリシアにはとても気を許しているようだ。

彼女に向ける優しい表情は、リーラに向けられるからかい混じりの態度とはまるで違う。

――ああ、アンドレアス様はフェリシア様を心の底から愛しておいでなのね……。

さっき、母を早くに亡くしたと聞いた。

アンドレアスは九つ年下のフェリシアを守るために、『お兄様』としてずっと頑張ってきたに違いない。そう思える、温かく包み込むような表情だった。

――いいなあ、兄妹って。

二人の仲の良さにリーラまでつられてにこにこしてしまった。

アンドレアスはリーラを振り返ると、よそ行きの口調で言った。

「イリスレイア殿、向かって左が王妃の席です。私が挨拶を終えるまでは着座せずにお待ちください」

リーラははっと我に返り、頷いて、教えられた新しい決まりを頭に叩き込む。

とにかくアンドレアスが喋っている間は黙る。そして彼が何かしたら、自分も同じことをする。王様である彼より先に座ったり喋ったりしてはいけない。

だんだん分かってきたが、細かいことまでちゃんと忘れずにいられるだろうか……。

不安に思いながら、リーラは王妃の座の前に立った。

アンドレアスが短い朝の挨拶と、早朝から働くことへのねぎらいを述べて着座する。

リーラも一礼してそっと『王妃の座』に座った。

侍従長がアンドレアスの前に立ち、今日の予定を述べ始めた。

——い、一体いくつご予定があるの……私、覚えられないわ……。

生まれながらの王族とはすごいものだ。こんなにも忙しい毎日を平然とこなすうえ、いつもにこやかで身ぎれいにしているなんて、超人のようだ。

——でもこんな生活をなさっていては、気力が持ってもお身体が先に壊れてしまうわ。

アンドレアスの美しい横顔を見ていると不安が込み上げてくる。

リーラの目には、アンドレアスの身体が『義務と責任』という名の茨(いばら)でぐるぐる巻きにされているように見えた。

第二章　王様はやや過保護

――アンドレアス様に、自由にお庭に出ていいと言われていたっけ……。

朝の謁見を終え、私室で朝食を摂ったあと、リーラは窓から庭を見下ろした。

色とりどりの花がきっちりと幾何学模様を描くように植え付けられている。

そういえば昨夜、バルコニーに出ようとしたとき、妙な声が聞こえたことを思い出す。

自分は高所恐怖症だったのだろうか……思い出そうと試みるも、頭の中は真っ白のままだった。

――頑張って思い出して！　ほら！

強めにこめかみを押してみるも、まったく何も思い出せない。なぜ何も覚えていないのだろうか。

リーラは諦めて、美しいオルストレム王宮を冒険してみることにした。

――綺麗なお庭。行くには一階から回ればいいのよね。

いつになく心が浮き立った。記憶にある限り、これまでは何もない時間の連続だったから、今の自由が嬉しくてたまらない。

リーラは「外に出てみます」と侍女頭に断り、部屋を出た。階下に降りて、箱庭に繋げる硝子の扉を押す。

ついてきた侍女たちは、箱庭の入り口で待っていた。

爽やかな風が髪を揺らす。リーラは緑の香りに誘われて足を一歩踏み出した。

――すごいお庭。王様と王妃様しか入れないなんてもったいないわ……。

リーラの唇から感嘆のため息が漏れた。

この箱庭は国王夫妻が眺めるためだけに設えられた特別な場所で、他の部屋からは見えないようになっているそうだ。咲いている花も珍しく美しいものばかりだという。

箱庭を見回しているうち、他の場所も見てみたくなってきた。

美しい箱庭に後ろ髪を引かれながらも、リーラは建物の中に戻り、更に廊下を歩いた。

「他のお庭も拝見して参ります」

侍女たちは「かしこまりました」と返事をし、しずしずとあとをついてくる。

ずいぶん長い廊下を歩いた果てに、庭に繋がる扉があった。

「イリスレイア様、この先は、王宮で一番広い大庭園でございますわ」

侍女頭が背後から声を掛けてくる。リーラは「ありがとうございます」とお礼を言い、扉を開けて優美な庭園に踏み出した。

――それにしてもオルストレム王宮は立派な建物だわ。巨大な芸術品みたい。

リーラは王宮の建物をつくづくと眺めた。

数百年の歴史のある王宮の偉容は、由緒あるオルストレムにふさわしい。厳格なアンドレアスがこの国の王であることもまた、ふさわしく思えた。

——もう少しお庭を歩いて部屋に帰ろう。私はあまり目立たない方がいいものね。

歩き回っているうちに、王宮の外庭と中庭を仕切る薔薇の生け垣を、庭師が熱心に手入れしているところに出くわした。

もうすぐ開きそうな蕾が容赦なく切り落とされている。誰が教えてくれたか忘れたが、蕾を付けすぎると樹が痩せるから、ああして手入れをしているのだ。

庭師の仕事ぶりを眺めていたら、ふとアンドレアスの顔が思い浮かんだ。

自分のことを『リーラ』と本当の名前で呼ぶと言ってくれた、不思議な王様。

——そうだ、アンドレアス様へのお土産に、綺麗な蕾を分けてもらおう。

国王夫妻の私室には立派な花が飾られているが、アンドレアスが仕事で使っていた机には、何も置かれていなかった。

忙しく働いている最中でも、花がすぐ側にあれば、アンドレアスも心が安らぐのではないだろうか。一輪挿しなら場所も取らないはずだ。

リーラは落ちている花殻に歩み寄り、庭師に声を掛けた。

「庭師さん、この落ちている蕾をいくつかくださいな」

リーラを振り返った庭師は首をかしげ、背後に立つ侍女たちに気づいて深々と頭を下げた。どこぞの貴婦人か令嬢だと思われたに違いない。

「よろしゅうございますが、花瓶に生けるには長さが短いかと」

生け垣の形を整えるために、薔薇はずいぶん短く切られている。

「一輪挿しに挿して、お仕事机に飾りたいんです」

「なるほど……かしこまりました。では……」

拾ってくれようとする侍女たちや庭師を押しとどめ、リーラは一人地面にかがみ込む。なるべく茎が長い花を拾い、庭師に礼を言うと、手に持ったまま歩き出す。

——このお花がアンドレアス様のお心の癒やしとなりますように。

そう思いながら、リーラは美しい庭園を見渡す。

休憩中とおぼしき、王宮付きの女性たちの笑いさざめく声が聞こえてきた。服装を見るに、侍女ではなく役人か、なんらかの専門職のようだ。

「信じられて？　あの伯爵夫人ったら、音楽省の人間を堂々と批判なさるのよ。楽士の選択がなってないって。本当に失礼極まりないわ、こちらは演奏者選びの玄人よ」

「知っているわ、今週の音楽会は私が夫人の案内役なの。最悪。誰か私の代わりに犠牲になってくれないかしら」

女性たちの会話を聞いた瞬間、全身にぞくりと悪寒が走った。

リーラの身体が凍り付く。

——え？　あ、足が動かない……。

なぜ足が動かないのだろう。理由は分からない。だが、侍女たちの会話がひどく怖いのだ。そのせいで身体中ががたがたと震え始める。

　――代わり……に……。

「私は遠慮するわ」

「ふふっ、私も嫌よ、あんな意地悪おばさんの相手は」

「もう！　いつも上手いこと言って逃げて！　誰か私の身代わりになりなさいよ」

　女性たちは喧嘩をしているわけではない。ふざけ合っているだけだ。

　なのになぜか、リーラはますます恐怖を覚えて動けなくなる。

「あ……み、身代わりに……なり……ます……」

　リーラの唇から、自分でも思いも寄らない言葉が漏れた。

　目の前が真っ赤に染まる。これはなんだろう、血……だろうか。こんなに大量の血を自分は見たことがあるのだろうか。

　――い、いやだ……どうしたの……私……。

　へなへなと腰を抜かしたリーラは、自分の身体が言うことを聞かないことに困惑する。

　リーラの後を少し離れてついてきていた侍女たちが、慌てたように駆け寄ってきた。

「イリスレイア様、いかがなさいました？」

　――涙？　なんで？　あれ……？

　目からとめどなく涙があふれ出す。

「イリスレイア様、ご気分がお悪いのですか？」

身体の震えが止まらず動けないリーラの前に膝をつき、侍女頭が心配そうに尋ねてきた。

「……っ……あ……や……やめ……私が……身代わりに……あ……」

喉からは引きつったような声と、妙な言葉しか出てこない。大丈夫ですと答えようとしているのに身体が言うことを聞かない。

——変な人だと思われてしまうわ……立たなきゃ……。

侍女頭の視線を感じながら、リーラは声を絞り出す。

「だ……大丈夫……ごめんなさい……」

やっとまともに声が出た。

咳払いして確かめると、言葉の自由も取り戻せたことが分かった。しかし涙と足の震えが止まらない。

「陛下に、イリスレイア様が体調を崩されたとご報告を」

侍女頭の言葉に、リーラに付き添っていた侍女が頷き、駆け去っていく。

——あ……ど、どうしよう……私、どうしてしまったの……。

おろおろしているリーラの背を撫でながら、侍女頭が言った。

「誰か近衛騎士を呼んできてちょうだい。イリスレイア様を部屋までお運びするようにとお伝えして」

◆

アンドレアスは、執務室でリーラの身の上に思いを馳せていた。

――さて、あの偽妃様は本当に何者なのだろうな……。

誰がどう考えてもリーラは怪しさ満点なのだが、本人に接していると無防備すぎて密偵とは思えなくなってくる。

人を見抜く目にはそれなりの自信があるアンドレアスだが、リーラのことは『ただの大人しい令嬢では』と思えて仕方ないのだ。

そのとき、考え込むアンドレアスの傍らに侍従長が近づいてきて、小声で告げた。

「陛下、王妃殿下がお倒れになったそうです」

侍従長から報告を受けたアンドレアスはぎょっとして腰を浮かしかけた。

――リーラが倒れた？

今朝、眠そうにふらふらしていたが、あれは体調不良のせいだったのだろうか。だとしたら可哀想なことをした。しっかりしろと叱りつけ、無理やり朝の謁見に引きずっていってしまったのだから。

「大丈夫かな？」

「侍女が申すには、貧血か何かだろうと」

「心配だ、イリスレイア殿はまだオルストレムの暮らしに慣れておられないから。回復しないようなら遠慮なく侍医を呼ぶよう伝えてくれ」

「かしこまりました」

リーラの顔を見に行きたいのはやまやまだが、この先も仕事の予定がぎっしりだ。大事に至らない限りは侍女たちに任せるしかない。

侍従長を見送ったアンドレアスは立ち上がり、執務室の脇の小部屋に向かう。オーウェンも心得た様子でついてきた。

「……女王陛下の代理でいらしたロスヴァ公爵閣下はまだ滞在しているのか」

アンドレアスの問いに、オーウェンは首を横に振った。

「挙式が終わるやいなや、宴にも出ずにそそくさと旅立たれたとのこと。なんでも国元に大量の仕事を残されているそうで、当方の貴族院や役人たちの引き留めも固辞されて、どうしようもなかったそうです」

アンドレアスは舌打ちしたい気分になった。

「逃げたか。リーラの正体を問い詰めようと思っていたのだが」

「まあ、聞いたところで『本当のこと』などお答えにならないとは思いますけれども」

淡々としたオーウェンの態度に、アンドレアスは苦いものを呑み下したような気分を味わう。なぜ他国にこれほど侮られねばならないのだろう。

――いつか煮え湯を呑ませてやる……。

腹の中で毒づき、アンドレアスは傍らのオーウェンに尋ねた。

「では現在分かっているリーラの身元は？」

「事前に受け取っていた書類以上のことは把握できておりません。先王が晩年にもうけた妾腹の子、母親はリーラ様が産まれたときに逝去。その後は王家の保護下で暮らしていた。それだけです」

納得できない思いでアンドレアスは腕組みをした。

――身代わりを立てるのにあれだけ時間が掛かった、ということは、仲介のイスキアも恐らくリーラの存在を知らなかったのだろう。僕たちは『何者』を押しつけられたんだ。

アンドレアスは表情を翳(かげ)らせた。

リーラの存在が隠されていた理由はなんなのか。考え込むアンドレアスをよそに、オーウェンは話を続けた。

「その他に気になりましたのは、イリスレイア王女の身の上です。カンドキア王家には四つで亡くなられた、ネリシアという名の第一王女がいらっしゃったそうです」

アンドレアスは記憶をたぐり寄せる。

「その名は聞いたことがある。亡くなられたという話も覚えがあるぞ」

「はい、突然高熱を出され、薬石効(やくせきこう)なく、儚くなられたとのことです。外交記録にお悔やみの手紙をお送りしたことが間違いなく残っておりました」

オーウェンの言うとおり、カンドキアの第一王女は幼少時に病死したと聞いた。その半年後に王子が産まれ、次にイリスレイア王女を授かったと……。

「女王はイリスレイア王女を、亡きネリシア王女の生まれ変わりだと仰り、非公式の場では『ネリシア』と呼んでおられたようですね。ですがここ数年はイリスレイア王女は公式の場に姿を現さず、病気療養中だったようです」

　オーウェンの報告にアンドレアスは眉根を寄せた。

「次女を長女の名で呼ぶ？　そんなに亡くなられた長女だけが大切だったのかな？」

だとしたら変わった母親だ。深く立ち入る気はないが、親なら子を平等に可愛がれと言ってやりたい。

「聞くところによると、亡くなられたネリシア王女は、幼くして特殊な能力に恵まれていたとか。王家にとっては特別な存在であられたようです。ネリシア様の死後に生まれたイリスレイア様は、姉姫にお力が及ばなかった……との噂も流れているようですね」

「『稀姫』とかいうあれか。昔は他国の王族が競って迎えようとした……とかいう」

　非常識な女王の親書を思い出し、アンドレアスは渋面になった。

「はい。稀姫は、伴侶となった男に幸運をもたらす奇跡の女性とされ、尊ばれていたとのこと。カンドキア王家が没落した今では、もう昔話になってしまいましたが」

「分かった。ともあれ、もう少しリーラの身辺調査を続けてくれ。僕たちはどこの誰を偽花嫁として押しつけられたのか。リーラが間諜の可能性もまだ捨てきれないからな」

　アンドレアスの指示に、オーウェンが自信に満ちた口調で答えた。

「今のところ、リーラ様からは怪しい気配はいたしません。嘘もついてはいらっしゃらないようにお見受けいたします」

他の人間がこんなことを言い出したら『根拠を示せ』と質すところだが、オーウェンは小さな頃から『気配』だの『匂い』だの、アンドレアスには理解しがたい理由で人の本質を見抜くのだ。ほぼ外さない。理屈っぽいアンドレアスから見れば不思議で仕方ないが、そういう男なのだ。

「では、オーウェン、お前には、リーラがどんな人物に見える？」

「裏表のない素直な方かと……妻ともまた違って、ひたすらに無垢で大人しい、世間も知らないお方なのではないかと思います」

「なるほど、参考にしておく」

オーウェンの見立ては、アンドレアスの印象と重なっている。ますますリーラが何者なのか分からなくなった。

腕組みをしたアンドレアスに、オーウェンが笑顔で言った。

「そういえば、妻が申しておりました。陛下とリーラ様はとてもお似合いで、良いご縁を得て嬉しいと。初めてでございますね、妻がアンドレアス様のお妃候補に『合格』を出すのは」

オーウェンの口から出たのは予想外の言葉だった。

「は……？　なんの話だ？」

「リーラ様は、どうやら妻のお眼鏡に適ったようで」

フェリシアは兄王に近づく女性に対して、評価が手厳しかった。

これまで様々な令嬢が『王妃候補』として挙がったが、フェリシアは誰に対しても『非の打ち所のないお嬢様ですが……』と前置きしつつも、賛成しないのが常だったのだ。

――教養があっても、聡明でも、気丈でも、美人でも、全員『否』だったのに。今まで一番頼りない偽妃のリーラがなぜ『合格』なんだ?

妹の考えていることが分からず、アンドレアスはますます首をかしげる。

それに、そもそもリーラは『影武者』だ。偽花嫁との相性がとても良さそうだと喜ばれても、なんと返事をしてよいのか分からない。

「リーラは本物の妻ではない、推薦されても困る」

当惑するアンドレアスの答えにオーウェンは言った。

「それはさておき、妻は、陛下には賢くしっかりしたお相手よりも、あのくらい頼りなげで大人しい方のほうがよいと申しておりまして……私も賛成でございます。さすがは私の妻、良いところに目を付けました」

「いや、『さておき』ではない。リーラはイリスレイア殿の影武者だ。お前たちは何を言っているんだ、大丈夫か?」

オーウェンは首を横に振った。『分かってない』と言わんばかりの表情だ。

――なんだその態度は……。

顔をしかめたアンドレアスに、オーウェンが真顔で告げる。

「本物がしばらく見つからなければ、あの無垢で清らかなリーラ様をそのまま娶ってしまえばようございます。妻もそう思っているのでしょう。率直に申し上げて、私ども夫婦の意見は『このままリーラ様との間にお世継ぎを』です」

「……？」

あまりのことにとっさに言葉が出てこない。

『どんなときも、まずはひと言言い返す』が信条のアンドレアスには珍しいことだった。

「おめでとうございます、陛下」

オーウェンの祝福の言葉に、思考停止していたアンドレアスはようやく我に返る。

「ば、馬鹿を言うな。偽花嫁だぞ、相手は」

妹もオーウェンも気が触れたのかと思いながら、アンドレアスは厳しい口調で言った。

しかし、オーウェンはなぜか引かない。

「偽者も本物も関係ありません。心ばえの良い清らかな女性こそがオルストレムの王妃となるべきなのです。陛下の口の巧(たくみ)さがあれば、どんな無茶も誤魔化せます」

オーウェンの言葉にアンドレアスはため息をついた。

——何を言い出すんだ、お前たちは……！　まったく、面倒なことになったな。可能であれば、結婚自体を無しにしたいくらいの気持ちなのに。

アンドレアスは、王族としては異例の晩婚だ。

妃は要らない、王位を継ぐのは我が子でなくてもいいと突っぱねてきた。理由は国王の仕事に没頭したかったからだ。

——皆に仕事中毒と言われるが、本当にそうなのかもしれない。

更には二年前、オルストレムの某公爵が『若造のアンドレアスには国政を任せられない、王位を譲れ』と内乱を起こした。

王宮は裏切り者の公爵家の軍に囲まれ、アンドレアス自身もなかなか危ない思いをしたのである。

——国民の反感を買わせるために、あえて公爵家の軍を王都に踏み込ませたが、予想通り、誰一人として公爵家につく人間はいなかった。住処を荒らされ、安全を脅かされて喜ぶ国民などいない。公爵はそれが分かっていなかったんだ。

内乱のあと、周囲は、危険に晒されたアンドレアスに『一日も早くお世継ぎを』と迫るようになった。

しかし紆余曲折(うよきょくせつ)の末に迎えるはずだった花嫁は未だ逃亡中である。

最近入った情報では、イリスレイアは複数の『男』を連れている……との噂もある。アンドレアスの予想通りだった。

——偽者と、ろくでなし王女の二択……か。確かに二択ではあるが……。

アンドレアスはため息をついて小部屋を出て、侍従長を呼んで言付けた。

「イリスレイア殿に菓子をお届けしてくれ。口当たりのいい甘いものなら喉を通るかもしれないから」

頼んだ後もやはりリーラのことが気に掛かる。

ひ弱で守るべき存在が体調を崩していると思うと、なんだか落ち着かない気分だった。


夜、国王夫妻の私室に戻ったアンドレアスは、真っ先にリーラの様子を確認した。

「ただいま。体調は大丈夫ですか、イリスレイア殿」

「お帰りなさいませ、アンドレアス様」

出迎えてくれたリーラの声は沈んでいた。

侍女頭からは、大分前に『回復されたようです』と報告を受けている。

だがこのしょげた表情はどうしたことだろう。

付き添いの侍女たちを退出させ、アンドレアスはリーラの小さな顔を覗き込む。

「顔色は悪くないようだが、元気がないな、まだ具合が悪いか？」

リーラは無言で首を横に振った。様子を窺いつつ、アンドレアスは問いを重ねた。

「差し入れた菓子をほとんど食べなかったと聞いたが、甘いものは嫌いか？」

「いいえ、ちょっと食欲がなかっただけです」

「食べたい菓子があるなら侍女に取り寄せさせろ、好きに頼んで構わないから」

「自分がどんなお菓子が好きなのかよく分からなくて……。幽閉されている間、お菓子を一口も食べていな……あっ！」

不穏な単語にアンドレアスはぎょっとした。

「幽閉？　どういうことだ？　そんな話は初耳なのだが」

リーラがはっとしたように口元を覆う。

「いっ……今のは、間違いです、あの、言い間違いでございます！」

蒼白になっている。恐らくは口止めされていたことをぽろっと喋ってしまったのだろう。

「ではどこにいたのだ？」

「あの……王家の離宮で過ごしていて……えっと……」

「それを幽閉というのではないのか？」

「いえ、あの……離宮で……離宮で過ごし……」

嘘が下手すぎて目も当てられない。アンドレアスはリーラの顔を覗き込み、にっこり笑って尋ねた。

「内緒にする。誰にも言わないから詳しく話してくれ」

青い顔で口を覆っていたリーラが、大きな目でじーっとアンドレアスを見上げた。

目には『本当に内緒にしてくださいますか？』という心配がありありと浮かんでいる。

このおっちょこちょいさが演技であれば、リーラは本当に天才女優だ。

「お前はこれまで、どのような待遇のもとで暮らしてきたんだ」

リーラは不安そうにきょろきょろしていたが、やがて諦めたように言った。

「はい……理由は分からないのですが、私はずっと離宮に幽閉されていたのです」

「幽閉されていた理由に心当たりはあるか？」

リーラは困ったように目を伏せて、しばらく考え込んだのちに首を横に振った。

「分かりません……記憶にあるのは、離宮での生活だけなんです……」

「何年分くらいの記憶がある？」

アンドレアスの問いにリーラは再び困ったように首を横に振る。

——出自も偽装されているようだし、本人には記憶が無いときた。お前は一体、どこの誰なんだ……？

疑念を押し隠し、アンドレアスは穏やかに尋ねた。

「そうか。では幽閉中は、何をしていたんだ」

恐る恐る問うと、リーラがぼんやりと視線を彷徨わせながら答える。

「ずっと布袋を被っていました……」

「なんだって？」

耳にしたことが信じられず、アンドレアスは思わず問い返す。リーラはどこか焦点の定まらない目で答えた。

「布袋……です。顔を晒してはいけないと命令され、常に薄手の紗の布袋を被るよう命令されていました」

聞き間違いではなかったようだ。アンドレアスは息を呑む。

その待遇は、異様すぎやしまいか。

「生地の目は粗いのですが、目のところがくりぬかれていなかったので、ほとんど周囲は見えません。ですので、動くときも布越しにうっすら見える輪郭を頼りに、手探りで歩いていました。私の勘が鋭いのはそのせいなのかも……」

突然始まったとんでもない過去話に、アンドレアスは目を丸くした。

幽閉され、ずっと布袋を被らされていたなんて、尋常ではない。

「それは本当の話なのか？」

アンドレアスが尋ねると、リーラは頷いた。

「はい。本当です。嘘みたいな話ですけれど……。勝手に布袋を外しているところを見つかったら、とても厳しく叱責されまして」

アンドレアスはリーラをじっと見つめる。その表情には嘘をついている様子は見受けられない。リーラは視線に気づいたように、無垢な瞳を向けてきた。

「おかしな話ですよね。私も、自分がどうしてそんな扱いだったのか、まるで理由を思い出せないのです。いつから閉じ込められていたのかも曖昧で」

そう言うと、リーラは目を伏せた。

「それに今日、お庭を歩いていたらおかしなことがあって……」

「おかしなこと？」

アンドレアスの問いに、リーラは頷いた。

「急に、とても怖くなったのです」

「怖い……？　何がだ？」

　リーラが困った顔で答えた。

「それが、自分でも何が怖かったのかさっぱり分からないんです……。とにかく怖くて、足に力が入らなくなって、声も出なくて……」

　――なるほど、突然恐慌状態に陥ったということか？　理由もなく……？

　不審に思いながらもアンドレアスはリーラの話に耳を傾ける。

「それで、侍女の皆様に迷惑を掛けてしまいました。本当は貧血を起こしたわけではないのですが、上手く説明できなくて」

　奇妙な打ち明け話に、アンドレアスは眉根を寄せた。

　――急に怖くなったというのは、記憶が無いことと何か関係があるのか？　そもそも、この話が真実なのかどうか……。さて、この謎ばかりの娘をどうしてくれようか。

　考え込むアンドレアスをよそに、リーラが身を縮めて小声で続ける。

「本当にごめんなさい。訳の分からないことばかりの私が、いつご迷惑をお掛けするかと思うと、不安で仕方がないんです」

「だから先ほどから元気がないのか」

　リーラは無言で頷く。

　――僕にも訳が分からないが、リーラを問い詰めても成果は得られなそうだ。

　しばらく考えたのち、アンドレアスはできるだけ優しい口調で言った。

「分かった。あまり気に病むな。お前自身は怪しくて頼りないが、たぶん素直で真面目な娘なのだろうとは思っている、今のところはな」

アンドレアスの言葉に、落ち込んでいたリーラがぱっと顔を上げた。

「いえ、頼りなくありません、なんでも頼ってくださいませ！」

「どこがだ」

アンドレアスは間抜けな偽妃の両頬を軽く摘まんだ。リーラはそれすら避けられず、涙目になっている。

「はなひてくらはい」

——おっとりしているな……本当に箱入り令嬢のようだ、まったく……。

アンドレアスは、手を放しながらリーラに言った。

「お前はこのままイリスレイア殿の身代わりとして過ごしてくれればいい。迷惑は、掛けられたときに考える」

「でも……私、怪しいです……」

率直なリーラの言葉に、アンドレアスは思わず笑ってしまった。

「確かに怪しいが、それ以上に、僕はお前を気の毒に思う。幽閉され布袋を被らされていたなんて、まともな待遇ではないからな」

「そうですね……私……どこの誰なんでしょうか……早く思い出したいのですが……」

アンドレアスの言葉に、リーラがうなだれた。

「お前の身元は『先王陛下の妾腹の娘』だと聞いているが、僕は今まで、そんな王女の存在は一度も耳にしたことがないんだ。だから、詳しく調査しようと思っている」

アンドレアスの答えに、リーラが無邪気に微笑んだ。

「そうですね、アンドレアス様にお調べいただけば、私が何者かすぐに分かりますね」

裏表のない表情に見える。何を調べられても困らないのか、本当に記憶がないのか、そのどちらなのだろうか……。

「では、僕は少し執務をしてから休む。お前は先に寝ていろ。床に寝ていたら怒るぞ」

「いつお休みになるか心配なので、お側に控えております」

リーラの言葉に、アンドレアスは眉根を寄せた。

つい昨夜は睡魔に負け、床に転がって寝ていたくせに何を言うのか。

「いいから先に寝ろ」

リーラが頑迷(がんめい)に首を横に振る。

「いいえ、お疲れのなか無理をされないよう、お休みになるまでお待ちしております。アンドレアス様のお身体の具合が気になりますので」

「お前はどうして、僕の身体をそんなに気にするんだ」

「お身体を壊される寸前に思えて仕方ないのです、勘なのですけれど」

リーラが自信なさげに答えた。

――勘……か。確かに、妙に鋭いところはあるようだが。

初対面のリーラに『溜め込むのは身体に悪いから、私を怒ってください』と言われ、啞然としたことを思い出す。

アンドレアスは、腹の底を読ませないことには自信があった。だがリーラは、アンドレアスが巧妙に押し隠した怒りを初対面で見抜いたのだ。

――確かに僕は働き過ぎだ。最近頭痛と目眩がひどいし、本当にどこか悪くする寸前なのかもしれない……。

「ですのでお側に控えております。そうしないと安心できません」

ひたむきな眼差しできっぱりと言われると、強く断ることもできなかった。

「分かった。風邪を引くから、居眠りしそうになったら寝室に行くように」

アンドレアスの言葉に、リーラが素直に頷いた。

――なるべく急いで仕事を終えればいいか。しかし、僕が保護すべき人間に、逆に見守られることになるとは。

妙に落ち着かない気分で黒檀の執務机につくと、小さな一輪挿しに薔薇の蕾が一つだけ挿してあるのが目に付いた。

葉が一枚も残っておらず、珍妙な活け方をされている。

――変わった活け方だな。リーラが置いたのか。

長椅子のリーラの様子を窺うと、礼法の教科書を真剣に読んでいるようだ。本当にアンドレアスが床につくまで一緒に待つつもりなのだろう。

子猫に見張りを任せている気分になってきた。やはり早く仕事を終えてリーラを寝かせなければ。

──……それにしても面白い奴だ、こんな活け方をして……。

部屋には毎日侍女が美しい花を飾ってくれるのに、この一輪挿しをことのほか味わい深く思えるとは、不思議なものだ。

リーラなりに、アンドレアスの目を楽しませようとして置いてくれたのだろう。そう思うと彼女の不器用さが可愛くも思える。

──さて、仕事だ。

アンドレアスは意識を切り替え、あらかじめ運ばせておいた書類に手を付けた。

まずは軍備予算の見直し。三回目だが本当にこれでいいのかまだ確信が持てない。自分が納得するまで数字を見直す。

次に国王への直訴状の一覧だ。精査してくれたのはオーウェンなので、恣意的に情報が削られていることはない。国王が目を通す必要がある訴えは、全てこの一覧に入っている。

──南の国で蝗害が発生したか。うちは大丈夫かな……気が滅入る。他には水質汚染？　これも最近増えたな。工業廃水の取り締まりを強化しても追いつかないのか。さて……どこまで規制を厳しくするか……。

オルストレムは『斜陽の王国』などと呼ばれているが、アンドレアスには愛する母国を沈める気などさらさらない。

今も様々な技術革新を経て、年々工業技術が発展しつつある。

その一方、公害や労働問題などのひずみも現れ始めていた。

国王である自分の目で、大きな問題を取りこぼさないように見張らなければ。

この国に起きることは、最終的に国王であるアンドレアスが責任を取らねばならないのだ。そう思うと途方に暮れて目が回ってくる。

——確かに、リーラの言うとおり僕は疲れている。しかしあれとこれとそれと他にも……とにかく片付けたい仕事が山積みなんだよな……。

直訴状の一覧の頁をめくり、優先度の高い問題に丸印をつけながら、アンドレアスはため息をつく。

アンドレアスの悩みは『本物の花嫁がいつ見つかるか』だけではないのだが、弱みを見せるわけにはいかない。

——僕の命は『オルストレム王』を演じきるためだけに使わねばならないんだ。

そのとき、鋭い痛みがこめかみに走った。

頭の中がドクドクと鳴り始める。目の前が霞むほどの痛みに、アンドレアスは常備薬を探る。だが中身は空っぽだった。勝手に倍の量を呑むようになって減りが早いのだ。

——ふん……呑んでもたいして効かないからいいか。

脂汗(あぶらあせ)が浮くほどの頭痛に歯を食いしばったとき、不意に小さな手が肩に置かれた。

「アンドレアス様、いかがなさいましたか」

頼りない『見張り番』がアンドレアスの冷や汗で濡れた額に手を当てた。普段のアンドレアスなら『触るな』と一喝しているところだが、なぜか抗う気になれなかった。リーラの掌の感触が優しく、心が鎮まる温かさだったからだ。

「頭が痛むのですね」

何も言っていないのに、なぜ分かるのだろう。

「もう、お休みくださいませ」

「まだ今日の分の残務があるから」

リーラは答えず、なぜかアンドレアスの胸を服の上からさすり始める。払いのける気にはなれない。不思議だ。触れられるとかすかに苦しさが和らいでいく。

「身体が疲れたと訴えているのに、アンドレアス様が無視なさってどうするのですか？」

「僕はまだ仕事が……」

頭がぐらぐらしてきた。こんな時間に侍医を呼びつけたら騒ぎになる。多少の体調不良くらい、耐えればいいだけだ。

「寝台に横になってくださいませ」

「そうだな、少し横になってから、残りの仕事……を……」

吐き気がして、アンドレアスは言葉を途切れさせた。

リーラに腕を取られ、アンドレアスは素直に寝室に向かう。頭が痛すぎて、子猫のように非力なリーラすら払いのけることができなかった。

こんなに目が回るのも久しぶりだ。

──まずいな、明日の朝の謁見は大丈夫か……。

視界がグニャグニャと定まらなくなってきた。

──昔から頭痛持ちで目眩持ちだからな。母上も卒中で、三十と少しの若さで亡くなられた。母上似の僕も気をつけた方がいいのだろうけど……。

これまでの目眩は数時間で治まったのだが、今夜はことのほか気分が悪い。

寝台に横たわっても脂汗が引かない。年々目眩がひどくなっている気がする。

──気合いでどうにかしたところで、身体は老いていくということか。

リーラは、彼女らしくもない真剣な顔でアンドレアスを見ている。

「近衛騎士の方をお呼びします。すぐにお医者様に見ていただかなくては」

「誰も呼ぶな……僕は大丈夫だ……夜中に侍医を呼びつけるような真似をしたら、どんな余計な憶測を呼ぶか」

やっとの思いでそう答えた瞬間、リーラがアンドレアスの腕をひょいと取り、肘の裏側の外辺部をきゅっと押した。

「な！」

まるで痣を押されたような痛みが走る。思わず『痛い』と声に出しそうになったが堪えた。この女は一体何をしているのか。

唖然とするアンドレアスを横目に、リーラは肘裏辺りをぐりぐり押し続ける。

──痛い。やめろ。何をするんだ、こら……！

「身体がこんなに酷使されたくないと泣いております、アンドレアス様」

リーラが謎の独り言を言いながら、今度は脚の膝より少し下を、脛（すね）の骨に沿ってぐりぐりと押した。先ほどよりも痛い。

「い……ッ……！」

なぜこんな場所が痛いのか。

揉みほぐしは、通常は肌を晒して油や粉をまぶし、身体の表面の滑りをよくして行うものだ。ちなみに身体を触られるのが嫌いなアンドレアスは、揉みほぐしの施術で疲れを取るよう侍従に提案されても毎回拒否している。

「腕がパンパン。可哀想です。もう身体はすぐにでも休みたいと言っているのに……」

――僕の身体は僕が一番よく知って……いないかも、しれないな……！　なぜこんなに痛いんだ、おいやめろ、痛い……！

リーラの指がズボンの上から脛の骨の脇を強く擦る。手はどんどん下に下がっていく。くるぶしの内側を擦られた刹那、目玉が飛び出るかと思うほどの痛みが走った。

――なんだこれは……？

アンドレアスが身じろぎしたせいか、リーラが大きな目でじっと見つめてきた。

「やっぱりくるぶしの上、痛いですか？」

「痛いと分かってやっているのか、お前は……っ……」

「ああ、痛いなら良かった。効いてる証拠です。もっと押しますね」

可愛い声で恐ろしいことを呟きながら、リーラがアンドレアスの脚を揉みほぐす。

もうやめろと声に出したいのを堪え、アンドレアスはされるがままに耐えた。

どのくらいの時間、リーラの拷問に耐えたのだろう。頭痛を忘れるほどの痛みで全身汗だくだ。そのとき不意にリーラが手を放し、愛らしい声で言った。

「そろそろお動きになれますか？」

アンドレアスはかすかに頭を動かしてみる。悲鳴を上げたくなるような頭痛は和らぎ、鈍痛に変わっていた。

「ではうつ伏せになってください」

疲れ切ったアンドレアスは言われるままにうつ伏せになる。

寝台にのってきたリーラがアンドレアスの背を指でぐいと押した。

「……っ！」

冷や汗が出るほど痛い。そこは押すな……と情けない声が出そうになった。

彼女の押す場所は、なぜこんなにも的確に痛いのだろう。

「痛くないですか？　痛かったら痛いと仰ってくださいませ」

「ああ、痛いとも。お前が今押しているところが、とても痛い！」

もうやめさせようと素直に認めたら、リーラが嬉しそうな声を上げた。

「良かった！」

予想外の返事にアンドレアスはつい声を張り上げてしまった。

「何が良かった、だ！　痛いと言ったらやめるんじゃないのか!?」

アンドレアスは身体を反転させ、仰向けになってリーラの腕を引いた。

「きゃあっ！」

赤子のようにあっさりと、リーラが身体の上に崩れ落ちてくる。

――軽いな。しかし意外と胸が大きくていい……。

リーラにのし掛かられながら、アンドレアスは口の端を吊り上げた。拷問の仕返しだ。

「こうして抱いてみると、なかなか魅力的な身体だな」

リーラと密着したまま、アンドレアスはわざとはっきりとした口調で言った。

アンドレアスの肩の辺りで顔を伏せていたリーラが、恐る恐る顔を上げる。

「い……いきなり……引っ張らないで……くだ……さ……」

白い顔は耳も頬も真っ赤に染まっている。無防備だからこんな目に遭うのだ。

――やられっぱなしで終わるものか。今度はこちらがからかってやる。

アンドレアスは薄笑いを浮かべ、うつ伏せになって自分にのし掛かっているリーラの腰を抱え込み、動けないようにした。

「男の上に乗っておいてそんな台詞しか出ないのか？　怪しい偽妃殿」

腰を抱え込む腕を少しだけ尻のほうへずらすと、たちまちリーラが涙ぐんだ。

「いやぁっ！　そんなところ触らないでくださいっ！　手を放して……っ……」

リーラはアンドレアスの身体にのし掛かったまま、あわあわと逃れようとする。

しかし非力だ。片手で押さえているだけなのに、手足をばたつかせることしかできないとは。

――色仕掛けをしてこないな。こんなに嫌がったら、僕を身体で籠絡する機会が遠ざかるだろうに。やはりただのボーッとした娘なのだろうか？

アンドレアスはリーラの様子をじっと観察する。そろそろ潤んだ目で誘ってくるかな、と思って待つが、一向にその気配はない。

「い……いや……放して……お願いします……」

リーラが半泣きになってきたので、アンドレアスはリーラの細腰に回した腕を放した。

すると、リーラは大慌てでアンドレアスの身体から離れた。寝台の端に移動して、座って涙ぐむ。振りではなく、本当に男に襲われかけて怯えている処女にしか見えない。

「こっちに来て、さっきの続きをやってくれ」

うつ伏せになると、リーラが小さな声で尋ねてきた。

「もう……悪戯なさいませんか……？」

「何が悪戯だ。味見くらいいいだろう」

リーラは何も答えない。身体を少し起こして顔をちらりと確かめるが、真っ赤な顔で涙ぐんでいるままだ。

――これでは僕が悪者のようではないか。まあいいか……。

「分かった、しない」

そう答えると、リーラはそろそろと近づいてきて、アンドレアスの背中を押し始めた。

「あの、アンドレアス様、もしかして今、私に夜伽をお命じになったのでしょうか？」

頓珍漢な質問をされ、アンドレアスはうつ伏せのまま噴き出しそうになった。

「いいや、別に」

「さようでございますか。もし夜伽をお申しつけの際は、最初にご命令くださいませ。私、水垢離をせねばなりませんので」

――そんな色気のない共寝があるか！　雰囲気でなだれ込むものだろうが……本当に、お前という奴は……。しかし細腕で押しているとは思えないほど痛いな。

「目眩は取れたようですね」

確かに、彼女に悪戯を試みている間、あんなに辛かった目眩はほとんど感じなかった。

揉まれる激痛に耐えながらも、アンドレアスは言った。

「……そう言われてみればそうだな。たぶん、お前のお陰だ」

「良かったです。本当にもう変な悪戯はなさらないでくださいね」

「断る」

「どうしてですか！　あ、あんなふうに、みだりに女性に密着してはいけないのです！」

「へえ、初めて知った。お前は賢いな」

「か、からかっていらっしゃることくらい、分かるんですから……っ……」

この態度が演技でないなら、初心すぎて心配になってくる。『少し僕で免疫を付けてからカンドキアに帰ったほうがいい』と言ってやりたくなってしまう。

リーラに押されている部分は痛いのだが、身体がぽかぽかと温かくなってきた。

──眠い……。

ぐいぐい容赦なく背面を揉みほぐされながら、アンドレアスは目を閉じる。

「私は本当に、アンドレアス様のお身体に溜まった疲れが心配なんです。だってアンドレアス様はずっと言いたいことを呑み込んで、我慢なさっておいでですし。それだけでも身体に悪いんですよ」

「……そんなことはない。僕は別に我慢なん……ッ！」

リーラの細い指が筋の間にずぶりと沈んだ。

あまりの痛さに声が途切れる。だが、睡魔の勢いが衰えることはなかった。痛いのに、眠い。不思議な感覚だ。

涙が出るほど痛いのに、なぜか身体が温まって心地よい。リーラの小さな手が確実にアンドレアスを癒やしているのだ。

──寝間着にも……着替えていな……い……のに……。

気づけばアンドレアスは夢の中にいた。

母の葬儀の光景が見える。

父は泣きはらした目をしていた。イスキアとの関係強化のための政略結婚とはいえ、母を深く愛していたからだ。

もうすぐ二歳になるフェリシアは母が亡くなったことが理解できず、何度も母が眠る棺を覗き込んでは母を呼び、『かあしゃま、おこちて』と侍女や父にねだり、周囲の涙を誘っていた。

——母上が、こんなにも早く亡くなるなんて……。

まだ十一歳のアンドレアスの肩に、重い荷がのし掛かる。

これまでは母が実家のイスキア王家と、嫁ぎ先のオルストレム王家の繋ぎ役として、細やかな交渉の場に立ってくれていた。

けれども母の早すぎる死によって、最高の『緩衝役』が潰えてしまったのだ。

——母上の代わりは……これから僕が務めねば……。

アンドレアスは歯を食いしばり、ゆっくりと母の棺に近づく。

母は眠っているように美しかった。ちょこちょこと近づいてきたフェリシアが、アンドレアスの上着を引いて必死の声で言う。

『かあしゃま、おこちて！』

『フェリ……シア……』

小さな妹を抱き寄せ、アンドレアスは誓った。

——僕が母上の分まで、父上とフェリシアを守らなければ……。イスキアとの緩衝役となってくださった母上は、もういないんだ……。

地面に身体が沈み込んでいくような気がする。

――僕はイスキア国王の『甥』に過ぎない。伯父上は『妹』に対するように甘く接してはくださらないだろう。僕は、伯父上に付け入られてはならないんだ。

半端に知恵の回る自分を不幸だと思った。

愛する母の棺に縋って泣ければいいのに。

悲しみを爆発させて泣き叫べればいいのに。

だが駄目だ。アンドレアスは、今から『強い王太子』の仮面を被らねばならないのだ。

母を失い、国は一つ柱を欠いた。アンドレアスが強くなり、この国を支える新しい柱にならなければ。

『にいたま、かあしゃま、おこちて』

涙目のフェリシアが拙い言葉で懇願してくる。いつものように母に甘えたい、抱きしめてもらいたいのに、どうして起きてくれないのかと混乱しているのだ。

『フェリシア、母上の顔をよく見ておくんだ』

アンドレアスは力を込めてフェリシアを抱き上げ、横たわる母の顔を覗かせた。

フェリシアが大きな目で、不安そうに母の亡骸を見つめる。

妹は、大きくなっても、心の底から愛してくれた母の顔を覚えているだろうか。

まだ幼いから、たぶん忘れてしまうのだろう。それでも、今だけでもいいから、最愛の母の顔を目に焼き付けてほしい。

周囲から啜り泣きの声が聞こえてくる。

フェリシアごと父に抱きしめられたが、アンドレアスの目から涙はこぼれなかった。

――僕が母上の代わりの新しい柱になる……僕は今から子供であることをやめる。

アンドレアスが歯を食いしばると同時に、世界が暗くなっていく。

母が埋葬されたあと、訃報を聞いて駆け付けてきた伯父、イスキア国王は言った。

『キャスリンを仲介として、我が国とオルストレム王国の間で、様々な取り決めがまとまりつつあった。それを途絶えさせてはならない。お前はオルストレムの王太子であると同時に、イスキア王家と最も近い縁戚でもあるのだ。どれほど重要な立場かを理解し、迂闊な行動はしないように。キャスリンのように、こんなに早く天に召されるなど許さぬからな……』

伯父の目には涙が浮いている。母は、本当に誰からも愛されていた……。

アンドレアスは伯父に手を握りしめられたまま、頷いた。

『はい、伯父上』

伯父に手を握られながら、自分はもう泣けないのだと改めて自覚する。

母が亡くなった今、伯父は、ただの伯父ではなくなった。

『伯父上』と呼んで親しんでいたこの男は、大国イスキアの君主であり、下手をすればオルストレムの脅威ともなり得る存在に変わったのだ。

――ところで先ほどから僕に抱きついているのは誰だ。フェリシアか……いや、そんなはずはないな、あいつももう二十歳だ。

背中に抱きついているのは、小さくてふわふわした身体の持ち主だ。

続いて平和な寝息が聞こえてくる。

いつの間にか横臥位で眠っていたアンドレアスの背中に抱きつき、リーラがぐっすり眠っているのだ。

——もう……朝……？　いや、大丈夫だ。まだ謁見までは一時間ちょっとある……。

ほっとすると同時に、何が起きたのか思い出した。

背中を揉まれている途中で眠ってしまったのだ。

押しつけられているリーラの身体は、凹凸がはっきりしていて柔らかい。甘い香りが誘うように漂ってくる。

アンドレアスは無言で身体を反転させた。

——僕に乗っかってきたときはあんなに大騒ぎしたくせに、無防備な奴だ。

そう思いながら、アンドレアスはリーラの乱れた髪をそっとかき上げた。

リーラも昨日着ていたドレス姿のままだ。

恐らくアンドレアスの身体を揉むのに疲れて、そのまま傍らで眠ってしまったのだろう。

無理もない、一生懸命押してくれたのだから。

——そんなに疲れるまで頑張らなくてもいいんだ。不器用な奴……ありがとう。

ひねくれ者のアンドレアスは心の中で礼を言い、手を伸ばして、リーラの小さな鼻を摘まんだ。

「ふあ……」

リーラは一瞬だけ顔をしかめたが、鼻を摘まれたまま目を開けない。

——起きないな……。

リーラは寝息を立てている。

死んだように眠る女だと思いながら、小さな顔に手を添え、角度を変えた。

まだ起きない。あまりに無抵抗で赤ん坊のようだ。

——ここが野生動物の世界だったら、リーラはとっくに食われているのだろうな。

そう思うと可哀想なような、愛おしいような、なんとも不思議な気分になった。やはり自分がしっかり保護してやらないとだめだと、いつもの悪い癖で考える。

肘をついて上半身を起こしたとき、不意に悪戯心が湧いた。

——お前が悪いんだぞ、いつまでも起きないから。

そう思いながら、アンドレアスは無防備なリーラの額に口づけをした。

——童話の姫君のように、『王様』の口づけで目覚めるのかな。いや童話の場合は王子だったか……？　まあいい、僕のことは偉そうな王子様だと思え。

唇を離すと同時に、リーラが目を開け、ぽっと頬を染めた。

どうやら自分が何をされたか気づいて覚醒したらしい。リーラは横たわったまま細い指で額を押さえている。手に隠されていないほうの目は潤んでいた。

——本当に初心でからかい甲斐があるな、お前は……。

アンドレアスは笑ってリーラに言った。

「服のまま眠ってしまったな。侍女たちに心配を掛ける前に湯浴みをして着替えよう」

リーラがはっとしたように顔を上げ、真っ赤な顔のまま尋ねてきた。

「お身体の具合はいかがでしょうか」

「もう大丈夫だ」

普段はひどい目眩の発作を起こすとしばらく身体中が怠いのに、今朝はなんともないのが不思議だ。アンドレアスの答えに、リーラがぱっと花が咲くように笑った。

「良かった！　お背中がとっても硬くて驚きました。きっと緊張が多い人は身体中が硬くなって、病気を呼んでしまうのですね……お大事になさってくださいませ」

「お前こそ疲れただろう。僕を案じてくれるのはありがたいが、寝入ってしまうほど頑張って揉んでくれなくていい」

「はい……気合いを入れすぎて、気づいたらお隣に転がっておりました……」

リーラが赤い顔のままよろよろと寝台から下りて、アンドレアスに笑いかけた。

「先にお水で身体を清めて参ります。もう少しお休みください」

「……この部屋は二十四時間湯を引けるように整えてある。冷水など被らなくていい」

アンドレアスはリーラを留まらせ、寝台から起き上がった。

「お湯を引くってなんですか？」

「配管から勝手に湯が出てくるようになっているんだ。そんなことより、僕の体調を気遣ってくれた褒美をやる。何が欲しい？」

尋ねると、リーラがニコニコしながら答えた。

「お湯がどうやってこの部屋に運ばれてくるのか見たいです！」

——それは欲しいものではないだろう。

つい、アンドレアスは笑いそうになってしまった。私的な時間に笑うことなど滅多になかったのに。

そう思いつつ、アンドレアスは歩き出した。

「浴室に来い、説明してやる」

アンドレアスは居間と応接間を横切り、浴室に向かった。

「一部の部屋には、常に湯釜で温めている湯の配管が通されているんだ。それをこちらの水道から引いた水で温度を下げる」

複数ある栓や蛇口を見せながら説明すると、リーラはじっと見入っていた。

「この金属の塊は、お水やお湯が出てくる機械なのですね。私、昨日はお湯を溜めてもらってから身体を清めたので、知りませんでした」

言いながらリーラが細い手を熱湯の出る配管に伸ばそうとする。

「触るな、湯の配管から出るのは熱湯だからな。赤い印が付いている蛇口と、そこから続く管には触っては駄目だ」

好奇心旺盛なリーラに慌てて釘を刺し、アンドレアスは湯を溜める準備を始めた。

髪を結ってやり、風呂の湯を溜めてやって。

本来なら、宿直の侍女を呼べばいいだけなのだが、自分でやることに楽しさを感じる。

――久しぶりだな、こうして誰かに構うのは……。

そう思いながら、アンドレアスはちょこんと突っ立っているリーラに言った。

「お前が火傷をしたら困るから、絶対に勝手にいじらないように」

「はい」

リーラが従順に返事をする。素直な笑顔を見ていると、先ほど接吻したときと同様の悪戯心が再び湧き上がってくる。

「おい、リーラ」

浴槽に湯を注ぎながら、アンドレアスは真顔で言った。

「朝六時の鐘が鳴る前に僕に接吻しろ。風呂に入っていて間に合わなかったら困る」

「え……あ、あの……」

「昨日説明したはずだ。お互いにするのが習わしだと」

さすがに『冗談もいい加減にして』と怒られるかと思ったが、リーラは真っ赤になっている。アンドレアスはリーラの騙されやすさ……否、素直さに感心しながら身を屈めて、彼女の絹のような額に口づけた。

「お前も頼む。これをしないと我が国に災厄が訪れると言われているんだ」

我ながら適当すぎる話だと思ったが、リーラは震える手でアンドレアスの両頬を包み込み、そっと額に口づけしてくれた。

――本当に素直な奴。フェリシアだったら絶対に騙されないだろうな。

「あの、これで……よろしいでしょうか……」

首筋まで赤くなり、目を潤ませるこの恥じらいようが見たかったのだ。やはり子猫をからかって遊ぶのは楽しい。

「ああ、ありがとう」

アンドレアスは笑いを堪えて、大真面目にリーラにお礼を言った。


朝の謁見と、いくつか会議を終えたあと、アンドレアスは不思議と軽くなった身体で考えた。

――そういえば、幽閉されて何をすることも許されなかった、と言っていたが、あの揉みほぐしの技は誰に習ったんだろうな。

リーラは、誰もいない離宮に閉じ込められ、一日に一度、布袋を被ったまま、運動をするために侍女に連れ出されていたと言っていた。

話に偽りがなければ、リーラが誰かと接していたとは考えにくい。

そもそもリーラは、いつから離宮に閉じ込められていたのだろう。

――『離宮にいた記憶しかない』と言っていたが、もう少し聞いてみれば良かったな。

あとで尋ねてみるか。

そう思いながら、アンドレアスは会議室の王の座に腰を下ろした。

立ったまま王の入室を待っていた皆が、一斉に腰を下ろす。

「侍女頭、イリスレイア殿はつつがなくお過ごしのご様子か？」

アンドレアスの問いに、侍女頭が深々と頭を下げて答えた。

「はい、本日はご気分もよろしいようです。箱庭でお散歩を楽しまれておいでで、先ほどお伺いしたときは、お部屋に手ずからお摘みになった草花を飾っておいででした」

「そうか、ありがとう」

――侍女たちの目を盗んで悪事を働く様子はないようだな。まあ、あの鈍くささで密偵を務めるのは難しそうだ。

微笑んだアンドレアスの顔から、ふと笑みが消えた。

リーラがいつかいなくなることに気づいたからだ。

本物の妃が見つかれば、リーラは去る。あの手の掛かる子猫が用済みとしてカンドキアに呼び戻され、永遠に会えなくなる日はそう遠くないのだろう。

――そういうものだ。仕方ない。僕の本当の妃は責任感皆無の変人だからな。

かすかな喪失感を振り払った刹那、覿面に頭が痛み始めた。

最近、心労のもとになることを考え始めると頭痛がするのだが、これも病気の始まりなのだろうか。

リーラにあまりに心配されるので自分まで気になってきた。

——早めに薬を呑んでおこう。

懐に手を入れかけたアンドレアスは、もう手持ちを切らしていたことを思い出した。

打ち合わせの席に控えている侍従長を探して呼び寄せ、小声で耳打ちする。

「侍医から痛み止めをもらってきてくれ」

「は……ですが、先週、ひと月分を受け取られたかと……」

「もうなくなったんだ。今も痛いから早めに呑んでおく」

侍従長が険しい顔で頷くと、足早に打ち合わせの席を出て行った。しばらく外出時の警護計画や、来賓を迎える予定について話し合っていると、乱暴な足音が聞こえてきた。

——なんだ、城の中をドタバタと。

アンドレアスが眉根を寄せたとき、侍医が怖い顔で室内に入ってきた。普段は穏やかな彼の様子に、皆が驚いたように振り返る。

「どうなさいました、侍医殿」

さしものオーウェンもやんわり咎めるほどの勢いだった。だが侍医は厳しい顔のままアンドレアスに歩み寄り、低い声で質してきた。

「陛下、恐れながら、処方したお薬がもうないとは……床に落とされましたか？」

「効かないから何度も多めに呑んでいたら、あっと言う間になくなったんだ」

「おやめください、こちらが指示した以上の量を一度に服用されるのは！」

「最近、君の痛み止めが全然効かない。薬を変えたのなら前のものに戻してくれ」

侍医がしかめ面で首を横に振った。

「薬は変えておりません。陛下はお薬を乱用されておいでです。あれはかなり強い部類の痛み止め。それも効かないということは……失礼」

侍医がアンドレアスの脈を取り、勝手に目の中を覗き込んでくる。

「手足の痺れなどはございませんか？　動悸は？」

確かに突然手足が痺れて不安に思うことはある。激しい動悸で夜中に飛び起きることも多々あるが、弱みを握られるのは相手が侍医でも嫌だ。

「いい、気にするな。僕は大丈夫だ」

「……陛下。陛下のお父上は四十代で、お母上に至っては三十すぎの若さで亡くなられているのです。過労から突然倒れて亡くなる危険性は陛下にも十二分にございます」

父母がそれぞれ急死したのだから、無理を重ねるとぽっくり天に召される血筋であろうことはアンドレアス自身も分かっている。

だが、それでもいい。

弱い、だらしない姿を見せるより、国王として走りきって倒れてそのまま天に召されたい。この国の民を裏切りたくない。理想の王を演じきりたいのだ。

「分かった、気をつけるよ。執務の邪魔になるからこの頭痛だけ治めたいんだ」

侍医は難しい顔をして、懐から手帳を取り出し、一枚破った。

そして無礼にもアンドレアスのペンを取り上げ、怒りの形相で何かを紙に書きつける。

――薬を処方してくれればいいだけなのに。

苛立ったアンドレアスの目の前に、侍医がぐい、と紙を突き出した。

その紙にはこう書かれている。

『処方　本日のお仕事は一切中止しご静養のこと』

仕事を妨げられ眉根を寄せたアンドレアスに、侍医が厳しい口調で言った。

「これが本日私の処方するお薬でございます。痛み止めは過剰服用なさるのでお渡しできません。胃腸を傷つけますのでしばらくお控えくださいませ！」

「何を言う、これから山のように予定が……」

言いかけたアンドレアスの目の前に、にゅっと手が伸びる。オーウェンが医師の『処方箋』を手に、ふむふむと頷いた。

「かしこまりました。これより陛下のご静養の手続きに入ります。近衛隊長殿、陛下を私室にお連れくださいい、ちょっと無理やりでも大丈夫ですので」

オーウェンの言葉に、近衛隊長が立ち上がった。同時に副隊長二名も立ち上がる。

「確かに、陛下はお休みになられた方がよろしいですね」

「待て、近衛隊長……僕には執務の予定がまだ山のように」

「陛下、私室にお戻りくださいませ、お腕を失礼いたします」

副隊長二人が、座っていたアンドレアスの両脇に立ち、腕を摑んで立たせる。まるで罪人のように連行されながら、アンドレアスは抗議の声を上げた。

「仕事をさせてくれ」

「結婚式を含めて六十連勤……人間の働き方ではありませんぞ。いい大人なのですから、加減をお覚えくださいませ。陛下はお仕事中毒でございます」

「働くことの何が悪いんだ？」

「……もう一つ処方がございます」

侍医がもう一枚手帳を千切り、何かを書きつける。新しい処方にはこう書かれていた。

『新婚休暇　七日』

侍医は真面目な顔でアンドレアスに告げた。

「ゆっくりとお身体をお休めください。本当に、取り返しの付かないことになる前に！」

呆然とするアンドレアスを引きずるようにして、近衛騎士たちが歩き出す。

「僕が働くと言っているのに、皆、一体なんなんだ」

しかし侍医に反対する者は一人もいない。アンドレアスは唇を噛みしめた。近衛騎士に引きずられ部屋に連れ戻されるなんて屈辱的すぎる。

自分はそこまで分からず屋では……ある。たぶんこの国でも指折りの頑固者だ。

さすが皆、長年仕えてくれているだけあり、アンドレアスの性格を熟知しているようだ。

アンドレアスは近衛騎士の手を振り払い、背筋を正して言った。

「分かった、侍医の言うとおりに少し休むことにしよう。……一人で歩ける」

第三章　新婚休暇

「イリスレイア様、陛下がお戻りでございます」

扉の外から侍従長の声が聞こえた。

侍女に見守られつつ、庭で摘んできた小さな草花を一輪挿しに活けていたリーラは、慌てて扉の傍らに立ち、頭を下げる。

まだ昼間なのに戻ってくるなんて、どうしたのだろう。昨日の目眩が再発したのだろうか。

――体調は大丈夫でいらっしゃるかな……？

心配しつつ待っていると、居間の扉が開いた。アンドレアスのまとっている香水の香りがふわりと漂い、明るく張りのある声が響く。

「ただいま戻りました」

元気そうな笑顔だが、見ていると髪の毛がざわざわ落ち着かない感じがする。顔色もあまり良くないように見えた。

――お身体の調子があまり良くないのかも……？

アンドレアスを心配していたリーラは、はっと思い出す。

王宮の決まりでは、国王が言葉を発したあとは、王妃が喋らなければ他の人が喋れないのだ。リーラは急いで挨拶を口にした。

「お帰りなさいませ、アンドレアス様」

「侍医に休暇を処方されたので、仕事を中断せねばならなくなりました。せっかく侍女たちとのんびりお過ごしのところを申し訳ありませんが、私にお付き合いいただけますか、イリスレイア殿」

——休暇を処方？

どういう意味かと首をかしげたリーラの脇で、侍女が穏やかに言った。

「休息を取っていただけるとのこと、嬉しゅうございます。陛下はオルストレムの太陽……とはいえ、毎日、空で輝き続けておられてはお身体が参ってしまわれますから」

「ありがとう、心配を掛けてすまない。皆下がっていい。今日はこのあと、イリスレイア殿と休息を取る」

皆が退出したあと、大きな籠を持ったオーウェンだけが残った。

「今日からしばらくは、約束していた会食も全て中止だ。とりあえず昼食はここで摂る」

アンドレアスはそう言って、目の前の卓（たく）に籠を置かせた。どうやら籠の中には食事が詰め込んであるらしい。

「は、はい、では私がお支度させていただきます」

籠の留め金をどう開けるのか考えていたとき、オーウェンがぼそりと言った。

「補足いたします。この籠の中は、陛下とリーラ様が、お外で召し上がれるよう準備されたお食事一式でございます。箱庭にお持ちになり、お二人でどうぞ」

——えっ……？

驚いてアンドレアスの姿を探すと、彼はいつの間にか窓辺に立ち、箱庭を見下ろしていた。こちらを振り向こうとしない。

「箱庭まで降りずとも、ここで食べればいい。食事などどこで何を詰め込んでも栄養価も熱量も変わらないだろう」

「それはそれは、厨房長も気の毒に。いつも通りに準備した昼食を、外での食事向けに整え直していましたのに。せっかくのお休みであれば春の景色を楽しまれてはと、彼なりに気遣ってくれたのでしょう。陛下は休暇の取り方が下手でおいでだ」

からかうようなオーウェンの言葉に、アンドレアスが嫌そうな顔をして振り返った。

「僕並みに働きづめのお前が言うな」

「恐れながら、陛下よりは休暇を取るのが上手だと自負しております。少しでも長く妻と娘の顔を見ていたいので、休めるときは休むようになりました」

アンドレアスは大きなため息をつき、リーラに言った。

「……リーラ、箱庭で食べるか」

不機嫌な声だった。リーラは緊張しながら、小さな声で返事をする。

「かしこまりました」

アンドレアスはしかめ面のまま階下に降りていく。慌ててオーウェンを振り返ると、彼は笑顔で言ってくれた。

「箱庭の入り口は近衛騎士が警護しておりますので、陛下とリーラ様以外は誰も入れません。お二人でごゆっくりどうぞ」

リーラは籠を抱えたままオーウェンに頭を下げ、慌ててアンドレアスのあとを追う。

箱庭に出ると、アンドレアスが空を見上げて言った。

「今日はことのほか天気がいいな」

アンドレアスの横顔はやはり白い。

——大丈夫かな……。

心配しながらも、リーラは答えた。

「こちらのお空は、カンドキアの空よりも優しい色です」

リーラもアンドレアスと一緒に空を見上げる。

オルストレムの空は、カンドキアの突き抜けるような青とは違って、包み込むような柔らかな青だ。はるか昔、こうやって空を見ていた気がする。覚えていないけれど。

「そうか。僕がカンドキアに行く日は来ないだろうが、新しいことを知れて良かった。空の色一つとっても山脈を越えると変わるんだな。教えてくれてありがとう」

その言葉に、リーラは胸が締め付けられた。

アンドレアスは、国王として大切に扱われる代わりに、この城から自由に出ることもままならないのだ。

――私と同じ。ずっと閉じ込められていた私と同じ。

いたたまれなくなり、リーラは思わず声を上げた。

「カンドキアの話でしたら……あの……少ししか覚えていないのですけれど……聞いてください。頑張ってたくさん思い出します」

リーラの言葉にアンドレアスが淡く微笑んだ。

意外なほど優しい笑顔に、リーラは驚いて立ち尽くす。

「その四阿の卓に籠を置いてくれ」

リーラは言われたとおりに籠を置く。アンドレアスが立ち上がって籠のふたを開けた。

「私がやります、休憩なさってくださいませ」

「身元不明な偽妃様は、僕に薬でも盛る気かな？」

冗談めかしたアンドレアスの問いの意味が分からず、リーラは首をかしげた。

「なんのお薬ですか？　頭痛のお薬ですか？」

「……もういい」

アンドレアスがリーラの答えに笑い出す。そして、中に入っていた皿を取り出してリーラの前に置いてくれた。ナイフとフォークも取り出して並べてくれる。

「今日は新婚の二人で楽しく過ごせと侍医に言われた。もし僕と過ごす時間がつまらなくても、誰かに聞かれたら『楽しかった』と話を合わせてくれ」

皮肉な言葉がアンドレアスらしい。リーラは無言で頷く。

ちらりと顔色を窺ってみると、少し血色が戻っていた。会話をしているうちに気分が良くなったのかもしれない。

「もしかして、また今日も頭が痛かったのですか?」

「多少な。お前のぼんやりした顔を見ていたら治ってきた」

どういう意味なのか分からないが、リーラがぼんやりしているのは事実だ。

また頷いてみせると、アンドレアスが言った。

「まずは鶏肉の香草焼きを挟んだパンだな」

次々と料理を取り分けていく手つきの優雅さにリーラは見とれてしまった。

籠に用意されていた皿は、緑色の縁取りがされ、白い薔薇の絵が描かれている。王族の食事は食器一つとっても素晴らしいのだと感動してしまう。

「母上が生きていた頃、よくこうしてこの箱庭で花見をしながら食事をした。この皿も母上を喜ばせようと、父上が作らせたものだ。薔薇の絵は、この箱庭に咲く薔薇と同じ色にしてもらったらしい」

リーラはそっとアンドレアスの表情を窺う。彼の青い目には、今はもういない最愛の両親への愛情がありありと浮かんでいるように見えた。

——王様なんて、気軽にお友だちを作れないものね。昔から自由がなくて、ご家族だけに心を許して生きてこられたんだわ。

普段、厚い鎧を心にまとっているアンドレアスが、ほんの少しだけ心を開いてくれたことが伝わってくる。

「僕が家族の料理を取り分けると、母上はいつも喜んでくださったものだ。将来妃を迎えたら、同じようにしてあげなさいと言われた」

自分は本物の王妃ではない。だが今は素直に取り分けてもらおうとリーラは頷いた。

「母が亡くなってからも、フェリシアと父上と三人でこうやって過ごした。フェリシアには母の思い出話を何度もねだられて。……上手く伝えてやれただろうか。母は春の光のような貴婦人だったこと、フェリシアは母によく似ているということを」

そこまで話したとき、過去を夢見るような幸せ色の光が青い目から消えた。

「僕はお前に何を話しているんだろう。とにかく、外で食べるのは僕も嫌いではないという話だ。いいな？」

「はい」

アンドレアスの言葉にリーラは微笑んだ。

料理を取り分け終えたアンドレアスが、明るい表情で椅子に腰を下ろす。ふわりと風が吹き、薔薇の香りを運んでくる。桃色のつる薔薇が揺れるたびに素晴らしい甘い香りが漂ってきて、夢見心地になった。

リーラはうっとりと庭の薔薇を眺めながら、アンドレアスに尋ねた。

「今日の献立は、全部陛下のお好きなものなのですか？」

「僕に好き嫌いはない」

端然とした横顔を見せたままアンドレアスが言う。金の髪が陽光を跳ね返して冠のようにきらきらと輝いた。

『生まれついての王様』という言葉がリーラの脳裏に浮かぶ。

――こんなに綺麗で賢い王様を得られて、オルストレムの人は幸せね。

そう思いながらアンドレアスに見とれていたリーラは、ふと気づいてアンドレアスの表情を確認した。一口食べたときに顔をしかめたように見えたからだ。

――この鶏肉、美味しくないの？

不思議に思って慌てて鶏肉の香草焼きを挟んだパンを頬張る。リーラに好き嫌いはないので、とても美味しく感じた。

香ばしいし、濃いめの味付けが、中がふわふわで外がパリパリのパンと良く合う。

――美味しい……よね……？

リーラは再びアンドレアスの表情を確認する。いつも通りの鉄壁の無表情を見ていると、風もないのに髪の毛がざわざわした。嫌悪感が伝わってくる。アンドレアスは鶏肉を嫌がっているのだとリーラは直感した。

「お口に合いませんか」

一瞬ちらりと視線をくれたが、アンドレアスは答えない。口に物が入っているときは絶対に喋らないのだ。さすがに作法は完璧だ……と思いつつ、リーラは彼の答えを待った。

パンを呑み下したアンドレアスはお茶で口を清め、ようやく答えてくれた。

「別に。僕に好き嫌いはないと言っただろう」

表情からは何も読み取れないが、リーラは放っておけなくて重ねて尋ねた。

「でも鶏肉は苦手なのでは？」

リーラの問いに、アンドレアスは少し考えて答えた。

「僕の食卓に供(きょう)されるのは、オルストレム王家の養鶏場で特別に育てた鶏だ。王家の人間の食事に献上されるのだから残さず食べねば示しが付かない」

――やっぱり鶏肉がお嫌いなんだわ。

「……両親にも見抜かれたことはなかったが、お前は勘だけは鋭いな。確かに僕は鶏肉が好きではない。皆美味いと言うが、口に入れた瞬間に鳥の味がする」

――と、鳥の味……って……どういう味だと思われているの？

理解しがたい表現だが、アンドレアスにとっては大いなる問題なのだろう。リーラは笑うのを我慢して真面目に相づちを打った。

「だが問題はない。献上された品だ、一切文句を言わずにこれからも食べ続ける。お前もこの話は他に漏らさないでくれ。臣下に余計な気を遣わせたくない」

――そんな……嫌いなものを無理やり呑み込んで毎日夜中まで働くなんて……。

しかも支えてくれるはずの王妃は偽者なのだ。あまりに過酷過ぎる日常ではあるまいか。

「じゃあ、私と二人のときは、アンドレアス様が食べられるものと交換しましょう。この燻製肉はお好きですか」

「……鶏肉以外は大丈夫だ」

どうやら嫌いなのは鶏肉だけらしい。リーラは笑顔で言った。

「はい、その食べかけは私が食べてしまいますので、アンドレアス様は私のお皿のお好きな物を召し上がってくださいませ」

リーラはアンドレアスの手から、一口だけ齧った鶏肉のパンを取り上げた。

「嫌いなものは無理して召し上がらなくていいんです。だってアンドレアス様はもう大人なんですもの」

「品がない。人の食べかけなど口にするな」

叱責されたが無視をして鶏肉料理を最後まで食べきる。全部呑み下したあと、アンドレアスに微笑みかけた。

「もう食べちゃいました」

「……お前という奴は、本当に……」

アンドレアスに呆れ顔をされたが、リーラは笑ってみせた。

しばらくの沈黙ののち、アンドレアスが不意に口を開く。

「ありがとう。お前に揉んでもらったお陰でだいぶん身体が軽くなった」

急にお礼を言われ、お説教の続きだと思っていたリーラは目を丸くする。

「良かったです。またお揉みします。お身体がまだまだ硬いですから」

なぜ急にお礼を言ってくれたのだろう。リーラはしばらく考え、はっと気づいた。

「鶏肉を食べて差し上げたからご機嫌でいらっしゃるのですか？」

「馬鹿」

ひと言で片付けられてしまい、リーラはかすかに唇を尖らせる。アンドレアスは、自分の思っていることをもう少し説明してくれてもいいと思う。

——なんだか髪がむずむずする……何かしら？　普段はこんなふうにならないのに。

リーラはアンドレアスの真っ青な目をちらりと見つめた。

彼はいつも飄々（ひょうひょう）としていて、表情が読めない。

リーラの髪はアンドレアスのどんな気持ちを受け止めているのだろう。あまり感じたことがない感覚で不思議だった。しかし、悪い気分ではない。

初めて会ったときとは別人のように、優しくて柔らかい気配だからだ。

もしかしたら、アンドレアスはリーラに少し気を許してくれたのかもしれない。

——そうだったら嬉しいわ……私、アンドレアス様の心労の種だもの。そうでなくても怪しい身の上で申し訳ないことだらけだし……。

リーラは、アンドレアスに悟られないよう、込み上げる喜びを呑み込む。

身代わりの妃が『王様と仲良くなれて嬉しい』なんて思うべきではないからだ。

——でも、やっぱり嬉しい……。

顔が熱くなってきて、リーラは慌てて俯いた。なぜだろう。アンドレアスとの心の距離が近づいたかもしれないと思うと、胸がどきどきする。

そのとき、アンドレアスが不意に卓に肘をつき、身を乗り出してきた。美しい青い目には悪戯っぽい光が瞬いていた。

「さて……この七日間、お前で何をして遊ぼうかな」

リーラは、赤く火照った頬を押さえ、アンドレアスの不穏な台詞に反応して身構えた。

「あの、私で遊ぶとは……えっ……？　何が七日なのですか？」

「休暇だ。死にたくなければ休めと侍医に言われた」

不本意そうにアンドレアスが言う。

リーラはほっとして、笑顔でアンドレアスに告げた。

「良かった。絶対にお身体を休めたほうがいいです。お休みが終わっても無理はしすぎず、ゆったり働かれたほうがいいと思います！」

「やることが山のようにあるから、働いていたほうが気が楽なのだが」

「いいえ、今日もお身体を揉んで差し上げます。どうか大事になさってくださいませ」

そう告げると、アンドレアスは長い指を伸ばして、つんとリーラの額をつついた。

「それはどうも。僕のいい退屈しのぎになってくれるわけだな」

昨夜アンドレアスにからかわれたことを思い出し、リーラの顔が再び熱くなる。

「あ、あ、あの、おふざけは、ほどほどになさってくださいませ……」

リーラの必死の訴えを、アンドレアスは鼻で笑った。

「断る」


休暇二日目の朝が来た。

昨夜もアンドレアスの身体を真剣に揉んでいたせいか、二人して服のまま寝入ってしまったようだ。

――一生懸命揉みすぎちゃったみたい。また眠ってしまったわ……。

そう思いながら、リーラは天井を睨んで深呼吸をする。

今日も国の平和のために『夫』に接吻をしなければならないのだ。

リーラはむくりと起き上がり、姿勢を正して真剣な顔をすると、眠っているアンドレアスの秀麗な額に唇を押しつける。

――まだ六時になっていない。間に合って良かった。

そう思いながら、リーラは熟睡しているアンドレアスを揺すった。

「アンドレアス様、朝の口づけのお時間でございます、六時に間に合うよう接吻してくださいませ」

「……何を言ってるんだ……お前は……」

アンドレアスは目も開けずに背中を向けてしまう。リーラは焦ってアンドレアスの顔を覗き込んだ。

「何を、ではございません。朝の六時までに接吻していただかないと」

言いながら壁際の時計を見る。あと五分ほどしかない。

「アンドレアス様、私に接吻してくださいませ」

必死で呼びかけると、アンドレアスが不意に身体を起こしてリーラの腕を引いた。

「大胆な誘い方だな……悪くない……」

目覚めきっていないことが明らかな、くぐもった声だった。

——え……？

そのまま広い胸に抱き込まれ、リーラの目が点になる。アンドレアスの手は遠慮無くリーラのドレスの裾に潜り込んできた。

凍り付いていたリーラは、腿に直に触れられた瞬間に我に返る。

なぜこんな場所を。大変だ。寝ぼけているに違いない。

リーラは慌ててアンドレアスの胸を押す。

「アンドレアス様！　おやめくださいませ、そこは脚でございます！」

「ん……なんだお前か……おはよう。休暇で気が抜けた。よく寝たな」

リーラのドレスの裾に手を突っ込んだままアンドレアスが言う。そして瞬きをして、ニッと笑った。

「続きをするか」

リーラの髪の毛がボッと熱を帯びるのが分かった。

どうやらアンドレアスが謎の熱を滾らせているらしい。

――嘘……。

まさか突然性交する気になったのだろうか。アンドレアスは気まぐれなところがあるので、したくなったのかもしれない。

――も、もちろん望まれた場合は従うけれど……ア、ア、アンドレアス様のことも王様としてお、お、お、お慕い申し上げているけれど、今は嫌……！

性交を求められた場合は、身体中を冷水で清め、塵一つ付いていない状態で寝間着のみを身につけて、アンドレアスの許可があったら寝台にあがるよう習った。

こんな昨日の服を着たまま転がっていた状態で身体を許すことには抵抗がある。そもそも行為そのものに抵抗がありすぎるのだが。

大きな掌がリーラの腿を這う。リーラはアンドレアスの手を必死で押しとどめ、震え声で抗議した。

「て、手を……お離しくださいませ……昨夜身体を洗っておりません……」

「馬鹿だな、それがいいのに」

あまりのことに髪の毛が逆立ちそうになる。

「な……！」

驚きすぎて言葉も出ない。目をまん丸にしたまま硬直するリーラをしげしげと見つめ、アンドレアスは笑って手を離した。

「させてくれないのか。なんだ、つまらないな……まあいい」

アンドレアスはリーラの額にかかった髪をかき上げて口づけしてくれた。同時に、感じていた怪しげな熱も髪から消え去る。欲情は一時の気の迷いだったようだ。

リーラは安堵のあまり涙ぐみながら『ありがとうございます』と口にした。

「休暇で忘れるところだった。お前のお陰で伝統が途切れずにすんだ」

お礼を口にするアンドレアスは、なぜか肩を震わせていた。

「……どうなさったんですか？」

「いや、別に。今から湯を溜めてやるから先に身を清めてこい。僕は厨房に顔を出して朝食を出してもらえるよう声を掛け、ついでに働いている皆をねぎらってくる」

「でも……お召し物は……」

「そんなに皺になっていないから、堂々としていればバレはしない」

アンドレアスはそう言うと、なぜかもう一度リーラの額に口づけてきた。身体が熱くてたまらない。やはり何度口づけされても慣れないものだ。

「湯を溜める前にお前のドレスを選ぼう」

アンドレアスは寝台を降り、衣装室へと向かっていく。

「衣装の支度は自分でいたします！」

国王陛下にドレス選びまでお任せするなんて恐れ多すぎる。

「今日は淡い色ではなく、濃い紫を着てみるか。瞳と引き立て合って似合いそうだ」

「アンドレアス様、自分でいたしますから」

「お前は全体的に真っ白だから濃い色のほうが似合うかもしれない」

アンドレアスはひどく楽しそうだ。押しとどめようと思っていたリーラは、次々にドレスを顎の下に当てられながら立ち尽くす。

「多少派手でもお前の淑やかな雰囲気と調和していいな、いや、真っ白に銀糸の刺繍をしたドレスもいい。着せ替え甲斐がある」

どうやらリーラの服を選ぶことが楽しいらしい。リーラはほっとして、大人しくアンドレアスがドレスを選び終わるのを待った。

「白地に紫の縁取りか、これはお前でなければ着こなすのが難しいだろう。よしリーラ、今日はこれを着ろ。首飾りは真珠と紫水晶を重ねるといいかな?」

すっかり着せ替え人形になりながら、リーラは微笑んだ。

「アンドレアス様は、ドレス選びがお好きなのですか?」

「ああ、男の服よりずっと華やかで夢がある。僕は、国王でなかったら仕立屋になっていたかもしれない」

鼻歌でも歌いそうな雰囲気で宝石箱を開け、じゃらじゃらと色々な首飾りをリーラの肌にのせて、アンドレアスは考え込んだ。

「お前は色白だから真珠は肌に同化してしまう……紫水晶はいい。碧玉も似合うな」

次から次へと豪華な宝石を手にしていたアンドレアスが、ふと手を止めた。

「ああ、これは母上の遺品の中から、僕の未来の妃に譲られたものだ。イスキアの大宝石商が母上の結婚祝いに献上した金剛石の首飾りだぞ、素晴らしいだろう。今ちょっと首に掛けて、どんな様子になるか見せてくれ」

アンドレアスの手にある豪奢極まりない首飾りを見て、世間知らずのリーラも腰を抜かしそうになった。

たっぷりと黄金があしらわれ、巨大な金剛石が中央に三つ、他にも無数の金剛石がちりばめられたまばゆいばかりの逸品（いっぴん）だ。

――結婚式でお借りした宝飾品と同じくらいすごいわ……！

恐らくこれほどの品は、国家の大事な式典で第一級正装をした王妃が冠と共に身につけるべきものだ。もちろん偽妃が遊びで身につけていいものではない。

リーラはそっと手を伸ばして、アンドレアスの手を押しのけた。

「こちらのお品は、私がおいそれと触れていいものではありません。イリスレイア様に最初に身につけていただいたほうがよろしゅうございます」

遠慮がちに切り出すと、突然髪にぴりりと静電気が走る。

――えっ？

アンドレアスが不快感を覚えたのだと察し、リーラは青ざめた。

何か余計なことを言ってしまったのだろうか。

じっと見つめるリーラの前で、アンドレアスは興味を失ったように、やや乱暴な手つきで首飾りを箱に戻してしまった。

「……分かった。風呂を溜めて厨房に行ってくる。着替えの準備をして待っていろ」

アンドレアスは無表情に言うと、足早に衣装室を出て行った。

――どうしよう……。

青ざめて立ち尽くすものの、なぜアンドレアスが不機嫌になったのか分からない。

――私、きっと、差し出がましいことを言ってしまったんだわ……。

しょんぼりしながら、リーラは衣装の準備を始める。

アンドレアスに不快な顔をされることがこれほどまでに悲しいとは思わなかった。

今までは『怒らせるのが怖い』としか思っていなかったのに……。

――私、アンドレアス様のことを『王様』として尊敬していたつもりだった。なのにいつの間にか、お友だち気分で仲良くなれたつもりになっていたのかもしれないわ。

そう考えたら、ますます落ち込んでしまった。

偽妃には偽妃のわきまえがある。

いなくなったイリスレイアが悪いのは当然だけれど、かといってリーラが出しゃばっていいわけではない。

これからアンドレアスの妻として生きていくのは、イリスレイアなのだから。

自分が偽者であることを考えると胸が痛む。

アンドレアスは優しい人間だ。無理やり送り込まれてきた偽妃のリーラに対して『二人で過ごすときはお前の名前で呼ぶ』と約束してくれた。

迷惑を掛けているのに、一人の人間として扱ってくれているのだ。

アンドレアスの懐の広さに、リーラは救われた。

彼ならばイリスレイアの愚かさもいつか許し、王妃として大切にするようになるだろう。そう思ったら、胸がじりじりと焦げるような思いがした。

——イリスレイア様が羨ましいなんて。どうして私、こんな気持ちに……。

◆

リーラと庭を歩き回りながら、アンドレアスはなんとなく肩を回してみた。

身体は楽だ。リーラが揉んでくれると嘘のように具合が良くなる。

しかし腹が立つ。理由は、大切な母の首飾りをイリスレイアに最初に着けるべきだ、とリーラに言われたからだ。

せっかくの休日が、イリスレイアのことを考えただけで朝から台無しになった。

——僕は自分で思っていた以上に、無責任で自分勝手な人間が大嫌いなようだな。結婚もまともに成立していない状態でなんだが、離婚したい……。

王族は国のために命を捧げて生きる代わりに、周囲の人間から傅かれ、大切にされる。

特権階級でいられるのは、その分の重い義務を負うからだ。

それを理解していない王女など妃として受け入れたくない。

カンドキアの王家は政権を行政府に返上し、祭祀や慈善活動のみを担う立場になった。

それでも『特権階級』を維持できているのは、品位を保ち、王族としての義務を果たすことを期待されているからだ。

人々の手本にならずしてどうするつもりなのか。

カンドキアの国民たちは、イリスレイアを『病弱で、あまり表に出てこない王女』と思っているらしい。

兄の王太子と王配がほとんどの慈善活動を担い、毎日休みなく公務に就いているという。

今回の逃亡事件も表沙汰にはなっておらず、リーラが身代わりに選出されるまで『体調不良でオルストレムに旅立てず療養中』とされていたそうだ。

イリスレイアへの苛立ちと同時に、こんな結婚を強いてきたイスキア王や、結婚式に顔さえ出さずにしらばくれているカンドキア女王夫妻への怒りも連鎖的に浮かぶ。

どいつもこいつも許せない。改めて屈辱を心に刻むと同時に、ふと思った。

――僕は真面目すぎるのでは？

なぜ自分は、この状況下で律儀に結婚しようとしているのだろうか。理由は『それが契約だから』だ。

しかしイスキアとカンドキアは、契約の中身を勝手に違えてアンドレアスを虚仮（こけ）にした。

――冷静に考えれば、ふざけるなと叫びながら机をひっくり返しても許されるな？　いや、優雅ではないから、そんな真似はしないけれども……。

それにしても腹が立つ。

イリスレイアの身代わりをさせられたリーラは、一体どうなるのだろう。

カンドキアに戻されたら、また布袋を被らされて離宮に閉じ込められるのかもしれない。

それはあまりに気の毒すぎはしまいか。

――リーラが幸せになる未来がまるで見えないのに、我が儘放題をした女はオルストレム王妃の座について全部取りできるなんて、面白くない。

だが理不尽を呑み込み、国の利益の最大化を図るのが王の務めである。

王は国を最善の状態に導くために存在する。どんな我が儘も許されない。

心の底から嫌悪していても、アンドレアスはイリスレイアをオルストレム王妃に迎えねばならないのだ。

アンドレアスの気持ちなど関係ない。

――我慢しろ……我慢を……。

自分にそう言い聞かせているうちに、身体中がメリメリと痛くなってきた。

気負いすぎなのだろうか。最近、心に重い負荷が掛かると覿面に身体がおかしくなる。

アンドレアスは重苦しいため息をつき、傍らのリーラに目をやる。

――ところでリーラは先ほどからあまり喋らないな……。

普段二人でいるときは、常に可愛いらしい声で他愛ないことを話しかけてくるのに。

そう思ったとき、リーラの髪が太陽の光を浴びて虹色にきらめいた。

風呂上がりに念入りに手入れした髪は、最高級の絹糸のように見える。

リーラは手を掛ければ掛けるほど美しくなるので、世話を焼くのが楽しい。

不思議なもので、アンドレアスにとっては、最初から美しく整ったものよりも、磨けばより美しくなるもののほうが好ましいと思う。

——喋らないのは……僕が不機嫌だったからか？

リーラはとても勘が良い。

恐らく『アンドレアスは今とても不機嫌で、そうなったのは自分の発言のせいだ』と思って落ち込んでいるのだ。

——すまない、お前は何も悪くない。僕が勝手に腹を立てただけなのに。

しかし、謝罪の言葉が素直に出てこなかった。

『あの首飾りはお前に着けてやりたかったのに、断られて腹が立ったんだ。僕が短気なせいで雰囲気を悪くして申し訳ない』などと言うのは、子供じみていて情けなさすぎる。

傍らのリーラの様子をちらりと窺うと、相変わらず大きな目を伏せて寂しげな顔をしている。早くこの重苦しい空気を変えなくては……そう思いながら、アンドレアスは質問を切り出した。

「リーラ、お前が好きなのはなんの花だ」

アンドレアスの質問に、元気のなかったリーラが驚いたように顔を上げ、笑顔で答えた。

「私はリーラの花が好きです。私の名前も、リーラの花からもらったことだけは覚えているんです」

先ほどまで明らかに落ち込んでいたのに、問いかけにけなげに笑顔を作ってくれるところが優しい。落ち込ませたのはアンドレアスのほうなのに。

――本当にすまない、リーラ。僕は短気すぎるな。

リーラの声と姿はアンドレアスの好みだ。

性格ものんびり穏やかで真面目で、好ましいと思う。到底、アンドレアスを籠絡するために送り込まれた密偵とは思えない。

――いや、『思いたくない』が正解なのだろう。僕も甘くなった。歳かな……。

リーラが側にいると、不思議と安らぐのがいい。

悪戯を仕掛け、毛を逆立てる子猫のような反応を見るのが楽しくてたまらない。謝ればすぐに信頼しきって近寄ってくるところも愛らしい。

本物のイリスレイアが少しでもリーラに似ていてくれればいいのだが……。

――まあ、これっぽっちも似ていないだろう。残念だが。

考えるだけで頭痛がしてくる。やはり心労がそのまま身体に表れるようだ。

――不便な体質になってしまったものだ。

舌打ちしたい気分になったとき、リーラが尋ねてきた。

「香りも好きなんです、アンドレアス様はいかがですか？」

名前を呼ばれたと同時に、気分が明るくなり、不意に痛みが和らいだ。万病を癒やすという、妖精の魔法の粉を掛けられたかのようだ。

リーラと言葉を交わしたくらいで、なぜこんなにも気分が浮き立つのか。認めたいような認めたくないようなむずがゆい気持ちになる。

「僕も嫌いではない、花姿も香りも良いと思う」

「ありがとうございます。ですが、私が探した限りでは、リーラの木はお城のお庭に見つからなくて……」

再びリーラが大きな目を伏せた。元気がないのは相変わらずだ。

リーラの木というのは、紫の小花を付ける花木だ。

亡くなった母も好きだった。イスキア王宮には春の終わりにリーラが咲き乱れるのだといつも懐かしそうに話してくれたものだ。

フェリシアが生まれる前、第四中央庭園に父母と一緒に植樹したリーラの木を思い出す。

『アンドレアス、この花が咲く前に赤ちゃんが生まれるのよ』

あの頃母はフェリシアを宿していた。ずっと授からずに待ちわびていた第二子だ。アンドレアスも生まれてくる弟か妹が楽しみだった。

リーラの花なら植えてある、と教えかけてアンドレアスは躊躇った。

普段、家族以外の者と、自分の思い出を分かち合うことはないからだ。

アンドレアスにとっての家族とは、亡き父母とフェリシア、姪のエマ、そして弟同然に育ったオーウェンだけだ。

他の人間とは、王の仮面を被ったまま付き合っている。

それは、リーラに対しても同じはずだったのに……。

——オルストレムの王宮には、元々リーラの木は植えられていなかった。母上が育てたいと望み、父上が取り寄せた木が一本あるだけだ。

恐らく庭を設計した者は、花期の短いリーラの木よりも、長く楽しめる花木を優先して植えることを決めたのだろう。

両親とリーラの木を植えた第四中央庭園は、王宮の奥の分かりづらい場所にある。

ここに来たばかりのリーラでは簡単にたどり着けない場所だ。もしかしたら、見つける前に『身代わり』の時間が終わってしまうかもしれない。

——リーラもいつかいなくなるんだ……。

そう思った瞬間、アンドレアスは強い寂寥感とともに口を開いていた。

「リーラの木なら一本だけある。この時期なら咲いているだろう」

「本当ですか！」

アンドレアスの言葉に、リーラが目を輝かせた。明るい表情をようやく取り戻せたことに安堵しながらも、寂寥感が失せないことに戸惑いを覚える。

——身代わりなのは最初から分かっていたことだろう……感傷に浸る必要などない。そんなことより、僕も、久しぶりにあの木を見に行こう。

しばらく建物の中を歩いて、国王の執務室に近い第四中央庭園に着いた。この辺りは役人の詰め所やら議事堂やらがあり、厳めしく物々しい雰囲気が漂っている。

通りがかる高位の役人たちが、アンドレアスの姿を見つけるやいなや、深々と頭を下げる。リーラは緊張しているのか、ぎくしゃくした妙な歩き方になっていた。

——分かりやすい。可愛い奴だな……。

アンドレアスは、第四中央庭園に続く扉を開け、押さえたままリーラに片手で『お先にどうぞ』と促した。近衛騎士たちは『新婚休暇』の二人を邪魔しないつもりなのか、離れた場所で警護を続けている。

「ほら、ここに」

アンドレアスは、薔薇の木々の間に咲く清楚なリーラの木を指さした。

「まあ……！　綺麗……！」

リーラが歓声を上げる。鮮やかな明るい紫の目は、リーラの花と同じ色だ。

アンドレアスは両親と植樹したリーラの木を懐かしく眺めた。

植えたときはアンドレアスの膝までもなかったのに、今はアンドレアスの背を越えた逞しい木に育ち、満開に花を咲かせている。

時の流れの速さに目がくらむ思いがした。

きっとリーラが去ったあとも、時間はあっと言う間に流れていくに違いない。

老いゆくアンドレアスは『偽妃』のことを何度思い出すのだろうか。かつて自分の側には頼りなくて、怪しくて、それでもとびきり愛くるしい子猫がいたのだと……。

考えれば考えるほど、寂寥感が強くなる。普段のアンドレアスは、他人に執着を覚えることなどないのに。

「そろそろ花の盛りだ。暇なときにまた見に来たらどうだ？」

アンドレアスの言葉に、リーラは自信なさげに俯き、慌てたように笑みを浮かべた。

「ありがとうございます。そうさせていただきます……」

——さては、この迷路のような道を一人で来る自信がないんだな。分かりやすい奴。

アンドレアスは笑いたいのを堪え、リーラの耳に小声で囁きかけた。

「どうせ迷子になるのだろう？　また一緒に来よう」

耳に唇を寄せただけでたちまちリーラが真っ赤になる。

リーラの純な反応を愛らしく思いつつ、アンドレアスは華奢な手を取った。

真っ赤な顔のリーラが、驚いたようにアンドレアスを見上げる。

反応がいちいち初心すぎて、笑い出しそうになった。もちろん『品のいい微笑み』を湛えたままに留め、呵々大笑するのは我慢したが。

——リーラは男と手を繋いだこともなさそうだからな。

掌の中に収まっているのは、苦労知らずの姫君のような、小さく可憐な手だ。爪の形も揃っている。本当に、リーラは何者なのだろう。

アンドレアスは空いたほうの手を伸ばし、咲き誇るリーラの花枝を一つ手折った。

「ほら、お前にやる」

短い花枝を渡すと、リーラがますます赤くなる。首筋まで真っ赤だ。

——ああ、可愛い。そんな顔をされたらひと囓り『味見』してやりたくなる。朝の続きをしたら泣くかな？

アンドレアスはそんな不埒なことを考えつつ、リーラと手を繋いだまま歩き出した。

リーラは何も喋らず、もう片方の小さな手にぎゅっと花枝を握りしめている。

「良かったな、リーラの花があって」

「は……はい……」

リーラが顔でアンドレアスを見上げる。

「このお花、大切な木なのに分けていただいて嬉しいです」

一筋だけほつれた銀の髪が陽の光を弾き、月のように輝いた。

アンドレアスは、一瞬見とれて動きを止める。

——お前は髪を結ってもらうだの、花を一枝贈られるだの、簡単なことですぐ喜ぶ。喜びの基準値が低すぎる。せっかく美しいのだからもっと強か（したた）に……いや……。

誰かが守ってやらねば、あっと言う間に消えてしまいそうな風情がリーラの良さなのだ。

そう思いつつ、アンドレアスは淡々とした声音で「ああ」と返事をした。

「来年もこの花を見に遊びに来い」

「ありがとうございます、でも……その頃には、同じ顔のイリスレイア様がおいでですから、きっと皆様を驚かせてしまいます。それに、カンドキアに戻って自由が許されるかもわかりませんし……」

リーラが笑顔のまま首を横に振る。

「そうか」

腹の底にじりじりと不快な気持ちが蟠る。

自分とリーラが過ごした場所を、他人が『王妃』を名乗って踏みにじる。呼んでもいない人間にずかずか踏み込まれるのが大嫌いなアンドレアスは、重苦しいため息をついた。

リーラに着けた髪留めも、母が遺した大切な宝飾品も、『王妃』が我が物顔で身につけるのだ。そう思うと苛立ちが治まらない。

「どうかなさったのですか……？」

アンドレアスを、リーラが不安そうに見上げた。

リーラは本当に勘が鋭い。顔に出したつもりのない不機嫌に気づいたのだろう。

――ん？　だとしたら、その直前の『可愛いから味見したい』も筒抜けなのか？

もし気づかれていたら気まずいが『話が早い』と考えるほうが前向きで良い。

――よし。あとでまた悪戯しよう。

「あ……あれ……？　ご、ごめんなさい、なんでも……ないです……」

アンドレアスの不埒な考えが伝わったのか、リーラが落ち着きなく視線を逸らす。

やはり、全てではないにせよ、アンドレアスの気持ちの一部を感じているようだ。

手を繋いだまま私室に戻ると、リーラは慌てたように言った。

「い、いただいたリーラのお花を活けなくては」

『なんだか分からないけれど恥ずかしい』とはっきりと顔に書いてある。分かりやすい娘だ。

――まったく、どこまで素直なんだ？

アンドレアスは心の中で呟き、リーラの手から花枝を取り上げて、リーラの活けた草花の花瓶に追加で差し込んだ。

振り返るとリーラが戸惑った様子でぽつんと立っている。アンドレアスはリーラに歩み寄り、手を取って長椅子に座らせ、自分もその傍らに腰を下ろした。

「本当に、リーラの花はお前の目と同じ色をしているな。誰かが、お前をリーラと名付けた気持ちが分かる」

「名付けてくれたのは祖父なのです。私の目の色と同じ花だって」

「ふうん……」

返事をした拍子に『ん？』と思った。だがリーラは何もおかしく思っていない様子で話を続ける。

「昔はよく母の墓前に供えておりました。赤子の頃から父譲りの目の色は変わっていないので、母が喜んでくれるかと思いまして」

「そうか」

返事はしたものの違和感は増していく一方だ。

　リーラは過去のことを覚えていないはずではなかったのか。ついさっきまで『誰がリーラと名付けてくれたのか分からない』と口にしていたのに。

しばらく考えたあと、アンドレアスは何事もなかったかのような口調でリーラに尋ねた。

「母君の墓はどこにあるんだ」

「祖父母の屋敷の近くでございます」

やはり『今のリーラ』には、しっかりと過去の記憶があるようだ。

アンドレアスは、悪意の感じられないリーラの様子をつくづくと眺める。

リーラは不思議そうに首をかしげた。

「どうかなさいましたか？」

「いや……」

言葉を濁したアンドレアスの胸に、ふと先ほども抱いた『悪戯心』が再び兆した。

――そうだ、今日はこの可愛い身体に教えてもらおうか。お前の他愛ない隠し事はいくつあるのかを。

アンドレアスは細い肩に腕を回す。目に見えてリーラがびくりと身体を震わせた。やはり反応がいちいち初心でいい。

――本当に……美しい目だ……。

アンドレアスは吸い寄せられるようにリーラに顔を近づける。細い頤に手を掛け、顔を上向かせた。

丁度ここは長椅子だ。本番になだれ込んでも問題はない。

リーラが『ことに及ぶ前には水垢離をする』とまた言い出したら、唇を塞いでしまえばいいのだ。可愛いうえに美味しそうなのが悪い。

『男の前であまり甘い匂いをまき散らしたら喰われてしまう』と教えてやらねば。

もちろん本気で嫌がられたらやめるが、なんとなく今日は許してくれそうな気がする。

アンドレアスの勘だってそこそこ当たるのだ。

アンドレアスは、リーラの長い髪を留める髪留めを外した。

三つ編みを解き、ゆっくりと指先で美しい髪を梳く。突然髪を解かれたリーラが、顔を赤らめて身体を固くした。

「アンドレアス様、ど、どうして……髪を……」

さすがのリーラも、そこまで鈍くはないようだ。

抱き寄せた華奢な身体がどんどん熱くなっていく。

アンドレアスはあえて何も答えずに、絹のような髪を梳き続ける。

そのとき突然、とんでもないことを思いついてしまった。

——我が儘王女と可愛いリーラを入れ替えてしまおうかな。

あまりに自然に浮かんできた恐ろしい思いつきに、アンドレアスはしばしリーラの髪を梳く手を止める。

このまま唯々諾々と大嫌いな女を娶るのではなく、リーラと平和に暮らす……。

強引な話だが、不可能ではない。

まず、イリスレイアが見つかっても受け入れずに『怪しい偽者』扱いして追い返すのだ。

イスキアには何を言われようとシラを切る。

カンドキアから寄せられる苦情は聞かない。事情を知るオルストレムの貴族や役人が苦情を寄せようとも、リーラを本物の花嫁にすると言い張る。

これだけでいい。困るのはアンドレアスに無理を強いた者たちだけだ。

――たまには尻拭い役を辞して、僕が周囲を引っかき回すのも悪くないな。

「あ……あの……アンドレアス様……お気持ちが乱れておいでのようですが……」

普段と違う雰囲気を察したのか、リーラが落ち着かない様子で視線を彷徨わせる。

「なんだ、僕は元気だぞ、こっちを見ろ」

リーラが潤んだ目でアンドレアスを見上げた。

――いつの間に覚えたのだ、そんな色気のある顔を……。

アンドレアスは思わず微笑んだ。

『可愛い』という気持ちと『保護せねば』という責任感、それに『囓りつきたい』という衝動が、一人の女に対して重なるのは初めてだ。それに、ここで自分のものにしてしまわなければ、じきにリーラとは会えなくなるのだ。失ってから後悔するのでは遅い。

しばしの葛藤の末、アンドレアスは決めた。リーラを側に置こう。

長い人生、一度くらいは『理想の君主』であることを捨てて、自由奔放に振る舞うのも楽しいに違いない。いや、絶対に楽しい。

嫌いな女は要らない。可愛いと思う女を側に置く。

――まるで獣の所業だな。だが構うものか。何もかもを我慢し続けるのも、もう限界だ。

驚くほどの解放感とともにアンドレアスは思った。そうと決まれば続きをしよう。

「リーラ、お前は父君とは一緒に暮らしていなかったのか？」

より深く抱き寄せながら尋ねると、リーラは素直に頷いた。

「はい、私のことは祖父母に預けたままでした。でもよく手紙をくれました、特に春先には、お母様のお墓にリーラの花を供えてくれって必ず……」

間違いない。やはりリーラは記憶を取り戻しているようだ。

――まあ、質問などあとでいいか、それよりも今は……。

「あの……アンドレアス……さま……？」

リーラの顔と耳が真っ赤になっている。

アンドレアスの抱いた劣情に気がついたのだろう。さすがだ、鋭い。

――大人しくしているようだな。では、このまま。

だが、震えるリーラの唇に己の唇を重ねようとしたとき、部屋の扉が叩かれた。

――誰だ……馬鹿者！

最高に邪魔だ。なぜ今来るのかと思いながら、アンドレアスはリーラから手を放し、声を上げた。

「どうした？」

「陛下、ご報告がありますので、失礼いたします」

オーウェンの声だ。瞬時に頭が切り替わる。休暇中は顔を出しませんと言っていたのに、何かあったのだろうか。

姿勢を正すと同時に扉が開き、オーウェンが現れる。彼は扉を閉め、深々と一礼すると、口を開いた。

「イリスレイア様が二日後に到着なさるそうです」

「二日後……だと？　なぜ今頃ノコノコと？」

「イスキア軍の密偵がイリスレイア様ご一行を発見し、半分強制連行という形でオルストレムにお連れするとのことです」

――『ご一行』……か。どんな連れと一緒にお見えになるやら。

アンドレアスの眉間に皺が寄った。

「現在はイスキア軍の密偵と共にオルストレム国内に入られたそうで、先触れの者が参りました。隠密行動ゆえ、馬車や宿の質に大変ご不満だそうで、イスキア軍のほうからは、オルストレムに到着後、機嫌を取ってほしいとの訴えが来ております」

萎えた。甘い休暇が台無しになる単語しか聞こえなかった。

理不尽な怒りが込み上げてくる。

「そんな女の機嫌など知ったことではない」

地獄の底から響いてくるような声が出てしまった。

『送り返せ、面倒だ』と続けて言いかけて、はっとリーラの存在を思い出す。

女性の前では乱暴な態度を取りたくないのに、またやってしまった。

初めて会ったときも、今朝も、今もそう。アンドレアスはリーラの優しさに、無意識に甘えているのかもしれない。

「……極秘で受け入れをする。それだけだ」

イリスレイアは何を考えているのだろう。王族としての責任感も何もなく、挙げ句に逃亡しておいて『ご機嫌が悪い』とは何事なのか。

――いかん、僕は相当苛立っているな……。

アンドレアスは大きく息を吸い、苛立ちを鎮めようと試みる。

「かしこまりました、ではお迎え時の歓迎の準備は特にせず、王女殿下の事情聴取のみを行いたいと思います」

「当たり前だろう、もう『王妃』はここにいるんだ。派手に出迎えるわけにはいかない」

腹をくくらねばならない局面が意外と早く来た。

アンドレアスの『王妃』はここにいる。リーラのことは、離宮で布袋を被らされて生きるよりも幸せになれるよう守るからと、二日後までに強引にでもかき口説くしかない。

「さようでございますね……」

オーウェンが紫色の目でリーラを一瞥し、入ってきたときのように深々と頭を下げた。

「王妃様は既にいらっしゃいます、二人おいでになるのはおかしなことですので、イリスレイア様は、誰にも姿を見られないよう王宮内にお招きいたします」

「そうしてくれ」

——さて『王妃』は決めた。この先は……。

そのとき、隣に座っていたリーラの身体がぐらりと傾いだ。

驚いて横を見ると、リーラが額に手を当て、真っ青な顔をしている。異変に気づいたアンドレアスは、彼女の様子を窺いながら尋ねた。

「リーラ、どうした？」

アンドレアスの問いに、リーラがはっとしたように顔を上げた。

◆

——イリスレイア様がこの王宮に到着なさる……。

リーラは身を固くしてオーウェンの報告を受け止めた。

予想外に衝撃が大きく、とっさに動けなかった。アンドレアスに口づけ以上のことをされそうだった驚きも、イリスレイアの到着の話で吹き飛んでいた。

身体が妙にふらふらするので、額に手を当て、息を整える。

——い、いけない、目が回ってしまったわ……ぼんやりしている場合ではないのに。

だが、イリスレイアが見つかったのは良いことだ。

これでやっとアンドレアスの結婚が正しい形に戻るのだから……。

心の奥底が軋む音を立てる。なぜこんなに心がざわつくのだろう。

『お祝いなんて言いたくない』という気持ちが込み上げてくるが、必死に打ち消す。

唇を噛んだとき、すぐ隣でアンドレアスの声が聞こえた。

「リーラ、どうした？」

案ずるような声の響きに、リーラははっとして顔を上げた。

「あ……いえ、イリスレイア様が、思ったよりも早くいらして良かったと……思って……。イリスレイア様は我らがカンドキア王家の稀姫。きっとオルストレム王家にも恵みをもたらしてくださいます」

言い終えて、深々と頭を下げたリーラは、アンドレアスとオーウェンから伝わってくる異様な気配に気づいて身体を固くした。

自分が疑われていることが分かる。だが、一体何を疑われているのだろう。

——私、また何か余計なことを……？

ごくりと息を呑んだリーラに、アンドレアスが低い声で尋ねてきた。

「お前は、イリスレイア殿のことを何も知らないのではなかったのか？」

驚いてリーラは首を横に振る。

知らないはずがないではないか。腹違いとはいえイリスレイアはリーラの姉なのだから。祖父母だってイリスレイアのことをいつも心配していた。女王から名前も呼ばれず、まともに扱われていないと聞くけれど、あの子は大丈夫なのだろうかと……。

そこまで考えたとき、大きな恐怖が蘇った。身体からすうっと力が抜ける。

——あ、ああ……嘘……私……忘れてたの？

「リーラ、どうした？　気分でも悪いのか？」

「だ……大丈夫です……」

答えながらリーラは思った。

——私……記憶が……無かった？　……どうして……？

気づいた刹那、歯の根が合わないほど身体が震え出す。

「寒いのか？」

アンドレアスの問いにリーラは必死に首を横に振った。

「い、いいえ、私、自分のことをすっかり忘れていたので、驚いてしまって……」

リーラは己の膝をじっと見つめる。

「忘れていた……？　離宮とやらに入れられる前のことを思い出したのか？」

アンドレアスとオーウェンの厳しい視線を感じながら、リーラは頷いた。

「は、はい、さようでございます……申し訳ございません……」

リーラは記憶を辿り、自分自身の出生がしっかり頭にあることを確かめる。

――私のお父様はカンドキアの女王陛下の夫で、お母様はその愛人。大丈夫、しっかりと覚えているわ……。

十四歳の時、暮らしていた屋敷に突然兵士が来た。女王の私兵だという彼らは、リーラを無理やり屋敷から引きずり出すと、女王の暮らす大神殿へと連れ去ったのだ。

全部綺麗に忘れていたことが信じられなかった。

今はこんなにもはっきりと自分の過去を思い出せるのに。

カンドキアの国民たちは、現在も政権を返上した王族を尊び、神の子孫、稀姫の産まれる尊い血筋だと誇りに思っている。

そんな人々から王家の名を騙ってお金を巻き上げ、甘い汁を吸っていたのが『女王の取り巻き』と呼ばれる貴族たちだ。

彼らは金と引き換えに、女王に私兵団を与えていた。

どんな残忍な所業であっても手を貸してくれる私兵を従え、女王は、閉ざされた大神殿の支配者として君臨していた。

大神殿内で女王に逆らう者は、私兵の手で消されてしまう。

侍女や神官たちだけではない。王配も王太子もイリスレイアも、誰一人として女王には逆らえないのだ。

――私も……女王陛下には、逆らえなかった……。

リーラは震える手で顔を覆った。

「どうした？」

「い……いえ、すみません、記憶が戻ったので、考え事を……」

アンドレアスに答えを返しながらも、意識は過去に引き戻されていく。

リーラの瞼の裏に、真っ赤な血の海が広がった。

生きた身体から噴き出す血はあれほどの勢いなのか。おぞましい光景を思い出した刹那、腹の底から悲鳴が迸りそうになる。

——嫌……嫌、嫌！

女王は、大神殿の地下深くで、殺人に耽（ふけ）っていた。

若い娘の新鮮な血を浴びて呑んで、肉体を若返らせるのだと言って……。

——女王陛下は『若返ってネリシアを産み直す』っていつも仰っていたわ。

どくん、どくんと心臓が重い鼓動を響かせる。

『誰も助けられなかったら、お前は地獄行きですよ』

憎悪に満ちた声がはっきり蘇り、リーラは歯を食いしばる。

女王は『夫の愛人の娘』であるリーラを、心の底から憎んでいた。引きずり回して地獄を見せてやりたいと思っていたに違いない。

——ああ……。

猿（さる）ぐつわをされ、後ろ手に縛られた自分の姿が生々しく思い出される。

目の前にいるのはボロボロになるまで傷つけられ、息も絶え絶えの若い娘だ。

『儀式』のたびに、若い娘が『若さを搾り取るため』に女王に殺される。

『リーラ、この娘を助けたければ、猿ぐつわを噛み切って〝身代わりになります〟と叫びなさい。身代わりになると一言一句はっきり宣言できたら、娘の命だけは助けてあげるわ。さあ、今日こそは誰かを助けることができるかしら？』

恐ろしい光景が生々しく蘇る。

娘たちは皆、抗えないように手足の腱を切られていた。

痛みと恐怖で我を忘れ、動かぬ手足でリーラのほうに這いずってきた娘。

最後まで『身代わりになって、身代わりになって』と叫び続けた娘。

誰もが最後の最後まで助けてくれと懇願してきた。

――身代わりにならなくてはいけなかったのよ……私が……。

けれども、リーラは誰の身代わりにもなれなかった。

猿ぐつわを噛み切れず、手の縄も解けなかったからだ。

『身代わりになります』と必死に叫んだリーラの言葉は、猿ぐつわに遮られて言葉にすらならなかった。

女王の手が伸びてきて、リーラの髪をわしづかみにする。

『時間切れよ』

娘の命乞いとリーラの必死な様子を楽しんだのちに、女王は刃を振り上げる。

『ああ、これでまた少し若返れるかしら。待っていてね、ネリシア』

噴き出す血を浴びながら、女王がゆっくりと振り返る。口元に浮かんでいるのは幸せそうな笑みだった。

猛烈な嫌悪感と恐怖に、全身の肌が粟立った。

——私、何度も叫んだのに。身代わりになる、私を殺してって頼んだのに……もう嫌だから本当に殺してって頼んだのに！

「リーラ、気分が悪いのか、ずっと顔を覆ったままで」

アンドレアスの声に、リーラははっと我に返り、顔から手を離す。

「い……いえ……何でも……」

言い訳をしたが未だに身体が震えている。不審に思われているに違いない。

「顔色が悪いようだが」

「大丈夫です、申し訳ありません」

アンドレアスの手が伸びてきて、冷や汗で濡れたリーラの額に触れた。

「大丈夫ではないだろう、こんなに汗をかいて」

気遣わしげなアンドレアスの言葉に、リーラは首を横に振る。

——私、帰ったらまた儀式に立ち会わないといけないんだ……。

その事実に気づいた途端、血色の泥の中に突き飛ばされたような気がした。

女王の愚行はきっと今も続いているだろう。

彼女は間を置かず、常に若い娘の生き血を浴びていないと『老化が進み、ネリシアを産み直せなくなる』と言い続けていたから。

カンドキアは敗戦国だ。

度重なるニルスレーンとの戦争で、家族を亡くした人間がたくさんいる。

行政府は能力に乏しく、係累のない行方不明者の把握などまともにできていない。

たくさんの娘たちが女王に殺されているのに、死者として数えられていないのだ。

地獄は以前と変わらぬ状態のまま、リーラを待っているに違いない……。

冷や汗と震えが止まらないリーラの様子を案ずるように、アンドレアスが肩に手を回してくる。

「こ、この震えは、大丈夫です。あの、記憶を無くしてお側にあがったことが、改めて申し訳なく思えただけで……っ」

怪しまれないよう必死に言い訳をしたが、アンドレアスの手は離れなかった。

「……何を思い出したのか話してくれるか？」

話せない。話せるわけがない。語ったところで、正気を疑われて終わるだけだろう。

リーラは大きく息を吸い、アンドレアスに『嘘』を告げた。

「私はイリスレイア様の影武者でございます。王族の従者の方にたまたま、生き写しだからと、見いだされた人間です」

リーラの生みの母は、両親を失い困窮していた末端王族の娘で、王配の愛人だった。

女王と王配は、最初から愛のない結婚だったという。

王配は亡きネリシアを含め、子供たちのことは愛していたが、高慢な女王に心を許すことはなかったと祖父母から聞いた。そんな中、王配が出会ったのは、慣れない食堂の仕事で糊口をしのいでいた哀れな元令嬢だったのだ。

虚弱だった母は、リーラを身籠もり王配の実家に引き取られたあと、お産に耐えられず、産まれたばかりのリーラを残して儚く世を去ってしまった。

リーラは地方の領地に暮らす王配の両親に育てられた。

女王の目から隠すため、祖父母はリーラを引き取った孤児だと公表し、とても大切にしてくれた。王配の兄である侯爵夫妻や従兄たちも可愛がってくれて、毎日が幸せだった。

だが女王が、リーラの存在に気づいてしまったのだ。彼女は、夫の裏切りの証が幸せであることを許さなかった……。

「ではなぜ、離宮に閉じ込められていたのだ、布袋を被らされて」

――ここで怪しまれては駄目……。

リーラはぎゅっと拳を握り、お腹に力を入れて答えた。

「イリスレイア様は、稀姫と呼ばれる特殊な立場のお方です。王家を神の末裔だと信じている方々は、稀姫の姿を見ると寿命が延びる、病が治る、良縁を得られるなどと心の底から思い、必死になっておいでなのです。なのに、万が一にも偽者の存在を知られては……」

本当は『王配殿下を誑かした淫婦の娘への罰』『儀式の後遺症で錯乱するリーラを音や光の刺激から保護する』という二重の意味があって、布袋を被らされていたのだが……。

言葉を濁すと、アンドレアスは得心したように頷いた。

「なるほど、イリスレイア殿そのものに会いたい、奇跡に触れたい人間たちに、偽者の存在を知られては困るわけだな？」

なんとか誤魔化せた。リーラは表情を変えず、深々と頷いた。

「はい、仰せのとおりです」

「では、離宮に入る前のことを覚えていなかった理由は？」

どんな些細な疑問も、解決するまでは許してもらえないようだ。リーラは深々と頭を下げ、はっきりとした声で言った。

「分かりません。でも、覚えていなかったのは本当です」

アンドレアスとオーウェンの視線を感じながら、リーラは頭を下げ続ける。

「父母のことを覚えているとつい先ほど言っていたが……」

――そうだ、私、どうして喋っちゃったんだろう。

リーラは少し考え、諦めて頷いた。

「はい、今は思い出しております。私はカンドキアの貴族である父の妾腹の子で、父方の祖父母に預けられて育ちました」

ずいぶん長い沈黙のあと、アンドレアスが尋ねてきた。

「嘘をついていないな？」

「……記憶にまだ自信はありませんが、ついていないつもりです」

答え終え、納得させられたかどうか、全身全霊でアンドレアスの気配を探る。

本当のことを喋っているのかと、判断しかねているのが伝わってくる。

一方でオーウェンを窺うと、リーラの話を信じていない様子がはっきりと伝わってきた。

アンドレアスをあらゆる危険から守るため、リーラを深く疑っているに違いない。

──国王陛下の腹心だもの、疑り深くて当然だわ。

オーウェンの、自分とはまた違う勘の良さに焦りながら、リーラはぎゅっと唇を閉ざす。

どうか探らないでほしいと強く念じながらリーラは俯いた。

「分かった」

どうやらアンドレアスは、今の話を受け入れてくれたようだ。

リーラは恐る恐るアンドレアスの顔を見上げる。

──あと二日で、私は地獄に戻るのね……。

心が千々に乱れた。

地獄が待つカンドキアに帰るのが怖い。アンドレアスとの別れが寂しい。本物の妃になるイリスレイアが羨ましい。嘘をついてしまって心が苦しい。

「しばらく席を外すぞ。明後日のイリスレイア殿の到着後のことについて、オーウェンと打ち合わせをしてくる」

アンドレアスが立ち上がる。リーラは部屋を出て行こうとするアンドレアスに告げた。

「体調が優れなかったら、すぐにお部屋にお戻りくださいませ」

「なんだそれは？　僕を心配してくれるのか」

リーラは頷いた。アンドレアスの身体はまだ『ちょっと良くなっただけ』だ。できるだけ無理をしないでほしい。

「まったく、そんな青い顔のお前に世話を焼かれるつもりはないぞ」

アンドレアスの唇が、リーラの額に押しつけられる。

「今日は散歩には行かずに、侍女たちと休んでいるように」

――ああ、もうすぐこんなふうに口づけされることもなくなるんだわ。

『心が抉られる』とは、こういう気持ちを言うのかもしれない。

胸の痛みを噛みしめながら、リーラはそっと目を閉じ、頷いた。

◆

アンドレアスは、あまり顔色の良くないリーラを一人残して、オーウェンと共に私室を出て執務室に向かう。

「お休み中はお仕事をされないのでは？」

オーウェンの問いに、アンドレアスは首を横に振る。主が不在の執務室に近衛騎士の姿はないが、オーウェンがいれば問題はないだろう。彼以上に腕の立つ護衛はいない。

アンドレアスは執務室に入り、扉を閉めて、オーウェンに切り出した。

「お前は先ほどのリーラの話で疑っている部分はあるか？」

「ご家族の話以外、ほぼ嘘かと思います。私は嘘には鼻が利きますので」

オーウェンは当たり前のように即答する。

——相変わらず野生の勘で生きているんだな、お前は……。

アンドレアスは腕組みしつつ言った。

「なるほど……リーラは先日、ずっと布袋を被らされて、離宮に幽閉されていたと教えてくれた。影武者であることを隠すにしても、おかしな話だとは思わないか？　色違いのかつらを被るなり、外見を似せない方法はいくらでもあっただろうに」

「奴隷のような扱いでございますね、この時代に」

オーウェンの言葉に、アンドレアスは頷いた。

やはり腑に落ちないのはリーラに対するカンドキア王家の態度だ。

イスキアにせっつかれるまで、存在を明らかにせず隠そうとしていたことがおかしい。

正式な影武者ならば、イリスレイアの逃亡が明らかになった時点で『偽花嫁になってほしい』と打診をしたはずだ。

ぎりぎりになって、大慌てでオルストレムに送ってくるなんて有り得ない。

「ただリーラ様からは悪意がまったく感じられず、とても怯えておいでに思えます」

「怯えている？」

「はい。娘が犬を初めて見たときと同じ、いえ、それ以上に怯えておいででした」

どんなたとえだと思いながら、アンドレアスは尋ねた。

「化け物を見たかのような怖がり方をしていると？」

「さようでございます。それが解せないのです。何か恐ろしい思いでもさせられて、口止めされているのかもしれませんね」

「なるほど……」

アンドレアスは頷く。どうやらもう一つ、可愛い子猫をカンドキアに帰さずに済む理由が見つかったようだ。

「怖がっているのならば、尚更簡単には帰せないな。理由をちゃんと聞かなくては」

「はい」

笑顔のアンドレアスの言葉に、オーウェンも嬉しそうに頷いた。

第四章　反転

休暇三日目の朝。

リーラは夢を見ていた。

幼い自分がバルコニーから落ちてしまう夢だ。

――そうだ、高いところから落ちれば死ねる。身代わりになれなかった償いに……！

そう思ってバルコニーに駆け付けるたび、侍女たちに引き戻された。

『もう嫌、死なせて、私が身代わりになります！』

叫び続けるリーラに、侍女が無理やり薬を呑ませる。咽せながら必死に呑み下している苦い薬は鎮静剤だ。恐怖で壊れたリーラを大人しくさせるための薬……。

『なぜ毎回、バルコニーから飛び降りたがるのでしょうね』

『リーラ様は、飛び降りれば死ねると申されて……』

侍女たちの困惑しきった声が遠ざかっていく。薬が効き始めているのだ。

――そうよ、そう、私は小さな頃に……バルコニーから落ちて……。

住んでいた家の、どのバルコニーだろう。

『リーラ、お祖母様が一緒にいるから大丈夫よ、バルコニーからお花を見ましょう』

どんなに祖母に誘われても、頑なに首を横に振る自分が見える。

『バルコニーは嫌なの！』

『まあ、リーラったら何を……身を乗り出さなければ大丈夫なのに、怖いのね』

祖母の華奢な手が、リーラの頭を撫でてくれる。そう、怖いのだ。バルコニーから落ちたら死んでしまうことを、ずっと昔から知っていたから……。

その先は、強い鎮静剤のせいで思考がまとまらなくなる。

死にゆく娘たちの感情を受け止め続けたリーラの心は、何回目かの処刑に付き合わされたときに折れてしまった。

それからは記憶があいまいだ。錯乱して身投げしようとしては、鎮静剤で大人しくさせられ……。

朦朧(もうろう)とするリーラの耳に届いたのは女王の声だった。

『これは淫婦の娘です。誰を誘惑するか分かりませんから、常に布袋を被らせておきなさい。それにこうしておけば、音や光の刺激で暴れ出すこともないでしょう。勝手に布袋を外していたら懲罰(ちょうばつ)を与えますからすぐに報告なさい』

夢の中で女王の声が聞こえた。怯えきった侍女たちの返事も聞こえる。

『はい、〝淫婦の娘〟をきちんと見張ります』

『次の儀式にも付き合わせるから、殺さないように気をつけなさい』

『かしこまりました、陛下』

女王と私兵たちが去ると、侍女たちは言い交わしていた。

『ひたすら従順でいなくては何をされるか分からないわね……』

──みんな……いつ自分や家族が殺されるかと怯えて、何もできなかった……。

鎮静剤のせいで声も出せないリーラは、布袋を被らされたまま、唇だけで『身代わりになります』と繰り返す。

薬が切れてきて声が出せるようになると、大人しくしろとまた鎮静剤を呑まされる。

──ああ、これが『本当』の私の日常だ……。

そう思いながら、リーラは長椅子で目を覚ました。

アンドレアスが寝入ったあと、こちらに移ったのだ。

過去のことは、鎮静剤で無理やり朦朧とさせられていた間のこと以外は、ほとんど思い出せている。

寝言で何を言ってしまうか分からないと思ったら、怖くてアンドレアスの側で寝ているわけにはいかなくなった。

──私、ここに連れてこられる直前に『鎮静剤を抜く』と言われて、おかしな薬をたくさん呑まされたのよね……。

リーラは唇を噛む。たぶんあれはイリスレイアがいなくなって、身代わりを立てねばならないと決まったときのことなのだろう。

——あれを呑まされたらものすごく頭が痛くなって、もがき苦しんでいるうちにずっと起きていられるようになったのよ。その代わり、頭が空っぽになっていたんだわ。

恐らくは『鎮静剤を抜く』ための薬に強い副作用があったのだろう。リーラはその後遺症で一時的に記憶を失ってしまったようだ。

リーラは昨夜も、イリスレイア受け入れの打ち合わせで、疲れ果てて夜更けに戻ってきたアンドレアスの身体を揉んだ。

アンドレアスの質問攻めを曖昧にかわしながら、疲労の蓄積した彼の身体を丁寧にほぐし、眠ってしまった彼を置いて、フラフラになりながら長椅子にたどり着いた。

手当てを終えたあとは、リーラまで異様に眠くなる。

思えばこうやって身体を揉む術も、祖父母を労りたくて覚えたのだ。

カンドキアの伝統の手技で『自分の元気を分けてあげられる』のだという。

リーラが一生懸命揉みほぐすと、祖父も祖母も『本当に身体が軽くなった』とリーラを抱きしめて口づけしてくれたものだ。

——お祖父様、お祖母様……。

リーラは目元ににじんだ涙を拭った。

こうして平和な場所で正気でいられると、家族に会いたくなる。

爵位を自身の長男に譲り、静かに暮らす祖父母。

王配の兄と義姉である侯爵夫妻。その子供である従兄たち。

皆、生まれてすぐに母を亡くしたリーラを大切にしてくれた。

十四歳で突然、女王のもとに『行儀見習いのために』と無理やり連れて行かれて、地獄の日々が始まるまでは、リーラも普通の幸せな『お嬢様』だったのだ。

——お祖父様、お祖母様……皆、きっと私のことを心配しているわ。面会すら許されずにいたんだもの。おかしいと思っているはずよ。私がイリスレイア様の身代わりに、オルストレムに送られた話も伝わったでしょうし……。

リーラは手を伸ばし、己の長い髪を梳く。

髪はリーラを溺愛している祖母が結ってくれていた。

毎朝違うリボンで結い上げるほどの気合いの入れようで、仕上がったと同時に祖父を呼び、二人でリーラを『可愛い、可愛い』と褒めちぎってくれた。

十四歳で『普通の暮らし』は終わってしまったから、大人の女性の髪形をどう結えばいいのか分からないままだ。

——まだ夜が明けたばかりね……。

目を擦り薄暗い天井を見上げながら、リーラは思った。

明日『稀姫』イリスレイアがやってくる。

稀姫は『予言』『癒やし』『心読み』の三種の力を兼ね備えているとされる。

伴侶となった男の未来を読み、その身体を不思議な力で癒やし、抱える悩みを悟って心を支える、美しい花のような姫君なのだと伝えられてきた。

──稀姫を得た王は、それは立派な王様になると言われていたらしいわ……。

はるか昔、カンドキアが今のように落ちぶれる前は、王家に稀姫が生まれるたび、各国の王族がこぞって求婚の使者を送ってきたという。

だが今は科学の時代だ。

他国の人間は『稀姫』などという存在を信じなくなり、稀姫はカンドキアの国内でのみもてはやされる存在となっていった。イリスレイアをありがたがっているのも、一部の狂信者だけだ。

イリスレイアは、三つの力を兼ね備えた本物の稀姫ではない。

彼女の力は一つだけで、それも大きく歪んでいるのだ。

──イリスレイア様にできるのは、人の死を予言することだけ。幼い頃からどんなに修行しても、それしかできるようにならなかったと聞いたわ……せめて癒やしの力だけでもお持ちだったら良かったのに……。

今ならまだ充分にアンドレアスの身体は回復する。リーラの勘は、今助けてあげたい、今なら大丈夫だとはっきり告げている。

イリスレイアにアンドレアスの手当てを引き継ぎたかった。これから先、どうやって彼の身体をほぐせばいいのだろう。

──アンドレアス様はお元気になられたかしら。昨夜はずいぶんお疲れだったわ。今日こそ無理はしてほしくないのだけれど……。

いても立ってもいられなくなり、リーラは長椅子から起き上がって、寝室で休んでいるアンドレアスのもとに向かった。

そっと広い寝台にあがり、眠っているアンドレアスの秀麗な顔を覗き込む。リーラの髪はなんの違和感も感じ取らなかった。

——良かった。お元気そう……。

そっと手を伸ばして胸に触れる。

初めて触ったときは、彫像のようなひんやりした身体だったが、今は温かくて、リーラの掌を押し返してくる。

——もっとずっと、お身体のお手入れができたら良かったな……それならアンドレアス様はお歳相応に回復されて、頭痛や目眩に苦しまれたりせず長生きなさるのに。

リーラがカンドキアに帰ったら、また彼は無理をするのだろうか。そう思ったら悲しくなってしまった。

アンドレアスにとって大事なのはこの国だ。

国のためなら命を削ってもいいと考えているに違いない。そのことは、身体に触れていれば分かる。

胸が苦しい。こんなにも強く立派な人の身体がぼろぼろになっていくのを、これからは遠くで心配することしかできないなんて。

イリスレイアにアンドレアスを守ってほしいと頼み込みたい。だが彼女は、結婚を嫌って逃亡してしまうような性格の娘だ。聞く耳など持ってくれないだろう。

——どうしたらいいの、アンドレアス様をお守りするには……。

そう思いながらアンドレアスの手を握ったとき、彼がぱちりと目を開けてぎゅっとリーラの手を握り返した。

「どこで眠っていたんだ」

アンドレアスはリーラが身体に触れた辺りから目覚めていたらしい。突然の質問に驚き、リーラはとっさに本当のことを答えてしまう。

「あ、あの、長椅子で……あ……」

「なぜ？　昨日僕がお前の身の上を質問攻めにしたからか」

答えられなかった。記憶が戻り、うなされて何を叫ぶか分からなくて怖かったなんて。

「だからうんざりして僕から離れたんだな？　そうだろう」

何も答えずにいると、起き上がったアンドレアスが軽々とリーラを抱き寄せる。

膝立ちの姿勢で、リーラの身体はアンドレアスに捕らわれた。このままアンドレアスが立ち上がれば、リーラの身体は肩に担ぎ上げられてしまうだろう。

「悪いことをした」

リーラを捕らえたまま、アンドレアスが言う。謝られたリーラは目を瞠った。アンドレアスは軽々しく謝罪する人間ではないと思っていたからだ。

「僕が謝るのがそんなに意外か？」

てしまうほどだ。

「い……いいえ……」

アンドレアスの力は容赦がなかった。腰を力いっぱい抱きしめられすぎて、背中が反っ

――アンドレアス様?

「お前は早くカンドキアに戻りたいのか?」

「は、はい、もちろんです」

「家族が待っているのか」

はい、と答えようとした瞬間、目に涙がにじんだ。

――お祖父様、お祖母様……。

懐かしい『家族』の顔が頭をよぎる。もちろん会いたい。祖父母は身を削るような思いで、『女王の命令』により連れ去られたリーラの帰りを待っているはずだ。

――でも、もう二度とお祖父様たちのもとには帰れないわ……だって私……女王陛下の儀式の秘密を知ってしまったのだもの。

もしここでカンドキアの女王は狂人で人殺しだと訴えたらどうなるのだろう。

「あ……あの……」

そのとき、自分自身の上げる警告の声とともに、女王の言葉が聞こえた。

『お前が私に抗ったら、お前の祖父母を殺します』

はっきりと蘇った記憶にリーラは大きく目を見開く。

『彼らの周囲には私の私兵を伏せ置いていますから、何かあれば、すぐに処分を実行します。それが嫌なら、決して私に抗わないことです……分かりましたね』

胸に冷たい氷が押し当てられるような気がした。

そうだ、また一つ恐ろしいことを思い出した。

リーラは『家族』を人質に取られている。

女王がリーラを身代わりに出すことをあっさりと了承したのも、リーラが必ず帰ってくる仕掛けを作っていたからなのだ。

リーラは明日直ちにイリスレイアと交替し、急ぎカンドキアに戻らねばならない。そうしなければ、リーラを案じて待ち続けている祖父母に何をされるか分からない。

――思い出せて……良かった……。

蒼白になったリーラに、アンドレアスが怪訝そうな声音で問う。

「どうした」

「い……いえ……なんでもないです……私に家族はおりませんので、王家の方々のもとで、また働きます」

震え声で答えると、アンドレアスが腕の力を緩めた。

「お前は一般家庭の出の侍女だったのだな」

リーラは慌てて頷いた。

「王家に勤める人間に声を掛けられ、イリスレイア殿の影武者を務めてほしいと言われて役目に就いたと……それで合っているのか？」

慌てて何度も頷く。ただの勤め人だと思ってもらえるのが一番いい。だが、アンドレアスから伝わってくる気配は未だに不穏なままだ。

——どうして信用してもらえないの……！

焦った刹那、不意にアンドレアスの声色が変わった。

「お前は僕に嘘をついているな。何をさせられていた？　お前を脅している存在はなんなのか言え」

穏やかだった彼の声に、冷え冷えとした厳しさが混じる。威圧され、リーラは動けなくなった。

「昨日は父親が貴族だと言っていた。祖父母に預けられて育ったと。まず、今の話とつじつまが合っていない。お前は苦労知らずの育ちなのだろう？　分かるぞ。こんなにも肌の色が白くて日焼けの痕もなく、指先が綺麗な娘は庶民とは思えない」

「あ……あの……っ……」

アンドレアスに次々に逃げ道を塞がれていくのが分かる。彼の言うとおり、リーラは高貴で富裕な祖父母のもとで、乳母日傘で大切に育てられた。

そのあとはただの囚われ人だ。残酷な処刑に立ち会わされ、心を壊され続けたが、肉体的な苦労は何もしていない。

リーラは思わず両手で拳を作り、己の指を隠した。

アンドレアスの洞察力は侮れない……。

「それにお前は男あしらいの一つも知らない。本当に庶民の娘だというなら、十八にもなってこんなに世間ずれしていないのはおかしい。言え、誰が怖いんだ」

リーラは無言で首を横に振る。

「お前の隠し事はオルストレムに不利益のある話か」

リーラは続けて強く首を横に振り、震える声で言った。

「いいえ、私さえカンドキアに戻れば全て済む話です！　オルストレムには……アンドレアス様にはなんのご迷惑も掛かりません！」

その答えを待っていたように、アンドレアスが小さな笑い声を上げた。

——え……？

自分は今何かを間違えた。アンドレアスの仕掛けた罠を踏んでしまった……そう気づいたときには遅かった。

「ならば都合がいい」

アンドレアスの手がリーラの寝間着の裾に潜り込んでくる。

「え……あ……い、嫌……！」

「お前はずっと僕の側に残れ。国元でどんな恐ろしい存在が待っているのかは知らないが、もう関係ない。帰らなくていい。ずっとここにいて、僕に守られて暮らせ」

「ア、アンドレアス様、いけません！　私はカンドキアに……」

「帰さない」

リーラは大きく目を見開く。言葉と同時に、尻の柔肉を遠慮無く掴まれたからだ。驚きのあまり、心臓がどくどくと音を立てる。

念を押すようにアンドレアスは言った。

「お前は僕の側にいろ」

髪を通して、今までに感じたことのない粘（ねば）ついた熱が伝わってきた。舌なめずりをする巨大な肉食獣の顎門（あぎと）に囚われたかのようだ。

その獣は怖いのに、決してリーラを傷つけることはない。ただ欲望を満たすだけ……そう、この身体をむさぼり食いたいだけなのだ。

——何……これ……。

リーラの身体もつられて熱くなる。

「僕の側を離れたら、お前はろくな目に遭わなそうだ。だから手放すのはやめた」

いつの間にか、指先を隠そうと握っていた拳が開いている。その手は、無意識にアンドレアスの寝間着の前身頃を掴んでいた。

「お前は理解しているか？　オルストレムはカンドキア王家の血筋などありがたく思ってなどいないし、必要としていないことを。ただ、かの国と政略結婚を結んだという事実があればいいんだ。それだけで対ニルスレーン防衛線は強化される」

アンドレアスの手がリーラの下着に掛かった。

――い、嫌、本気で……私をお抱きになろうと……。

リーラの指先にはまるで力が入らない。アンドレアスの胸に抱え込まれて彼の寝間着を摑むのが精一杯だ。こんなにも自分が非力で何もできないとは。

「いけません……明日、明日にはイリスレイア様が……」

「その女はもう必要ないと言っている」

リーラの腰から下着が滑り落ちていく。薄布は膝の辺りで留まり、尻も脚の間も薄い寝間着の下で剝き出しになった。

――どうしよう……アンドレアス様をお止めしなくちゃ……私は女王陛下のもとに帰らなければ怪しまれる、お祖父様たちを殺されてしまう……！

「オルストレムは、カンドキアが正式な使者とともに送ってきた『姫君』を迎え入れ、国民の前で盛大な挙式を行った。それを以て、三国同盟の強化は成立した」

アンドレアスの長い指がリーラの脚の間に割り込んでくる。

「あ……」

和毛（にこげ）に指先が触れ、リーラはかすかに声を漏らした。頰に熱い血が集まるのが分かる。

先ほどまで鮮やかに浮かんでいた恐怖の記憶と、これからされる行為への不安で、頭の中が滅茶苦茶になりそうだ。

「お前がその姫君で、僕と『仲の良い』夫婦になった。それだけだ」

指先が、震える花芽に触れた。リーラは反射的に腰を引こうとしたが、背中を抱き寄せられていてはかなわなかった。

「私、カンドキアに帰りたいです。大事な人の安全を確認したいんです！」

「ふうん、やっぱり訳ありか。こんなに冷や汗だらけで震えて……どんな恐ろしい脅しを受けているんだろうな」

リーラの喉がひっ、と音を立てた。

――どうしよう……！

余計なことは何一つ喋れない。アンドレアスが動き、女王が少しでも怪しんだら、祖父母は躊躇なく殺されてしまうだろう。恐らく、祖父母の安否をアンドレアスが尋ねるだけでもう駄目だ。

女王は他人の命など『自分の好きにして良いもの』としか思っていない。自分のことは高貴なる稀姫の母で、神を産んだに等しい存在だと思い込んでいる。

二十三年も前に死んだ稀姫ネリシアを『産み直す』ために若返ろうとしている狂人に、話など通じるわけがない……。

「なんの悩みか知らないが、僕がカンドキアの女王陛下に直接話をしてやろうか？」

「やめてください！　お願いです、そっとしておいて……あ……！」

「なるほど。人質でも取られているかのような反応だな」

鋭い言葉に、リーラはびくりと身体を震わせた。

言葉と同時に、不浄の場所へと指先が押しつけられたからだ。

「い……いけませ……」

膝立ちで抱きすくめられたまま、リーラは脚を閉じようとした。だが不自由な姿勢では当然上手く行かない。

「す、すぐに本物の王妃様がいらっしゃるのですから……あぁ……っ……」

指先が穢れた泥濘に沈む。恐慌状態になったリーラの両脚がわなわなと震えた。

「本物の王妃はここにいると言っただろう？　まだ分からないのか」

――え……？

「我が儘放題の王女殿下など、側に置く気はない。リーラ、お前がこれより『オルストレム王の花嫁』を務めよ」

恐ろしい命令にリーラは首を何度も横に振る。

どうしてアンドレアスは、そんなことを思いついてしまったのだろう。

「いや……いやです……私、カンドキアに帰らないと……あぁ……」

アンドレアスの長い指が未開の場所をゆっくりと暴いていく。閉じ合わさった媚膜が耐えがたいほど恥ずかしい音を立てて開かれるのが分かった。膝立ちのままリーラはアンドレアスの肩に縋り付く。

「あ……あ……だめ……帰らせてください、お願い……ひっ」

アンドレアスが、狭い場所をこじ開けるように指を動かす。

「昔の王妃は、医者の手でこのように処女検査をされたそうだ。気の毒な話だな。夫以外の男の前で脚を開かされ、怪しげな毒針など仕込んでいないか、男を咥え込んだ痕跡はないかと念入りに調べられたらしい」

残酷なことを語るアンドレアスの身体からは、燃えあがるような『欲』があふれ出し、リーラの身体を火照らせる。

「お前の身体は僕が検査しよう。大丈夫だ、優しくする」

「……っ……あ……」

指を受け入れた秘部から、ぬるぬるしたものが滴るのが分かった。

――どうしよう……助けて……誰か……。

アンドレアスは本気でリーラを抱く気だ。そして手放す気もない。

どんなに『カンドキアに帰りたい』と訴えても受け入れてはもらえないだろう。

「狭いな、やはり男は知らないのか」

「……っ……ひ……っ……」

不浄の場所を弄ばれ、リーラの頬に涙が伝う。指が動くたびに、はしたなく腰が揺れた。

「あ……やめ……指なんて……あぁ……っ……」

「お前の小さな手では、こんなに奥まで何かを押し込めることはできないだろうな」

アンドレアスの美しい声が、リーラの髪にまとわりつく。

炎のような欲望と執着が鉄の檻となって、リーラを囚えたように感じた。

――どうして、どうしてですか……アンドレアス様……。

もう逃げられないのだと悟り、身体中から力が抜けていく。

「一応聞いておこう。ここに何か器具を収めたか？」

膣奥で指をぐりぐりと動かしながら、アンドレアスが言った。

彼の肩に縋り付くリーラには、その表情は見えない。けれど伝わってくるのは、笑い混じりの激しい興奮だ。髪も身体も火で炙られたように熱い。

「あっ、あぅ……っ……」

いつの間にか二本に増えた指が、リーラの中をかき回す。

ぐちゅぐちゅと淫らな音が響くたびに、リーラの下腹部が収斂した。

「自分で何かを入れたかと聞いている」

「い……入れて……いませ……」

アンドレアスに腰を抱かれたまま、リーラは震え声で答えた。内股に粘性のある液が伝っていく。恥ずかしくて怖くて、どんなに抑えようとしても震えが止まらない。

それなのに、身体は指に反応した。中で指が蠢くたび、何も知らない粘膜がびくびくと反応する。リーラの息が少しずつ熱くなっていった。

「検査中だ、まだそんなに絞り上げなくていい」

「ぬ、抜いてください……嫌ぁ……」

「中がずいぶん狭い」

アンドレアスはそう言うと、中に収めた二本の指でぐるりと円を描いた。ぐぽ、という嫌らしい音と共に、ますます熱い雫がしたたり落ちる。

「や、やだ、やだぁ……っ！」

「お前は男の悦ばせ方も習わずに僕のもとに来たのか。密偵だとしたら、失格だぞ」

アンドレアスの声がかすかにうわずっている。

「な、習って、ませ……あぁ……っ……」

アンドレアスが蜜路の襞を執拗に擦りながら、膝立ちの体勢を取るリーラの乳房に頬ずりした。

寝間着の下には薄い下着しか身につけていない。乳房を直に触られたように感じ、リーラの身体が強ばる。

服の下で乳嘴が立ち上がり、擦れて妖しげな痺れを帯びた。リーラの身体は乳房に頬ずりされるたびに、咥え込んだ指をぎゅうぎゅうと締め上げる。

「……あ……はぁ……っ……」

「可愛い奴……身体は一人前の反応ができるようだな」

アンドレアスが布越しに乳嘴に歯を立てる。

「あぁっ」

びくん、とひときわ強く蜜路が収縮した。身体からはとめどなく淫蜜があふれ出す。

「いや、いやぁ！　そんなところ……ひっ」

音を立てて服の上から乳嘴を吸われ、リーラは不自由な姿勢でもがく。そのとき不意に指がずるりと抜けた。

　そのまま、リーラの身体は軽々と押し倒される。

　何が起きたかも分からない呆気なさだった。

　──……え……わたし……どうなって……。

　突然天井が見えて呆然とする。

　視界にアンドレアスの端正な顔が見えた。

　彼は笑っている。真っ青な目はじっとリーラを見つめていた。

「脚を開け」

　アンドレアスの命令にリーラは声も出せずに首を横に振る。

「僕に開かせようというのか？　まあ、それも悪くないが」

「ち……違……」

　アンドレアスの手が薄い寝間着の裾に掛かる。あっと思う間もなく、それを腹の上までまくり上げられた。

　膝に引っかかっていた下着もするりと抜き取られる。

　──嘘、嘘……嘘……！

　自分の下半身が剥き出しだと気づき、リーラの気が遠くなった。

「い……いやです……」

　朝の明るい光が部屋の中に差し込んできた。もう夜が明けるのだ。こんな状態で絶対に人に見られたくない場所が晒されるなんて。

「だめです、見ないで……ッ！」

アンドレアスはリーラの脚を軽々と摑んで大きく開かせると、脚の間に割り込んできた。

「お前、他愛なさすぎるぞ、多少は抵抗してもいいのに」

リーラの髪の毛が限界を超えた。アンドレアスが何を考えているのかもう感じ取れない。

涙がぼろぼろとこぼれた。

怖い。それに『もしお相手を命じられたら必ず避妊薬をいただき服用するように』と言われたのに、その準備すらできていない。

いざというときは王宮でもらえと言われるだけで誰も薬をくれなかった。

リーラも心のどこかでたかをくくっていたのだ。

本当にアンドレアスに抱かれることなどないだろうと。

「でも、お前のそういうところがいい……隙だらけで、僕にあっさり喰われる、お前の脆さがたまらなく可愛くて好きだ」

——好き……？　可愛い……？　何を仰っているの……？

アンドレアスが、戸惑うリーラの身体にゆっくりとのし掛かる。

作り物めいた美しい顔が近づき、リーラの唇を奪った。脚の間の裂け目に再び指が入ってくる。

リーラのそこはぬるりと濡れていて、アンドレアスの指を容易に受け入れた。

「ん、う……うぅ……っ……」

火照った秘部の縁をつつかれ、リーラの腰が強い刺激に反射して浮く。

「んん……っ！」

どろりとあふれ出した蜜が尻を伝って落ちていく。逃れようとばたつかせた脚が敷布を虚しく蹴った。

アンドレアスの指が執拗に『そこ』を押す。

そうされると、下腹部が甘く疼(うず)いて、脚の間の裂け目が小さく開くのが分かった。

「ふ……」

唇を塞がれたまま、リーラは大きく目を見開く。アンドレアスの片手が脚の付け根に掛かり、閉じた秘裂を強引に開かせたからだ。

粘膜がはがされるようなぐちゅりという音とともに、火照った膣が空気に触れる。

――い……いや……。

脚の間に指よりはるかに太いものが押しつけられた。逞しくて硬いそれが、押し広げられた小さな孔に強引にねじ込まれていく。

「う、うう」

抗うなとばかりに唇は塞がれたままだった。

涙が幾筋もこめかみを伝い落ちる。

熱い肉の杭が、雄を知らない身体をゆっくりと貫いていく。アンドレアスを押しのける力などどこからも湧いてこない。リーラははしたなく脚を開いたまま、ずぶずぶと沈んでいく肉杭をただ受け入れた。

――痛い……怖い……。

強引に押し広げられた隘路が悲鳴を上げる。

そのときふと、身体中にアンドレアスの『感情』が広がった。

伝わってきたのは、強い興奮だった。髪を介さず他人の感情が『分かる』のは初めてだ。

アンドレアスの興奮が全身に絡みついてくる。

無理やり開かれた脚も、貫かれた身体も、押さえつけられた片腕も、見えない蔓に巻き付かれたかのようだ。

このままアンドレアスの欲に取り込まれてしまう、と思った瞬間、身体の奥深い場所を熱杭に突き上げられた。

同時に、アンドレアスの感じていた興奮が、強烈な『飢餓感』に変わった。

唇を奪われたまま、リーラは大きく目を見開く。

本能的に、これから骨の髄まで貪られるのだと分かった。肉食獣に喰われる弱々しい生き物になった気分だ。それほどに、アンドレアスから感じる飢えは強かった。

「ん、んっ……」

きつく中を満たしていた杭がゆっくりと前後する。

渇ききった喉に、ひとしずくだけ水を垂らされたかのようなもどかしい充足感が伝わっ

てきた。

――アンドレアス様……喉が……渇いて……？

一瞬誤解したが、すぐに違うと分かった。

これは飢えたようにリーラを求めるアンドレアスの感情なのだ。

もっと、もっとだ、もっと欲しい……アンドレアスがそう求めているのが分かる。身もだえするような欲望が、男を知らないリーラの身体を灼いた。

――な、なに……これ……。

搔痒感に似た、アンドレアスの感じているものとよく似たもどかしさが、リーラの隘路を駆け抜ける。

リーラも『欲しい』のだ。だがそれがなんなのか分からない。

「ん、く……」

ぐちゅぐちゅと音を立てて抽送を受け止めると、リーラの唇から今まで出したことの無いような媚びた声が漏れた。

アンドレアスに聞かせてはいけない。この声は恥ずべきものなのだ。そう思うのに、止められない。

まるでリーラの身体の中を味わうかのように、アンドレアスがゆっくりと身体を動かす。唇を離し、優しい声で尋ねてきた。

「痛いか」

「い、痛い……です……もうやめて……ああ……」

　このまま行為を続けては駄目だという思いでリーラは必死に口にした。

　本当はもうあまり痛くない。

　声にも、苦痛ではなく甘ったるい媚がにじんでいるのが自分でも分かる。

　嘘が見抜かれたのだろう、アンドレアスの身体は離れない。はしたない行為をやめてはくれなかった。

　涙で汚れ火照った頬に、柔らかな唇が押し当てられる。

「大丈夫そうだな。では、我慢してくれ」

「ど……どうして……駄目……駄目……です……こんな……」

　再び口づけされ、身体中にえもいわれぬ満足感が広がった。これはアンドレアスの感情なのか、それとも自分が感じているのか。

　――分からない、分からないわ……何、誰が何を……ああ……！

　下腹に未知の感覚が走った。

　感じているのは痛みだけではなく、快感を伴う疼きだ。アンドレアスの感じている快楽のようにも思えるし、リーラの身体に刻み込まれたもののようにも思える。どちらの『悦楽』なのか判断できない。

「あ……動かないで……あ、駄目……」

　中を擦られるたびに、身体がどんどん熱くなっていく。それはアンドレアスも同じなのだろうか。

「何が駄目なんだ？」

「……あ、あっ、わからな……っ……」

ぐちゅぐちゅと中を穿たれながらリーラは首を横に振る。

「僕はお前の中に出すまでやめない」

――どういう意味……？

息を弾ませながらリーラはアンドレアスの言葉を反芻する。

だが、目がくらんで何も考えられない。アンドレアスの吐息が熱くなるのが分かる。身もだえするような快感がリーラの初心な身体を舐め回した。

もうすぐだ、もうすぐお前は僕のものだと狂おしい喜びが肌に刻み込まれる。

身体中、どこもかしこもアンドレアスの歓喜と肉欲にまみれて息ができない。

大雨の翌日の川を思い出す。轟々と音を立てて流れていく茶色の川……あの泥流に押し流されたらこんな感じだろう。

リーラを呑み込もうとしているのは、アンドレアスの身体からあふれ出す欲情だ。もみくちゃにされて、溺れていく。彼の腕から抜け出すことすらできない……。

「あ、やだ、やぁ……っ……！」

ぐちゅぐちゅと蜜窟を穿たれながらリーラは両脚を震わせた。お腹の奥が勝手に強く窄まって泣きたいくらいに気持ちがいい。

食べたい、食べたい、食べたいというアンドレアスの強い欲望がリーラの身体を炙る。

「馴染んできたな」

繋がり合ったまま、投げ出した脚を強引に曲げられ、秘裂が剝き出しになる体位を取らされた。より一層接合が深まり、ぐりぐりと奥を責められて目の前に星が散る。

「あぁぁぁぁっ」

リーラの一番深い場所が執拗に押し上げられる。汗ばんだ肌に寝間着が貼り付き、硬くなった乳嘴を擦った。

欲しい、欲しい、欲しい、自分のものかアンドレアスのものかも分からぬ『強い欲情』が腹の底から湧き上がる。

このまま理性を失ったら最後まで許してしまう。

アンドレアスの獣欲に全てを塗りつぶされ、共に果てる前に止めなくては……。

そう思い、リーラはかき消えそうな声で訴えた。

「あ、あ、やだ、抜い……っ……」

譫言(うわごと)のように訴えると、アンドレアスは脚から手を放し、リーラの頭をぎゅっと抱え込んだ。吐息が耳に掛かる。思わず背中にしがみつくと、彼は淫らで残酷な言葉をリーラの耳に囁きかけた。

「僕の世継ぎはお前が産んでくれ」

「え……？　あ……」

無防備に受け入れた肉杭が中で硬く反り返る。

接合部を擦り合わされ、リーラは「ひぃ」と情けない声を上げた。

収縮が止まらない蜜路の奥に、おびただしい量の粘ついた熱が放たれる。

何をされたのか分かり、リーラは大きく目を見開いた。

中で、吐精されたのだ。

「あ、だめ……ん……っ……」

結合を解こうともがいても、もう手遅れだった。鋼のような力で戒められたまま、リーラは恐怖の涙をこぼす。

——嘘……。

意思とは裏腹に、器は貪欲にアンドレアスの精を呑み干そうと蠢いていた。求めるものを与えられ、甘い火照りが身体中を包み込む。

「楽しみだな、リーラ。子供が欲しいと思ったことはないが、お前とつくるのならばいい」

はっきりと耳元で囁かれ、リーラの身体がわなわなと震え出す。

自分がどんな罪を犯したのか、アンドレアスの言葉ではっきりと理解したからだ。偽の王妃でありながら、国王と無防備に身体を重ね、妊娠の危険を冒したのだと。

——い……いけない……助けて……誰か……。

リーラはびゅくびゅくと震える肉竿を中に収めたまま、アンドレアスの身体の下で首を横に振る。

「……僕が嫌いか」

尋ねられた刹那、先ほどまでとは違う涙がどっと目からあふれ出す。

淡い初恋が叶ったのか、踏みにじられたのか、どちらなのか分からなかったからだ。

けれどリーラに言える答えは一つしかない。

「私じゃ……なくて……イリスレイア様を、好きになってください……」

きっぱり『嫌いです』と言えなかった。リーラのあいまいな答えに、アンドレアスが淡く微笑んだ。

「そうか、僕が好きか。それならば相思相愛だな。僕にとってお前は世界で一番可愛い女だ」

賢い彼には、単純なリーラの気持ちなどお見通しなのだろう。安堵と絶望が同時に襲ってきて、気が遠くなる。

焦げ付くような欲情がリーラの身体から失せていく。

代わりに受け止めたのは、遂情（すいじょう）した雄の満足感だった。『可愛い雌、僕の腕で眠れ』と囁きかけてくる。ふわふわの雲に包まれ、引きずり込まれるような気がしたと同時に、リーラの意識は遠ざかっていった。

夢を見た。

血まみれで事切れた女の子が、白目を剝いてタイル敷きの床に倒れている夢だ。

リーラは腕を縛られ、猿ぐつわを嚙まされて、震えながらその子の姿を見ていた。

死に際の絶望が、震えているリーラに叩きつけられる。

あの子は身代わりになってくれない、死ぬのは私なんだ。嫌だ、嫌だ、嫌だ……。

——ごめん……なさい……ごめんなさい……!

夢の中のリーラは強すぎる絶望に同調して床に倒れ伏す。

そうだ、バルコニーから落ちれば死ねる。そう思いながら床を這うべく腕に力を込めたとき、不意に、鋼のような凜とした声が聞こえてきた。

『リーラ、何を転がっている、お前のすべきことは別にあるだろう』

——アンドレアス様?

力の溢れる声が、刃のような鮮やかさでリーラと夢を分断する。

目覚めたリーラは、恐ろしい儀式の夢を見ても、自分が錯乱せずにいられる理由を悟った。

アンドレアスの、何物にも動じない鋼のような精神をすぐ側で感じ続けているからだ。

周りの者が皆狂っても、アンドレアスだけは最後まで正気でいるだろう。そう思えるくらいに彼の心は強い。

リーラの一度壊れた心でさえ、アンドレアスの折れない心に共鳴して、なんとか形を保とうとするほどに……。

――もう……夕……方……？

アンドレアスの腕の中で、リーラは一糸まとわぬ姿になっていた。

二人とも服を着ていない。自分で脱いだのか脱がされたのか覚えていない。けれど、昼過ぎに目覚めて、また抱かれたことは覚えている。

強引に穿たれて麻痺した蜜口は、性交の名残で汚れたままだ。

――私、また眠ってしまったのね……。

空が薄暗いことは分かった。だが曇っているのか、時が経ったのかは分からない。

今朝から一度もカーテンを開けておらず、窓の外を見ていないからだ。

乱れた髪が身体中に貼り付いている。

重い頭を動かして身体中を確かめると、血の気のない真っ白な乳房に、紫の痣が一つ散っていた。

『お前の肌は薄くて、少しでも傷つけたら痕が残りそうだな……』

思い出した。一つ、口づけの痕を残したあと、アンドレアスはそう言ってリーラを抱きしめたのだ。

『この綺麗な身体に傷は残したくない。思わず付けてしまったこれも消えるといいが』

確かに紫の痣はくっきりと目立ち、情交の証として目に飛び込んでくる。

身動きすると、注がれた白濁が脚の間からにじみ出した。こんなことをしている場合ではない。明日の朝にはイリスレイアが到着するのだ。

──私、カンドキアに帰らなくては……。

起き上がろうとしたとき、アンドレアスの腕の力が強まった。抗う間もなくリーラの身体が強く抱きすくめられる。彼は眠っていなかったのだ。きっともぞもぞと動いているリーラの様子を観察していたのだろう。

「どこに行くんだ」

「か……帰り支度を……」

祖父母のためにも、一刻も早くカンドキアに帰らねばならない。女王のもとで『不幸』にならなければ。

イリスレイアが生まれたあと、王配はもう女王のもとに寄りつかなくなった。

『子供たちが心配ではないのか』と女王が脅しても大神殿には戻らず、ただ王家の人間として淡々と奉仕活動を続けていたと祖父母に聞いた。

今の女王の頭の中では、王配が自分を愛さないのは愛人のせい、ということになっている。その前からずっと『愛された』ことなど無かったはずなのに。

ネリシアを失い、夫の愛が無いことを痛感し、新たに『産み直した』つもりだったイリスレイアは、ネリシアとはまるで別人で……失望の積み重ねで、女王は静かに狂っていったのだろう。

女王が完全に狂ったのは、思春期を迎えたイリスレイアの能力が、まったくネリシアに及ばない異質なものだと明らかになった頃らしい。

ネリシアと思って育ててきた娘は、死の予言しかできない別物だった……。

歪みきった絶望は、夫が隠し続けていたリーラに一気に向いた。女王がいつどこでリーラの存在を知ったのかは分からない。取り巻きの誰かが、リーラのことを女王に吹き込んだのかもしれない。

あの日、無理やり引きずられていくリーラに追いすがろうと、祖母は武器を突きつけられても必死で手を伸ばしてきた。『その子を返して』という叫びが今でも忘れられない。

祖父母は産まれたときからリーラを大事にしてくれた。

――お祖父様たちの身の安全すら分からないのに、私だけオルストレムに残るなんてできない。

リーラは無言でアンドレアスの手を振り払おうとした。

「なぜそんなに僕に抗う」

むっとしたようにアンドレアスが言う。

「どうしても、カンドキアに帰りたいんです」

「理由を言え」

「そ……祖父母に……会いたいので……」

アンドレアスがリーラを抱く腕に更に力を込めて言った。

「お前の祖父母か。会いたいならば、国賓（こくひん）としてこの国に呼んでやる」

──だめ……少しでも怪しいことがあったら、女王陛下はお祖父様たちを殺してしまう。

リーラは震えながら首を横に振る。

オルストレム国王の招聘を、女王が見過ごすわけがない。リーラが何かを喋ったせいだと考えるだろう。到底、祖父母が安全にオルストレムまで来られるとは思えない。

──なんとか明日、イリスレイア様が来たら入れ替わるの。それでカンドキアのお役人様にお願いして、国元に帰らせてもらうのよ……。

リーラは何も言わずにぎゅっと唇を噛んだ。

「お前は何を隠している？　僕に話せ。解決してやるから」

駄目だ。少しでも女王に怪しまれるわけにはいかない。あんなにたくさんの女の子を平気で殺せる女王は本当に恐ろしい存在だ。

アンドレアスの想像など超えた残酷さなのだから、リーラが彼女のもとに戻る以外、解決方法はないのだ。

「ふん……まあいい。あとで教えろ」

アンドレアスが体勢を変え、あっさりとリーラの身体を組み敷いた。

また抱かれるのだと察し、リーラはいやいやと首を横に振る。

抱かれ続けて身体中が痛いこともあるが、アンドレアスと肌を合わせるのが怖いのだ。

自分と彼の境がなくなって訳が分からなくなる。アンドレアスの圧倒的な情欲にひしがれて、望みのままに食い尽くされてしまおうと思う自分が嫌だ。

身体を強ばらせ、顔を背けて拒絶するリーラに、アンドレアスは言った。

「触らせてくれるだけでいい、お前に触っていたいんだ」

リーラの強い拒絶を感じたためか、アンドレアスの声がかすかに曇る。

——あ、ああ……私……どうして口も利かずにこんな意地の悪い態度を……。

悲しくなったリーラは、慌てて言い訳をした。

「身体が……ちょっと痛くて……」

「分かった」

アンドレアスは優しくリーラの額に口づけ、昂る肉杭を裂け目に押しつけてきた。

——遊ぶ……？

「入れないから、少しだけ遊ばせてくれ」

意味は分からなかったが、リーラは恐る恐る頷く。

アンドレアスはそっとリーラの脚を開かせ、身体を揺すり始める。

秘裂にぴったりと押しつけられた杭が、くちゅくちゅと音を立てながら陰唇の表面をそっと擦った。

凹凸のある表面が、裂け目の縁にある小さな何かに当たる。

「あ……」

杭が裂け目の入り口を擦るたびに、リーラの腰が揺れた。

挿入せずに、こうやって擦り合わせるだけでもアンドレアスは昂るのだと分かり、恥ずかしくてお腹の奥が熱くなる。

たった半日でアンドレアスに染め上げられた身体が、『また挿れてほしい』とばかりに白濁混じりの蜜を滴らせた。

「僕はお前が可愛くて手放したくない。犯してでもいいから、手に入れたかった。だから理由も言わずに帰りたいと繰り返されると、さすがに寂しくなってくる。分かるか？」

ゆっくり杭を前後させながらアンドレアスが言う。

汗の匂いがリーラの鼻先をかすめた。

――可愛い……私をそんなふうに……。

リーラの目に涙がにじんだ。ぼんやりした頭で、自分はアンドレアスの言葉に喜んでいるのだと気づく。

本当になんのしがらみもなく、ただ『仕事』でやってきた身代わりなら良かった。

それならば、王妃になるイリスレイアには申し訳ないけれど、日陰の身としてずっと側に置いてもらうのに。

アンドレアスが疲れたときはすぐに駆け付けて手当てをしてあげられたのに。自分を可愛いと言ってくれ、大事に接してくれたアンドレアスをずっと守ってあげられたのに。

「私などをお望みにならず……あ……っ……」

弱い場所を擦られた拍子に、蜜口からおびただしい雫があふれ出してきた。

繰り返された性交に傷つき閉じたはずの花孔が、また口を開けたのだ。

「あん……っ……あう……」

早くここに来てと、涎を垂らしてアンドレアスを招いている。

自分の身体が、まだアンドレアスを欲していることに気づき、リーラの目からますます涙があふれ出す。

――もう、しては駄目なのに……。

秘部を擦り合わせるうちに、身体が昂ってくる。

リーラはアンドレアスの首筋に腕を回し、自ら腰を揺らしていた。

「い……いや……あぁ……」

これでは誘っているのと同じだ。

そう思いながらも動くのを止められない。

「リーラ……」

アンドレアスが苦しげにリーラの名を呼んだ。同時に、お前と繋がりたい、中に入りたいというアンドレアスの声が、腹の奥に直接響いてくる。

「ん……」

弱々しい声を漏らし、リーラはアンドレアスの引き締まった腰を両脚で挟んだ。

彼の望む通りに中に来てほしい。

こんなことを望む自分は、もうアンドレアスに食い尽くされたも同然だ。

そう思ったのと同時に、アンドレアスが耳元で囁きかけてきた。

「すまない、痛かったらやめるから、また抱かせてくれ」

リーラはアンドレアスの言葉に小さく頷く。

早く来てと濡れそぼつ蜜孔に、灼けるように熱いアンドレアス自身が沈み込んでいく。

——私の……馬鹿……。

アンドレアスと隙間なく肌を合わせ、嬌声を堪えながら、リーラはひたすら涙を流す。

——明日、明日イリスレイア様が来たら、私は帰れるから……帰るから、だから……。

何も考えず無責任に、獣のように番い合えたなら、どんなに幸せだろう。

そう思うと、どうしても涙を止められなかった。

◆

オルストレムの王宮には広い地下がある。その主だった場所は、王宮で働く人間たちが書類や資材の保管庫として利用している。

しかし、その中に他とは厳重に区別された区画があるのだ。

地下牢である。表沙汰にできない罪人を閉じ込めている。

そこに、早朝から新たな人物が一人加わった。

アンドレアスは沐浴し、眠っているリーラに服を着せ、侍女たちに任せて部屋を出た。

リーラと離れているのが妙に寂しい。

肌を合わせた女に対してこんな感情を抱くのは初めてだ。腕の中に、まだ柔らかな身体の感触が残っているような気がする。

アンドレアスはその感触を大切に胸にしまい込むと、オーウェンに尋ねた。

「予定より早く到着したようだな。それで、イリスレイア殿をどうした？」

「例の『特別貴賓室』にお通ししたところ、大笑いしておられました。たいした歓迎だ、ここで自由に過ごしていいのかと」

オーウェンは表情を変えずに答える。

――大笑い……か。肝の据わった女なのか、何も考えていないのか。

そう思いながら、アンドレアスはオーウェンに尋ねた。

「他に何か言っていたか？」

「陛下にお目もじが叶うのを楽しみに待つと……」

アンドレアスは頷き、特別貴賓室へ向かった。ついてくるのは、リーラの件を知っている近衛騎士たちだ。

「イリスレイア殿はここに来る道中、文句の言い通しだったそうだな」

オーウェンがなんと答えたものやら、と言わんばかりに小首をかしげる。

「そもそも、オルストレムには来たくなかったのだそうです。かといってご自身の犯した罪を理解していないわけでもなさそうで……とにかくお会いになれば分かります」

アンドレアスは頷くと、地下牢へ続く扉は開けず、別の扉を開けて奥へと進んだ。

何もない長い廊下が続いている。一番奥は天井がひときわ高い。二重窓で巧みに光を取り込む設計になっていて、地下なのに明るい。

ここは貴人を閉じ込めるための『地下の一等地』だ。

番兵はいない。その代わり鉄の扉が三重になっている。

重犯罪者を入れるための牢ではないから、堅固なつくりではない。

あくまで『強制的にここに滞在していただく』ための部屋であるので、通路も他の重犯罪者を入れた牢とは別になっているのだ。

アンドレアスは礼儀として扉をノックした。

「どうぞ」

明るい声で応えが返って来る。声はよく通り、とても女らしい。体格はそっくりなのに、小鳥のような声音のリーラとはまるで似ていないのが不思議だった。

——愛想はそれなりに良いようだが……なんというか……。

イリスレイアの声ににじむ違和感を明確にしていいものか、アンドレアスは迷う。

「失礼いたします、イリスレイア殿」

三重の扉を近衛騎士たちが開けていく。開かれた先にあるのは優美な家具に囲まれた広く美しい部屋だ。

そこに、リーラに生き写しの女性が佇んでいた。だが、まとう雰囲気でリーラとは別人と分かる。イリスレイアは、まるで真っ黒に塗りつぶした背景にリーラの絵姿を描いたかのような女だった。

　傍らにいたオーウェンが、近衛隊長に告げた。

「陛下は私がお守りいたしますので、皆様は扉の外の、お話が聞こえない場所までお下がりください」

　近衛騎士の皆が出て行くのを見送り、オーウェンが頷く。

　咳払いして、アンドレアスは切り出した。

「初めまして、イリスレイア殿」

「ご挨拶は結構よ、国王陛下。私のせいで散々な目に遭ったと怒鳴りつけたいのでしょう？　私は心は読めないけれどそのくらい分かるわ。あと貴方、もうすぐ死ぬわね」

　不躾（ぶしつけ）で不吉な言葉に、アンドレアスは眉をひそめる。

　傍らでオーウェンがゆらりと動き、イリスレイアに向けて一歩踏み出した。

「陛下に対する無礼な発言はお慎みください」

「だって本当のことよ。ふふっ、若いのにもう身体がぼろぼろ。貴方を呑み込もうとしている影が見える。駄目ね、このままじゃ助からないわ」

　アンドレアスは、イリスレイアの嫌がらせめいた言葉を、表情一つ変えずに受け止めた。

　寿命で死ぬことなど怖くはない。

　それに身体がぼろぼろなことは承知している。酷使しすぎたのだ。

「なるほど……僕はどんなふうに死ぬのでしょう？」

アンドレアスの問いに、イリスレイアが高慢な笑みとともに答えた。

「突然倒れて、命が灰になって消えるわ」

燃え尽きるように倒れてそのまま息を引き取った両親の死に様とそっくりだ。アンドレアスは笑顔でイリスレイアに礼を言った。

「貴重なご助言をありがとうございます」

「怒らないの？」

小首をかしげた表情に幼さが見える。こんな顔をするとリーラにそっくりで不愉快だ。この『真っ黒な女』が自分の愛する存在に生き写しだとはなんという皮肉だろう。

アンドレアスは不快感を呑み込み、笑顔で答えた。

「本当のことを言われて怒るほど野暮ではありません。それよりイリスレイア殿、この部屋には足りないものがあるでしょうが、我慢なさってくださいね」

「まあ、足りないものってなんのことかしら？」

「僕の部下の前で申し上げてもよろしいのですか？」

オーウェンは身じろぎもせず、アンドレアスとイリスレイアのやり取りを見守っている。

イリスレイアがいぶかしげに眉根を寄せた。アンドレアスは嬲るような気持ちではっきりとイリスレイアに告げた。

「男です」

アンドレアスの意地の悪い返答に、イリスレイアが口の端を吊り上げた。

「まあ、お気遣いありがとうございます。まさか国王陛下に『息抜き』の心配までしていただけるなんて」

愛らしい笑顔だが、アンドレアスの目には男を堕落させる魔性の媚にしか見えない。声音も仕草も表情も全てだ。

——何をして過ごせばここまで……並の玄人より男に馴染みきっているな……。

アンドレアスは呆れ半分でため息をつく。

社交界で散々『遊び好き』と評判の女たちを見てきたが、その中でもイリスレイアは一番『男の匂い』をまき散らしている。

色事に耽るのは結構だが、あまりにもはすっぱ過ぎはしないだろうか。素行がこうでも、カンドキアでは王女としてまともに扱われていたのだろうか。

アンドレアスの軽蔑混じりの視線に気づいたのか、イリスレイアは無邪気に見える笑顔で言った。

「もちろん、連れ込めるなら連れ込みたいわ。私と一緒に来た男たちが何人かいたでしょう？　あの子たちは私の『子犬』なの。引き離されてしまって不便を感じているわ。同じ部屋にしてくだされば嬉しいのだけれど」

「……オルストレムでは結婚前の男女を同じ部屋に滞在させることはしません」

言わせるな馬鹿、と付け加えなかっただけ自分は大人だ。アンドレアスはそう思いつつ咳払いをする。

香水を付けている様子もないのにイリスレイアの『雌』の臭いでむせ返るようだ。

アンドレアスは改めて決めた。

絶対にこの女とは結婚しない。『好みではない』どころの騒ぎではない。一緒になったら三日目あたりから殺し合いになるだろう。

――やはり、僕は愛しい子猫とこれからも幸せに暮らそう。

イリスレイアが来ると耳にして以来、様子がおかしいのが心配ではあるが……。

「部屋？　ここは牢獄でしょう？　私は結婚式をすっぽかして男たちと逃げた罪人よ。牢獄で大人しくしていますから、子犬たちを私に返してちょうだい」

――子犬たち……か。別途牢に収容した随行員たちは、イリスレイア殿よりも年上の男ばかりだったが、すっかり女王様気取りだな。

アンドレアスはしばらく考え、イリスレイアに告げた。

「しばらくはご趣味を控えて、慎み深く過ごされてはいかがでしょうか」

「大人しく牢獄に入っているのだから、我が儘くらい聞いてよ」

そのとき、オーウェンがイリスレイアに問うた。

「会話に割り込んで申し訳ありません。イリスレイア様は何故それほどまでに『オルストレム王妃の座』に不満を抱いていらっしゃるのですか」

イリスレイアはオーウェンの問いには答えず、長身の彼を舐め回すように見つめた。

「あら、よく見たらいい身体してるわね。貴方が今夜、私のお相手をしてくださらない？」

「……！」

オーウェンが身体を硬直させた。こう見えてオーウェンは意外と純情なのだ。毒婦の相手をさせるのは気の毒である。

立ちすくむオーウェンを背に庇い、アンドレアスはイリスレイアに尋ねた。

「男たちと一緒に『かくれんぼ』をしていたかったのですね？」

アンドレアスの言葉にイリスレイアが肩をすくめる。

「知っているのならなぜ聞くの？　私はあの泣き虫にこの『仕事』を永遠に押しつけて逃げ回ろうと思っていたのに。丁度良かったんじゃない？　私の父は、あの泣き虫を大神殿の外に出してやりたいって必死だったから」

「泣き虫……とは、リーラのことですか」

「ええ、そう。あの子は私の父が愛人に産ませた娘なのよ。つまり私の腹違いの妹。そっくりでしょう？　別の母親から生まれて年齢も違うのに、まるで双子みたいよね」

イリスレイアがそう言って、何がおかしいのか高笑いした。

――なるほど……彼女とリーラは異母姉妹なのか……。

今のイリスレイアの話で、リーラの生まれが初めて分かった。

彼女はカンドキア女王の夫が愛人との間にもうけた子なのだ。

リーラは『祖父母のもとで育った』と言っていた。つまり王配はリーラを父母に預け、彼女の存在を隠していたのだろう。だが、やがて見つかってしまった。

「なぜリーラは離宮とやらに幽閉されていたのですか？」

「あら、あの子のことが気になるの？　残念ね、ここ数年、私は大神殿には寄りつかずにずっと山荘で過ごしていたから詳しくは知らないの。狂人の相手が嫌だったものだから」

含み笑いをしながら、イリスレイアが言う。恐らく知っていても喋る気はないのだ。しばらく誰にも会わせず、心を弱らせてから聞き出すしかないだろう。

——狂人とはたぶんカンドキアの女王陛下のことだろうな。政略結婚でオルストレムから支援を受ける立場でありながら、『王女』の挙式に出席すらしなかった。それだけでも、正気とは思えない振る舞いだしな……。

「自由に過ごさせてくれたら、もっと詳しく教えてあげてもいいけれど」

「結構です」

にべもなく答えると、イリスレイアが柳眉を吊り上げた。

オーウェンはイリスレイアに怒りの視線を向けたままだ。フェリシア以外の女に粉をかけられて腹を立てているに違いない。変わり者だが心根は非常に純粋なのである。

「イリスレイア殿のことは放っておけ」

アンドレアスは、オーウェンにだけ聞こえる声で囁きかけた。オーウェンは牙を剥かんばかりに不快そうな顔をしていたものの、しぶしぶ頷く。

「ねえ、陛下、これから私をどうするの？　リーラとはもう寝たの？」

答える必要のない質問だ。特に後半は下品すぎて話にならない。そもそもイリスレイアに余計な情報を与える気は一切ない。

「しばらくこちらにご滞在ください」

「男は？」

苛立ったようなイリスレイアの問いに、アンドレアスは無言で首を振った。

「のちほど書物を届けさせますので、暇つぶしにはそちらをどうぞ」

「読書なんてしないわよ。あ、待って！　本当に誰か一人でいいから男を寄越してちょうだい、大声は出させないからいいでしょう？　あん、もうっ！」

アンドレアスはイリスレイアの抗議を無視して部屋を出て、扉を閉める。

そこてようやく大きく息を吸った。

とんでもない女だ。肺が濁ったような気がするのは気のせいだろうか。

――カンドキア王家にイリスレイア殿の返品を申し出て、リーラをこのまま妻として迎えると連絡しよう。イリスレイア殿には、こちらの邪魔をさせないようこのまましばらく特別貴賓室でお過ごしいただく。随行の男たちは……申し訳ないがしばらく牢内にいてもらおうか。王女遁走（とんそう）の手助けをした罪人だからな。

アンドレアスはため息をついた。

「イリスレイア殿の今後の扱いについて話し合おう。オーウェン、関係者を集めてくれ」

◆

――いまは……いつ……？

悪夢と快楽に苛まれていたリーラは、朦朧としたまま目を開けた。寝室の窓からはさんさんと明るい光が差し込んでいる。

身体にはまだ肌を重ねた名残があるが、ちゃんと服を着ていた。とても喉が渇いてお腹も空いている気がする。最後に何か口にしたのはいつだっただろうか。

――朝……かな……。

リーラは、ようやく『今がいつなのか』という疑問の答えにたどり着く。

今日はイリスレイアが来る日の朝だ。

なんとも言えない喪失感が胸に迫る。だが、なんとしても彼女の随行員に頼み込んで、カンドキアに帰してもらわなければ。

リーラはそっと寝室を出た。花を活け替えていた侍女が、笑顔で歩み寄ってくる。

「あ……」

散々に抱き潰された自分を見られるのが恥ずかしくて、リーラは立ちすくんだ。髪はもつれ、顔には涙の痕が残っているに違いないからだ。

だが侍女は自然な笑顔でリーラに言った。

「おはようございます、イリスレイア様。お湯を用意してございますわ」

「あ……ありがとう……ございます……」

「お召し物は陛下がお選びになったものをお預かりしておりますので」

リーラは無言で頷きかけ、はっとして侍女に言った。

「私、カンドキアに帰らないといけないんです。旅装を用意していただくことはできますか？」

「じきに陛下が戻られますので、こちらのドレスにお召し替えくださいませ。今日は妃殿下に何を着せようかと仰って、それは嬉しそうにドレスを選んでおられましたのよ」

明るい声で、ちぐはぐな答えが返ってきた。

リーラの懇願など聞こえなかったと言わんばかりの態度だ。アンドレアスから厳重に『部屋から出すな』と命じられているに違いない。

「アンドレアス様はどちらにおいでですか？」

「急なお仕事と伺っております。どうしても一日通してはお休みになれませんのね」

言いながら侍女はリーラに深々と頭を下げた。

「どうぞ、お湯を。私は、御髪のお手入れの準備をしてお待ちしております」

優しく丁寧なのに、にべもない態度だ。旅装なんて用意してもらえそうにない。

——私、私……どうしよう……。

一刻も早くイリスレイアと交替しなくては。ただそれだけがリーラの頭の中を回る。どうやって彼女と落ち合うのか、アンドレアスをどう説き伏せるのか、まるで思い浮かばないというのに。

——イリスレイア様は今日のいつ頃いらっしゃるのかしら？　どうすればお会いできる？

焦りながらも、リーラは言われたとおり浴室へ行き性交の名残を歯を食いしばって洗い流す。

——アンドレアス様……。

ひたすらに切なかった。ただアンドレアスに寵愛されるだけの、飼い猫のような存在になれるならばどんなに良かったか……。

最後まで飼ってもらえるか、飽きて捨てられるかはアンドレアスの胸先三寸（むなさきさんずん）。そんな立場であっても、今よりはずっとましだ。

肌を重ねながら何度もそう考えた。今だって同じことを考えている。

だが、アンドレアスへの思慕など心に浮かべてはだめだ。このオルストレム王宮から出て行くことだけを考えなくては……。

——イリスレイア様はきっと、王妃になるためにオルストレムにいらしたのよね。私と交替してくださるわよね……？

リーラは、肌着と絹のアンダードレスを身につけて浴室から顔を出した。

「お待ちしておりました」

呼ぶまでもなく、侍女がドレスを手にやってくる。

「さ、妃殿下、お召し替えを」

——ああ……私は妃殿下なんかじゃないのに……。

侍女は濡れたリーラの髪を手早く巻くと、白地に大輪の紫の造花をいくつも縫い付けたドレスをリーラに着付けてくれた。金に紫水晶をはめ込んだ首飾り、揃いの耳飾りと指輪も、一分の隙もなく身に着けさせられる。なんと華やかな装いだろう。

「今日は何か催しがあるのですか……？」

「いいえ、陛下は美しく装った妃殿下とお過ごしになりたいと仰っていましたので」

昔祖父母の屋敷で見た、物語の姫君のようなドレス姿だ。あとは髪を結い直し、化粧を施せば、どんな上流階級の席に出ても恥ずかしくないだろう。

——こ、こんな格好ではひっそり王宮を出ることなんてできないわ……。

アンドレアスがこの衣装を選んだ意味が分かった。

『帰さない』と言っているのだ。

膝が震え始める。

偽者のまま、とんでもない道を歩まされ始めていると改めて気づいたからだ。

「今戻った」

丁度そのとき、アンドレアスの明るい声が聞こえ、リーラはびくりと肩を震わせた。

侍女がリーラの後ろに控え、さっと膝を折る。そうだ、国王が戻ったら『王妃』が一番初めに返事をせねばならないのだ。

真っ白な頭のまま、リーラは反射的に王妃として振る舞った。

「お、お帰りなさいませ」

「イリスレイア殿、そのドレスを着てくださったのですね。とてもお似合いだ。貴女でなければ着こなせないと思っていました」

　アンドレアスが腕を伸ばし、まだ少し髪が濡れているリーラを抱きしめる。

仲睦(なかむつ)まじい夫婦のような振る舞いが、祖父母を思い出させた。アンドレアスの真意が見えない。本気で、リーラを一生『妃』として側に置くというのか。

――な、なんて、罪深いことを……本物のイリスレイア様はもうすぐいらっしゃるというのに……。

　侍女や護衛たちが下がっていくのを見送り、リーラはアンドレアスを見上げた。

「アンドレアス様、イリスレイア様はいついらっしゃいますか」

　必死の形相で尋ねたリーラに、アンドレアスは軽い口調で答えた。

「そんな人間が来る予定はないが？」

――え……？

　立ちすくむリーラを顧(かえり)みずに、アンドレアスは長椅子に腰を下ろす。

「いや、正しくはもうここにいる。『イリスレイア王女』は十日ほど前にここに来て僕と結婚式を挙げた。お前がその相手だろう、何を言っている？」

「ち……違います……私……イリスレイア様の……身代わりで……っ……」

　歯の根が合わないほど身体が震えた。

早くカンドキアに帰らなければ大変なことになる。

『見殺しにするのはお前です』と言う女王の声が聞こえた気がした。

——お祖父様とお祖母様が、あのなんの罪もない女の子たちのように殺される……。私が帰らなかったら殺される。

「そろそろ誰に脅されているのか喋ったらどうだ」

離れて佇むリーラにアンドレアスが言った。

「な……なんの話……でしょうか……」

声が不自然に震える。

俯くと、視界の端に血溜まりが見えた気がした。もちろん幻覚だ。ここにそんなものがあるはずはない。身体を固くしたリーラの耳に、女王の残忍な声が響く。

『誰も助けられないお前は地獄行ですね』

——そう……私……誰も助けられなかった……。

猿ぐつわを噛み切れたら、腕を千切ってでも縄から逃れられたら、女王はリーラを『身代わり』だと認めてくれたかもしれないのに。

頭を焼き切るほどの絶望が蘇る。目の前がぐらぐらし始めた。

『バルコニーから落ちたら死んじゃうよ』

耳元で響いたのは、幼い頃から何度も耳にした幻聴だ。

これは誰の声なのだろう。まるで心当たりがない。

しかし、この声が語ることは真実だ。

身を投げさえすれば、リーラの苦しみは終わる。

――そうね……この声の言うとおりだわ……。

リーラは目だけを動かして、居間の窓の向こうにあるバルコニーに目をやった。

あの下にはアンドレアスと散策をした美しい庭がある。

ここのバルコニーはかなりの高さだ。落ちたら恐らく命はない。

リーラがいなくなれば祖父母は助かるだろう。女王はリーラをいたぶるためだけに祖父母を人質に取ったのだから。

――それに、たとえ運良くこの王宮を抜け出すことができても、どうやってカンドキアに行けばいいのか私には分からない。だから私にできるのは、イリスレイア様と交替するか、ここから……落ちるか……。

目の前が涙でにじんだ。

心配そうに見つめてくるアンドレアスから、リーラは目を逸らした。

「私はイリスレイア様にお会いして、お役目を交替していただきたいです」

リーラは涙を堪えて言った。

「僕が嫌いか？　帰国を望む理由も説明したくないほどに？」

「いいえ、私は……あっ……」

思わず本音を漏らしかけ、リーラは口許を覆う。

アンドレアスは煮え切らないリーラに焦れたのか、立ち上がって歩み寄ってきた。

「僕とお前は同じ気持ちでいるはずだ。ならば二人で幸せに暮らして何が悪い？　分からないからこうして何度も尋ねているのに、お前は何も答えようとしないな」

「あ……」

不意に目の前がすっと暗くなる。

気分が悪くなって、リーラはアンドレアスの目の前であるのも構わずにうずくまった。

「申し訳……ございません……」

「どうした、気分が悪いのか」

アンドレアスが傍らに膝をつき、リーラの身体を軽々と抱き上げる。

「わ、私、どうしてもカンドキアに……」

「もういい、頑固者……。だがお前を手放さないことには変わりないからな」

アンドレアスの優しい声が聞こえる。リーラには甘い顔も見せる男だが、彼は国王としての冷徹さを備えている。

どれだけ懇願しても、理由を話さなければ彼を動かすことはできないだろう。

——誰か、誰か助けて……どうしたらいいのか、私に助言をして……。

アンドレアスの肩に頭をもたせかけたまま、リーラはぐったりとして目を瞑った。

『バルコニーから落ちたら死んじゃうの』

幼い女の子の声が聞こえる。何度も聞いたこの声は、誰の声なのだろうか……。

リーラは薄く目を開け、もう一度広い窓へと視線を投げかけた。

◆

「お兄様！　突然いかがされましたの」

前触れもなく妹のフェリシアを訪れると、驚いた顔をされてしまった。

アンドレアスは普段、予定外の行動を取らないようにしている。国王の予定変更は多岐にわたって多くの者たちに影響を与えるからだ。

しかし今日はどうしても妹に聞きたいことができた。若い娘の女心についてだ。だからこうして迷惑を承知でやってきた。

妹は昔から聡明で、オルストレムの全貴婦人のお手本と呼ばれている。その妹であれば、泣いてばかりのリーラのことを相談できるに違いない。

「お休みを取られていると伺いましたわ。お呼びくだされればすぐに参りましたのに」

「いや、いいんだ。僕のほうこそ、せっかくエマとくつろいでいるところに、急に邪魔をしてすまない」

アンドレアスは目で合図をし、己を護衛してきた近衛騎士と、フェリシアの侍女たちを扉の外に下がらせる。

「何かございましたの？」

フェリシアが首をかしげる。膝に抱かれたエマが不思議そうにアンドレアスを見上げた。

「妃のことでお前に聞きたい。リーラが、僕の聞いたことに何も答えないんだ。若い娘に秘密を喋らせるにはどうすればいいか、お前に知恵はあるか」

アンドレアスの質問にフェリシアは眉をひそめた。

「リーラ様は今、何を言っておいでなのでしょう？」

「どうしてもカンドキアに帰りたいから、本物のイリスレイア殿を娶ってくれと言い張っている。だが帰りたい理由を言わないんだ。それをなるべく優しく聞き出したい」

アンドレアスの答えに、フェリシアがこれ以上ないほど大きく目を瞠る。

「えっ？　お兄様、リーラ様をオルストレムに留め置かれるおつもりなのですか？」

「ああ」

頷いてみせると、フェリシアは大袈裟に息を吐いて言った。

「それを先に言ってくださいませ……驚きましたわ。やはりお兄様はリーラ様をお気に召しましたのね」

「……まあな」

自分が誰を寵愛し、側に置こうとも、誰にも口を挟ませる気はない。だが実の妹に指摘されるのは少々気恥ずかしかった。

「お兄様が女性の髪に触れるなんて、本来ならば絶対に有り得ませんもの。ですからリーラ様の御髪を結われていることを知って、とても嬉しゅうございました。ようやく岩のように頑固なお兄様にも春が……と」

「僕は頑固ではないぞ？」

再びフェリシアが目を丸くする。アンドレアスは苦笑いして言った。

「冗談だ。昔から、父上にも呆れられるくらいの頑固者だったよ」

フェリシアはその言葉に笑った。エマも意味が分からないくせに、母と一緒になってキャッキャと笑い声を上げる。アンドレアスは手を伸ばし、フェリシアの膝に抱かれたエマを抱き上げた。

「うきゃぁ」

エマが嬉しそうな声を上げ、むっちりした腕でアンドレアスに抱きついてくる。清らかで無垢な愛情をぶつけられて嬉しかった。

リーラに身体を揉まれるときもこんなふうに嬉しくなることを思い出す。肌を重ねてからというもの、リーラに泣かれてばかりで少々堪えていることも。

「オーウェンと話しておりましたの。お兄様のお妃様がリーラ様であれば良いのにって。お兄様が心許せる相手と家庭を持たれたらどんなに嬉しいかって」

「なるほど……」

オーウェンはフェリシアが『このままリーラ様との間にお世継ぎを』と語ったと言っていた。それを聞いたときは驚いて言葉もなかったが、本人に会ってみるとだいぶ様子が違う。

──あいつ、話を端折ったな？　嘘はついていないが、フェリシアを喜ばせるために、勝手に願いを叶えようとしたな……？

考え込むアンドレアスの前で、フェリシアが大きな目を翳らせた。

「分かりました。リーラ様はお兄様の愛妾となることに同意なさらないのですね。けれど仕方ありませんわ。いくらお兄様の愛情が深くとも、自ら進んで日陰の身になりたい女はおりませんもの」

「いや、愛妾ではなく、正妃になってくれと頼んだ」

フェリシアが『今度こそ意味が分からない』とばかりに口をぽかんと開けた。

「本物のイリスレイア殿は先ほどオルストレムに到着したが、僕の妃にはなりたくないと言っている。奇遇なことに僕も彼女と同じ意見だ。それならば、その……愛おしく思えるリーラをこのまま正妃に据え置こうと思う」

やはり妹に自分の恋心を明かすのは照れくさい。しかしフェリシアは難しい顔で黙り込んでしまった。

フェリシアの異様な沈黙を察したのか、ご機嫌だったエマが『母の膝に戻る』ともがき始めた。アンドレアスは慌てて、抱いていた小さな身体を妹の膝に戻す。

エマを抱き取ったフェリシアが、遠慮がちに切り出した。

「あの……お兄様、私の目には、リーラ様はそんな重大な選択を気軽にできるような方には見えませんでした」

「僕が守るから何も心配しなくていいと言ったのだが、それでは不満なのだろうか？」

フェリシアが無言で首を振る。

「僕の言葉が足りないということか？　もしくは僕を信用できないと？」

納得しかねてやや厳しい口調で尋ねると、フェリシアが困り顔で問い返してくる。

「そうではありませんが、よろしければ聞かせてくださいませ。リーラ様にはお兄様のお気持ちをきちんとお伝えになりましたか？」

フェリシアの率直な問いに怯みつつ、アンドレアスは偽りなく答えた。

「それは……もちろん。愛しいと思うからこそ、オルストレム王妃になるよう言ったんだ。だがそれ以降泣きっぱなしで『カンドキアに帰りたい』しか言わない」

アンドレアスの答えに、フェリシアはますます困った顔で押し黙ってしまった。

フェリシアの膝にちょこんと座ったエマが「うう」と声を上げて小さな歯を剝き出しにする。まるで『お母様を苛めるな』と言わんばかりだ。苛めてなどいないのに……。

——なぜ僕を威嚇するんだ、エマ。お前もリーラと同じなのか？

愛する相手に拒絶されるのは悲しい。

聡明でしっかり者のフェリシア、儚く頼りないリーラ、それからまだ赤ん坊のエマ……。

どの女心もアンドレアスにはさっぱり分からない。

これほどまでに分からないとは、自分の頭がどうかしているのだろうか。

しかし女性側も、もう少し理論立てて、納得できるように、思っていることを説明してくれてもいいのではないか。

「……お兄様は誠実で信頼に値するお方です。それでもリーラ様は、まだ不安に思われているのかもしれませんね」

エマの頭を撫でながらフェリシアが慎重な口調で言った。アンドレアスは頷き、フェリシアに話の続きを聞かせる。

「リーラはカンドキアで誰かに脅されているようなのだが、何をどう脅されているのかを話してくれない。解決してやると言っているのにただ泣くばかりだ。なぜだろう？　僕以上に頼れる相談相手はそうそういないと自負しているのだが」

「お兄様……あの……お兄様と気軽にお話ができる女の子などおりませんわ」

アンドレアスはフェリシアの言葉を聞きとがめて問い返す。

「それはどういう意味だ？」

自分は広く人の話を聞こうという態度で生きてきた。最終的には自分の頭で考えるが、経験の浅い若い王の考えなど偏っていて当たり前だから、とにかくどんな意見も聞いて一度は咀嚼（そしゃく）するようにしている。

もちろんリーラの話も断じて軽んじたりなどしない。

リーラが泣いてばかりで何も喋らなすぎるのだ。それが心配だからこうして妹に相談に来ているのに。

「そうですね……お兄様は少し迫力……いえ……近づきがたい……なんと申しますか、やはり国王陛下であらせられますから、気軽にはお話ししづらいのではないでしょうか」

「そういうものなのか？　僕たちはもう恋人同士だが」

「ええ……リーラ様がお話ししづらいことに変わりはないかと……」

アンドレアスは腕組みをして考え込む。

――来たばかりの頃は、僕の側で床に転がって眠っていたが、無邪気なくせに国王には遠慮しているのだな。可愛い奴。

フェリシアの忠告にアンドレアスはようやく笑顔になった。

「ありがとう、良い手がかりを得た」

笑顔で礼を言うと、フェリシアがまだ困った顔のままで言った。

「お兄様、あまりリーラ様を不安にさせないよう、気をつけて差し上げてくださいませ」

「大丈夫だ。遠慮は要らぬ、今日からは僕を恋人と思い、めいっぱい甘えろと申しつけよう。ありがとう、邪魔をした。では」

「あっ、あの、そうではなく……」

フェリシアが何か言いたげな声を上げる。

「ん？　どうした？」

「いいえ、とにかく、あまり、リーラ様を威圧なさいませんように……」

「大丈夫だ。僕らしくもなく可愛がっているよ」

やはり妹に私的な話をするのは照れくさかった。アンドレアスのはにかんだ笑顔に、怖い顔をしていたエマがニコッと微笑みを返してくれる。

姪の無垢な笑みを見て、アンドレアスは『自分も早く子供が欲しい』と改めて思った。

こんなふうに思うことなどリーラと出会う前はなかったのに。

やはり、愛しい子猫の態度を早くなんとかしなくては。

――そんなに僕が話をしにくい相手だという自覚がなかった。今後は気をつけよう。

そう思いながら部屋に戻ると、大騒動になっていた。

床にうずくまって泣き伏すリーラを数人の侍女が取り囲んでいた。リーラの背をさすっている者もいる。近衛騎士の姿もあった。

異変を察したアンドレアスは、厳しい声で尋ねた。

「何があった」

「ああ、陛下！」

侍女頭が慌てたように頭を下げ、アンドレアスを迎え入れた。そして足早に歩み寄り、もう一度アンドレアスに膝を折ると、困り果てた声で告げた。

「イリスレイア様が、バルコニーから飛び降りようとなさったのです。手すりにしがみついておられたので、慌てて引き剝がしまして、今このように……」

衝撃的な報告に、アンドレアスは言葉を失う。

――飛び……降り……？

なぜ、それほどまでに自分が拒絶されなければならないのか理解できなかった。

続いて湧いてきたのは、自分とリーラ、双方に対する怒りだった。

――僕が何事も強引だから気にくわなかったのか？　ならばそう言え、何を考えている、カンドキアに帰りたいと言いながら命を絶とうとするとは、支離滅裂ではないか！

アンドレアスはぐっと拳を握りしめる。

自分は、カンドキアに戻ったリーラが、この先まともに扱われないであろうことを懸念して、ここに残れと言った。イリスレイアの代わりに妃にしようと思ったのも、リーラを愛おしく思っているからだ。

だがリーラは何もかもがそんなに嫌だったのだろうか。

命を投げ出すほどに『オルストレム王妃』の地位に就くことを拒みたかったのか。

――普通の男なら『自分が悪かった』と思うのだろうか。もう自由にしてやるのが愛だと、そう考えるのだろうか？　いや、僕はお前を手放したくない。可愛い女も、抱きたいと思う女もお前だけなのに……。

アンドレアスは拳を握り、譫言のように『放してください』と訴えながら啜り泣くリーラを見据えた。

訳も話さず身投げをしようとしたことが、本当に許せなかった。

なぜ頑なに帰りたい理由を話さないのか。

腹の奥にどす黒い炎が湧き上がる。

その炎が己の理性をも灼くものであることが、アンドレアス自身にも分かった。

◆

リーラは霞む目を開ける。悪夢のような、淫らで苦しい夜が明けた。

まだ日が昇ったばかりのようだ。

身投げをしようとした罰として何度も抱かれた身体は、水を吸った綿のように重くて、動くこともままならない。

傍らにアンドレアスの姿はなかった。

別の部屋で眠っているのだろうか。不安になって周囲の様子を探ったが、物音は聞こえず彼の気配もしなかった。

——アンドレアス様……どちらに……？

重い頭を巡らせて部屋の中を見回したがやはり彼の姿はない。リーラは無意識に、昨夜散々に貪られた己の裸身を撫でた。

——……どうか御子様ができていませんように……。

カンドキアに戻ったあとにお腹が膨らんできたら、女王に何をされるか分からない。考えるのも恐ろしい。

どうか身籠もっていませんようにと震えながら祈っていたら、不意にかすかなアンドレアスの汗の匂いが漂ってきた。

肉体に直接刻み込まれたアンドレアスの悲嘆と怒りが生々しく蘇る。

『秘密』を喋らずにバルコニーから飛び降りようとしたリーラのことを、アンドレアスはひどく怒り嘆いていた。

多くは語られずとも、肌を通してそのことが充分に伝わってきた。

——ああ……私はなんて愚かなことをしてしまったの……。

リーラは裸のまま毛布にくるまりひとしきり啜り泣いた。

アンドレアスを深く傷つけたことが辛くてたまらない。

——人の気持ちを感じ取れる力なんてなければ良かった……要らないわ、こんな力。しかも日に日に強くなっている気がする。どうして。

だが嘆いたところで傷つけたのはリーラだ。自分がいなくなれば祖父母は助かり、アンドレアスもイリスレイアを妃に迎えるだろう……その浅はかで、追い詰められた思い込みが、結果的に彼を途方もなく悲しませ、怒らせたのだ。

これまで抱かれるときに縛られたことなどなかった。

アンドレアスから『罰せられた』のは初めてだ。

——ごめんなさい、アンドレアス様……ごめんなさい……。

泣いていたリーラは、居間の物音に気づいて顔を上げた。まだ六時の鐘が鳴るまでにはずいぶん時間がある。

まさかアンドレアスはもう起きて何かをしているのだろうか。

──お身体は大丈夫かしら。

不安を感じた拍子に、四肢の力が蘇る。

リーラは乱れた髪を慌てて指で梳き、裸のまま衣装室へ向かって、手に取った寝間着を身につけた。

──アンドレアス様……！

寝室を出たリーラは、明かりのついた文机に向かうアンドレアスの姿を見つけた。寝間着にガウンをまとっただけの姿で分厚い書類を真剣にめくっている。

声を掛けていいのか躊躇うリーラに、アンドレアスが顔も上げずに尋ねてきた。

「どうした」

「まだ朝早いです、もう少しお休みになってください」

「昨夜、お前が眠ったあとに届いた仕事がある」

どうやら、リーラが気を失っていた真夜中に届いた資料らしい。

──休養中でもお構いなしにお仕事が届くなんて……。

どんな大事件が起きたのかと思うと、不安で胸が潰れそうになった。

「急いで対応したい。朝一番でオーウェンに渡せば、担当者が今日中に動ける」

アンドレアスの手元の資料からは、大規模、土砂崩れといった文字が見て取れた。どうやら四日前に起きた土砂崩れの報告が届いたらしい。行方不明者の数と呑み込まれた家の軒数、災害に際して援助してほしい金額が書かれている。

「あ、あの、内容が見えてしまいました……土砂崩れ、大丈夫なのでしょうか」

「現場近くには王立騎士団の駐屯地がある。救援作業は最良の形で行われたはずだ。僕がするのは、一時支援の決定と、その後の継続的な支援の検討になる。土砂崩れに遭った民は不安だろうから、まずは僕の見舞いの言葉と、決定した一次支援の内容を伝えたい」

リーラはごくりと息を呑んだ。

支援をする、と言われてもリーラには何をしてあげればいいのかまるで分からない。お金を送ればいいのか、人を送ればいいのか、自分が手伝いに行けばいいのか……。考えてみたが、どれも間違いのような気がして途方に暮れた。

「簡単に……決められることではありませんね……」

「もちろんだ。だが朝までに決めねばならない。苦しんでいる民には一秒でも早く助けが必要だからな。お前は寝ていていい」

アンドレアスはペンを走らせながらにべもない口調で言う。

――お医者様からは、完全に仕事から離れろと言われたはずなのに。

先ほどから髪がざわざわする。アンドレアスの身体が苦しんでいるのだ。心は鋼でも身体は普通の人なのだから、本当に無理をしてほしくない。

――ああ、青いお顔……。

リーラは遠慮がちに手を差し伸べ、アンドレアスの背中を撫でた。

「……出て行くと騒いで身投げ騒動まで起こしたくせに、僕の身体を心配してくれるのか？　僕には、お前が何をしたいのかさっぱり分からない。中途半端に期待を持たされるのは辛いから、僕が嫌なら嫌で行動を統一してくれ」

声音から拒絶の気配を感じ、リーラの目に涙がにじんだ。アンドレアスの言うとおりだと思ったからだ。

「ご……ごめんなさい……私……」

謝ることしかできない。アンドレアスの背中から手を放せないまま、リーラは言葉を失う。そのとき、アンドレアスがペンを置き、俯いてこめかみを押さえた。眉をひそめ、歯を食いしばっているのが分かる。リーラの髪が、ぞわりと震えた。

「アンドレアス様！」

「大丈夫だ」

リーラは吸い寄せられるようにアンドレアスの頭を胸に包み込む。冷たい。髪だけではなく全身が『ああ、苦しそう、可哀想に』と声なき声を上げた。

「僕のこのところの体調不良は心因性のものなのかもしれないな」

リーラの手を振り払うことなくアンドレアスが言う。アンドレアスの頭を胸にそっと抱いたまま、リーラは尋ねた。

「心因性とは、なんですか？」

「僕はここ数年、僕自身の全てを削ってでもこの国を支えようと、とみに思いつめるようになった。そのせいか、本当に生命力が削られ始めたような気がする」

　リーラの髪が氷で挟み込まれたように冷たくなる。

　──そんな……自分の全てを削ってなんて……。

　激しい言葉に、リーラはなんと言っていいのか分からなくなる。だが、アンドレアスの身体の状態は、まさに彼の語った通り『削られて』いると言うにふさわしい。

　──こんなにお疲れになるまで、自分の意思で身体を削ってこられたの？

　目の前が涙でにじんだ。

「削っては……駄目です……」

「だが、お前がいると、僕の人生にも『国王を演じる』以外の道が……アンドレアス・オルストレム個人の幸福があると思えて、嘘のように身体が軽くなる」

　リーラの頬に涙が伝った。

　この人を置いてどこにも行きたくない。

　けれどそれは叶わぬ夢なのだ。散々悩んで、分かりきったことではないか。

　──私は……お側でお守りできないのよ……。

　声を殺して泣いているリーラの様子に気づいたのか、アンドレアスはリーラに頭を抱かれたままため息をついた。

「とにかく、お前はもう一度寝ていい。昨日は無体を強いすぎた。悪かった」

　アンドレアスが謝るのは珍しいことだ。心を傷つけてしまったのは自分のほうなのにと思うと、ますます涙が止まらなくなる。

「お仕事を……終えられるまで……お側におります……」

しゃくり上げながら言うと、アンドレアスが椅子を引き、リーラの身体をひょいと膝に抱えた。

「仕事中にじゃれついてくるな、この悪戯猫め」

膝に抱いたリーラの頬や唇に口づけ、アンドレアスは言った。

「……お前が側にいてくれるなら、自分を削るのはやめられる」

アンドレアスの胸に抱かれたまま、リーラはぎゅっと目を瞑った。

今すぐ『はい』と返事をしたい。ずっと側にいますと……。

「僕はたぶん、守る相手がいなければ上手く生きられないんだ。今まではオーウェンや妹がいた。けれど彼らが僕の懐から飛び立ち、身近に守るものがなくなって、少々均衡を崩してしまったのかもしれない。臣下の誰かを贔屓することもできないし、国は僕が包み込むには大きすぎる。人間と同じように守ろうとしていては、命がいくつあっても足りないらしい」

リーラにはアンドレアスの言わんとすることが分かった。

アンドレアスは愛情深く、人間が好きなのだ。

愛する相手を望む気持ちが人一倍強いけれど、王様だから誰かを贔屓することはできない。行き場のない欲求が『国民の全て』に向いてしまったのだろう。だからこんなにぼろぼろになっても働き続けていたのだ。

「お命を削られるのだけは駄目です……絶対に駄目です」

「そう言うならお前が止めてくれ、僕はお前以外の女は要らない」

「わ……私だって……私……も……」

リーラはぎゅっと唇を噛んだ。身体が袋詰めにされて息ができないような気がする。

どうしてこんなにも物知らずなのだろう。誰に何を相談すれば事態を打開できるのか。

祖父母のことをアンドレアスに相談したとして、彼の行動が少しでも女王の疑いを買ったら。

――もう駄目……何も選べない……。

しばらく寄り添っていると、アンドレアスの身体から苦痛が去って行く気配がした。どうやら大丈夫なようだ。リーラはアンドレアスの膝を下り、涙をこぼしながら頭を下げた。

「お邪魔いたしました。もう……二度とバルコニーから『落ちたり』しません……」

第五章　王の愛

休暇中だというのに、アンドレアスは土砂崩れに遭った人々への支援を決定すると、眠りもしないまま会議に行ってしまった。

――あんなに顔色が悪いまま行かせてしまった……。

　やりきれない気持ちのまま辺りを見回せば、部屋の中にはいつもよりも多くの侍女がいる。優雅に振る舞いながらも、皆、決してリーラから目を離さない。

飛び降り騒ぎなど起こしてしまったせいだ。

リーラはアンドレアスの選んだドレスをまとい、ひたすら彼の身体を案じ、祖父母を思って焦燥感に駆られることしかできないでいた。

身体が二つあればいいのに。ここでアンドレアスに寄り添っている自分と、カンドキアに戻って女王の言いなりに生きる自分……。

そんな馬鹿なことを考えていたとき、部屋の扉が叩かれた。

「妃殿下、フェリシア殿下がおいでになりましたが……」

扉の向こうで近衛騎士の声がする。

――フェリシア様……？

リーラは驚いてにじんだ涙を拭い、侍女に「お通ししてください」と頼んだ。

ややして扉が開き、杖をついた美しい金髪の貴婦人が現れる。

「フェリシア様、ようこそおいでくださいました」

突然の来訪に驚きつつ声を掛けると、フェリシアは優雅な仕草で顔を上げた。

「私のほうこそ、前触れもなくお伺いして申し訳ございません。お会いできて嬉しゅうございます、王妃殿下」

フェリシアの笑顔はアンドレアスによく似ていた。だが今、その大きな目には、リーラを案ずるように不安げな光が瞬いている。

「今日はいかがされたのでしょうか？」

懸命に作った笑顔で尋ねると、フェリシアが侍女たちに声を掛けた。

「お茶はいいわ、王妃殿下と二人でお話ししたいの」

凛とした声音で命じられ、国王夫妻付きの侍女と、フェリシアの侍女たちが部屋の外へと下がっていく。

それを見届け、フェリシアは優しい声でリーラに尋ねてきた。

「大丈夫ですか、お兄様が何か、リーラ様にご無体を強いていませんか」

――ああ……私が飛び降り騒ぎを起こしたせいで、フェリシア様にまで誤解を与えてしまったのかもしれないわ。アンドレアス様にひどいことをされたわけではないのに。

自分の起こしてしまった騒ぎの大きさに涙が出そうになる。

決して目立ってはいけない、イリスレイアと交替するまでの『期間限定の偽妃』だったのに、飛び降り騒動で関係のない何人もの人に迷惑を掛けてしまったのだ。

あのとき、リーラを落ち着かせるため、侍医ではなく王宮外から心の専門医が呼ばれ、『偽妃の事情』を知らない人間までが、不安定なリーラの監視につくことになった。

王宮の大半はリーラが起こした騒ぎを知ってしまっただろう。

――フェリシア様にまでご心配をお掛けして……なんて愚かだったの、私……。

リーラは悟られないように唇を噛む。

「今日は、お兄様がいらっしゃらないところでリーラ様とお話がしたくて」

「ありがとうございます……」

「大丈夫ですか？　お兄様は貴女の意見も聞かず、ご自分の思うがままに、強引に振る舞われたりはしていませんか？」

まさにその通りで何も言えない。

リーラもアンドレアスを慕っているけれど、彼の強引さに一度も抗えないままだ。

『妃に決めた』と言われたあとは、もうただ甘く蹂躙され、果ての無い欲情にひしがれて、声が嗄（か）れるまで啼（な）かされているだけ。

帰りたいと訴えても『帰さない』『お前は王妃になり世継ぎを産め』としか言われない。

リーラ自身もアンドレアスが好きだが、絶対に祖父母を見捨てることはできない。

リーラに許された未来は、あの地獄に帰ることだけなのだ。

「ねえリーラ様、お兄様ってたまに頑なすぎではありませんこと？　妹の私ですら、時折『お兄様の頑固者！』って文句を言いたくなるときがありますのよ」

緊張しているリーラの心を解きほぐすように、フェリシアがにっこりと微笑む。気さくに話しかけてくれたフェリシアに、リーラはぎこちなく微笑み返した。

「でも、お兄様ったらご自分のことを『面倒見のいい、気さくで話しかけやすい人物』だと思っていらっしゃいますの」

「え、ええ……大丈夫です……お優しくしていただいています」

リーラは俯いた。確かにアンドレアスには面倒見が良く気さくな部分もあるが、その一方、頑固で厳しく、気が強い。

一度揉めたが最後、理論的に納得できるまでは絶対に譲ってくれない。

――もちろん、譲ってくださらないのは私の行動のせいだけれど……。

途方に暮れ、リーラは唇を噛む。悪戯っぽく微笑んでいたフェリシアが表情を改め、労るような優しい顔でリーラに告げた。

「……私は、リーラ様がお兄様のことで悩んでおられるのではないかと心配なのです」

フェリシアの気遣いがありがたくて、目に涙がにじんだ。確かに悩んではいる。誰にも語れない秘密を持ったせいでアンドレアスを苦しめてしまったのだから。

「お兄様はリーラ様のことを『恋人だ』と仰っていました。お兄様は幸せそうでしたが、リーラ様ご自身はお兄様と同じお気持ちなのでしょうか？」

　案じるような声音でフェリシアが尋ねてきた。リーラは弱々しく首を横に振る。

「そのような恐れ多い立場など、到底考えることはできません……今はただ、カンドキアに戻って己の義務を果たさねばと、気が焦るばかりでございます」

　アンドレアスには確かに愛しさを感じているけれど、自分の恋人だと思ったことなど一度もない。彼はそんな存在ではない。平凡なリーラとは格が違いすぎる。

「己の義務とは何ですの？」

「箝口令を……敷かれておりますので……」

「まさか、貴女はお兄様の秘密を探りにきた、カンドキアの密偵なのですか？」

　やや厳しい声で尋ねられ、リーラは慌てて首を横に振った。

「だ、断じてそのようなことはありません。私個人の問題なのです。どうしても、カンドキアに帰らないと、私が……困るのです……本当に困るのです」

「そのことをお兄様に相談されましたか？」

　リーラは強く首を横に振った。無理だ。アンドレアスが動いたら女王に気づかれてしまうに違いない。そのあとには地獄が待っている。リーラに分かるのはそれだけだ。

「とにかく、家族に迷惑が掛かるので、どうしても帰らないといけないんです」

「お兄様にご相談なさいませ。……差し出がましいことを申し上げますが、お兄様がこんなにも大切に扱われる女性は、リーラ様が初めてなのです。強引なところはおありですけれど、決してリーラ様を裏切るような人ではありません。ですから、どうかお兄様に、リーラ様をお助けする機会を差し上げてください」

フェリシアの大きな目は潤んでいた。アンドレアスのことも、リーラのことも、心から案じてくれているのだ。

「ありがとうございます……フェリシア様……」

宝石のような青い目を避けるように、リーラは俯く。

アンドレアスの側にいて助けられたらどんなにいいか。身体を壊しかけている彼の側を離れたくない。けれどリーラは血まみれの地獄からやってきて、そこに帰らねばならない人間なのだ。

──苦しい……私はどうしたらいいの……。

リーラは脂汗をかきながら、己の手をそっと握った。

◆

朝一番に臣下を集めて土砂崩れに遭った民への支援について話し終えたあと、オーウェンが不意に近づいてきた。

「アンドレアス様、お客様がお見えです」

今日来客の予定があることなど聞いていない。このところずっと泣きっぱなしの上、昨日は飛び降りまで試みたリーラが心配なので早く部屋に戻りたかった。

「今日は他の予定があるから会えない。お断りしてくれ」

小声で答え、アンドレアスは立ち上がった。

侍女の数を増やして付き添わせているが、リーラは無事に過ごしているだろうか。しっかり者揃いの侍女たちが、不安定なリーラを危険に晒すとは思えなかったが、この目で見ていなければ安心できない。

――リーラを放っておけない。急いで戻らないと……。

部屋を出ようとしたアンドレアスを、オーウェンが引き留める。

「お会いになったほうがよろしゅうございます。結婚式にてリーラ様の女王の代理を務められたカンドキアの公爵閣下が、なんとお国元に戻られずにオルストレムの歓楽街に逗留なさっておいでだったので」

アンドレアスは耳を疑い、オーウェンを振り返った。

「それは本当か、散々引き留めても逃げるように帰っていったと聞いたが」

「私の部下が高級娼館に居続けておられるのを見つけて参りました。どうやら『人食いのいる国に戻りたくない』と、大変不気味なことを仰っておいでのようで」

――人食いのいる国……？

不穏な単語だった。何がなんでもカンドキアに帰らねばと泣くばかりのリーラの姿が脳裏をよぎる。

——公爵はリーラが身代わりであることを知っている。式が終わると同時に逃げ出すほどだから、もっと詳しいことも当然ご存じなのだろうな。

アンドレアスはため息をついた。

少しでも多くリーラのことを知りたい。もう二度と飛び降りなど試みさせたくないのだ。なぜリーラは身投げを考えるほどに思いつめてしまったのか。

泣きじゃくるリーラの細い背中を思い出したら、怒りとも悲しみともつかぬ感情が込み上げてきた。

——どうしても喋りたくないと言うなら、僕が何もかも調べ上げてやる……。

公爵に話を聞くことで、リーラの過去に関する手がかりが見つかれば良いのだが。

アンドレアスは眉根を寄せ、オーウェンに言った。

「分かった。人払いをし、公爵をここに呼べ」

「かしこまりました」

しばらくのちに、近衛隊長と近衛騎士たちによって、まるで罪人のように公爵が連行されてきた。気まずいのかアンドレアスと目を合わせようとしない。

リーラの身元について質されるのを恐れるかのように国を発った……と思っていたが、まさか国内の歓楽街で今日まで遊びほうけていたとは。

色々と言いたいことを呑み込み、アンドレアスは近衛騎士に命じた。

「公爵をお放しして差し上げろ」

近衛騎士たちは一礼して公爵を放した。公爵の視線は泳いでいる。アンドレアスは構わずに公爵に歩み寄ると片手を差し出した。

——名前は……確かロスヴァ公……だったかな？

頭の中の名簿を繰り、間違いないと確信したあと、アンドレアスは明るい声で言う。

「ロスヴァ公爵、お久しぶりです。結婚式ではありがとうございました」

身構えていたロスヴァ公爵がしばらく迷ったのちに片手を出した。握手を交わしたのち、アンドレアスは変わらぬ明るい声で問いかける。

「オルストレムに滞在されているとは驚きました。色々とお礼を申し上げたかったのですが、急いで発たれたと聞いて残念に思っていたのです」

アンドレアスが話している間に、オーウェンが人払いをすませていた。三人きりになった途端、公爵が気まずげに俯く。

「本来は様々なご下問に答えるべきところを、申し訳ございませんでした……」

どうやらオルストレム王家からの尋問を嫌い、急いで逃げ出したことは事実らしい。

「身代わり花嫁の件を詰問されると困ると思ったのです。それにどうしても国に帰りたくなくて、密かに長逗留を決め込んでおりました」

公爵は、アンドレアスが質問を始める前から喋り始めた。どうやら言い訳をしたいことがたくさんあるようだ。

「それにしても、オルストレムの歓楽街は良い場所ですな。カンドキアはどんなに高級と名がついていても寂れた雰囲気が拭えませんが、さすがは古くからの伝統を誇るお国柄」

――他にも褒めるところはあるだろうに……。

そうは思ったものの顔には出さず、アンドレアスは愛想良く尋ねる。

「お楽しみのところを私の部下が邪魔をして申し訳ありません。ただ、黙って我が国に残っておいでなのには何か事情があるのか。お困りのことがありましたら、お聞かせ願えれば嬉しいのですが」

口を噤んでいた公爵が、しばらく迷った末に口を開いた。

「私は、女王陛下の側近たちの頼みで、これまで下働きの娘を十人ほど斡旋（あっせん）したのです。と言いますのも、私の家は、代々貧民救済に力を入れておりまして」

それがどうした、と真顔で問い質したくなるような話だった。

だが、話を遮ることはせず耳を傾け続ける。

「ですが、ここ数年、働き手として紹介した娘たちが、女王陛下に食い殺されているのではないかと疑うようになりまして……」

――は……？

さすがのアンドレアスも、とっさに調子よく話を合わせることはできなかった。噂にしても荒唐無稽（こうとうむけい）すぎるし、物騒すぎるからだ。

「失礼、ロスヴォ公……それはなんのお話ですか？」

「陛下は、若返るために若い娘を殺して生き血を啜った女領主の話をご存じでしょうか？

いずれの国の伝承かは忘れましたが、耳にされたことはございませんか？」

確かに、そんな話を歴史の本で読んだことはある。特殊性癖の人間がいて、残忍な真似をし、後世まで忌み嫌われているという話だった。

「昔、どこかで聞いたような気がしますね」

やんわり相づちを打つと、ロスヴォ公爵が青ざめた顔で言う。

「どうにも最近、その話が頭から消えなくて」

——公爵は想像力が豊かでおいでなのかな……？　変わったお方だ。

黙りこくるアンドレアスの前で、公爵が真顔で話を続けた。

「あの、外聞の悪い話ですがお聞きください。女王陛下がここ数年精神を病まれて、とにかく若返りたい、子供がもう一人欲しいと言い出されたのです」

——子供……？

公爵は己の爪先を凝視したまま喋り続ける。

「女王陛下は異様に『若返り』に固執なさるようになり、これまで以上に大神殿の外に顔をお見せにならなくなりました。そんなところに『女王代理でイリスレイアの挙式に出よ』と命じられて、私はますます『おかしい』と思ってしまったのでございます……常識的に考えて、女王陛下は、挙式を欠席なさって良い立場ではございませんからね」

「確かに、我々の結婚式に女王陛下がお見えにならないのは残念でしたね」

「定期的に若い娘を食らい続ける必要があるから、大神殿を離れないのではないでしょうか。そのようにお思いにはなりませんか？」

「いや……それはさすがに、考えすぎでは……」

笑って流そうとするアンドレアスの前で、公爵が真剣に考え込む。

「そうですかね……考えすぎ……でしょうか。とにかく私は女王陛下のことが怖くなって、少数の連れとともにオルストレムに残っていたのです。出立を急いだのも、身代わり花嫁の件を問い詰められたときに、最近のカンドキア王家の異様な空気をどうご説明すれば良いか迷ったせいでございまして」

「……そんなにも女王陛下のご様子がおかしいのですか？」

アンドレアスの問いに、公爵が何度も頷く。

「本当に、若返っておられるのです、この数年で別人のように。それが不気味で……」

アンドレアスはまだ納得しかねて、首を横に振った。若々しさなど本人の気の持ち方次第の部分が大半だろうに。

しかし公爵の話を端から馬鹿にすることはできない。大の大人で、爵位もある人間がこんなにも怯えるということは、何か不安を覚えているからなのだろう。

——若返った女王……か……。

果たして本当のことだろうかと思いつつ、アンドレアスは次の質問を繰り出した。

「そういえば公爵は『リーラ』のことは何かご存じですか。生まれや、境遇など……」

さりげなく尋ねると、公爵はなんの躊躇いもなく答えてくれた。

「ああ、身代わりの……。噂によると、女王陛下が強引に引き取って苛めていたようですね。なにしろ王配殿下の愛人の娘ですから、憎たらしくて折檻でもしていたのではないでしょうか？　しかしまあ、自分の娘と同じ顔なのに、よく残酷な真似ができますなぁ」

公爵は挙式前にはだんまりだった話までよく喋ってくれた。逃亡した上に、娼館に隠れ続けていたことを誤魔化したい一心なのだろう。

——なるほど、リーラは女王に『夫の愛人の子』として苛められていた可能性があるのか。だとすると『布袋を被らされ、離宮に閉じ込められていた』というのも『苛め』である可能性が高いな。あの思いつめた様子では、他にも色々とされていそうだ。

アンドレアスは作り笑顔で頷き、公爵に申し出た。

「ありがとうございました。よろしければしばらく王宮にご滞在ください、私のほうからカンドキアに勅使を送り、女王陛下の良くない噂について質します。もちろんロスヴォ公のお名前は一切出しません。誤解であると分かれば、貴方もご安心でしょう？」

「誤解、なのでしょうか……あ、いや、その可能性もございますな。ありがとうございます。歓楽街の寝床はどうにも硬くて……」

アンドレアスは薄笑いを浮かべ、近衛騎士たちに伴われて部屋を出る公爵を見送った。

「オーウェン」

「カンドキア女王をこの国に呼びつけるおつもりですか？」

掌を指すような的確な返事が返ってきた。

国際的な立ち位置からすれば、カンドキア王家は『一国の名家』に過ぎない。そのうえ、不利な条件を呑んで『救済』を約束したオルストレムに不義理を働いている立場だ。

オルストレム国王が正式に女王夫妻を招聘すれば、基本は断れないはずだ。

「ああ。その前にイリスレイア殿に会おう。今のロスヴォ公の話がどこまで信憑性のあるものなのか確認する」

アンドレアスは部屋を出て、地下の『特別貴賓室』に向かった。

オーウェンがいればいいと近衛騎士には言い置き、二人でイリスレイアのもとに向かう。

三重の扉を叩くと、中から『どうぞ』という力のない声が聞こえた。

――ん……？　体調を崩しているという報告は聞いていないが……。

不思議に思いながら『特別貴賓室』に入ると、イリスレイアは長椅子に寝転んでいた。

アンドレアスは、脚を腿まで丸出しにしたイリスレイアの様子に眉をひそめる。

オーウェンがまなじりを吊り上げ、イリスレイアを厳しい声で叱責した。

「陛下の御前で、なんと品のない！」

「ごめんなさいね。眠れなくて頭が痛いのよ……男にいっぱい気持ちよくしてもらってから寝ないと、不思議と死の予言を夢に見てしまうものだから」

イリスレイアは本当に疲れた様子だった。

アンドレアスは無言でイリスレイアのまくれた裾を引っ張り戻し、できるだけ平静な声で告げた。

「悪夢を見るのならば、睡眠薬を医師に処方させましょうか」

「もうもらったわ……でも駄目。知っている人間の死が見えて眠れないの」

イリスレイアはそう言うと、怠そうな仕草で起き上がる。

「あら陛下、まだ死にそうだけど多少マシになったわね」

リーラと同じ顔で吐くのは、相変わらず挑発的で、無礼極まりない台詞だった。

「で、なんの用？　そちらの男前が、私の夜の相手をしてくれる気になったの？」

「私には妻と娘がおりますので」

オーウェンが強ばった声で拒んだ。

――お前にはこの毒婦の相手は向いていないな……。

アンドレアスは嘆息し、オーウェンとイリスレイアの間に割って入る。

「イリスレイア殿、お伺いしたいことがあります」

「質問は男を寄越してくれたら受け付けるわ」

あまりの態度の悪さに、アンドレアスの堪忍(かんにん)袋の緒が切れる。

「……三つの国に散々迷惑を掛けておいてその態度か。僕としては、お前を鼠(ねずみ)が出る地下牢に移して食事抜きにしても構わないんだ。いい加減に態度を改めろ」

厳しいアンドレアスの声音に、イリスレイアが視線を泳がせる。

「なによ……本当に眠れないから頼んでるのに、最低」

「最低なのはお前だ、この部屋に通してやったのも僕の温情だということを忘れるな」

しばしにらみ合ったのち、イリスレイアは弱々しいため息をついて目を逸らした。

「それもそうね、陛下の言うとおりよ……質問って何かしら？」

根っからの馬鹿ではないようだ。アンドレアスは表情を変えずにイリスレイアに尋ねた。

「カンドキアの女王陛下が『人食い』と呼ばれていると聞いたが、なぜなのか知っているか？　知っていたら教えてくれ。それがリーラに関わる話なのかどうかも」

「あの女は若返りたくて、若い女の血を啜っているのよ」

アンドレアスの話を遮るように、イリスレイアが言った。

――公爵と同じことを言っているな……口裏を合わせる暇は……なかったはずだ。

この胸が悪くなるような与太話は、本当に事実なのだろうか……。

「あの女、うんと若返ってネリシア姉様を産み直したいのよ。『稀姫』は過去も昔も同一の魂で、カンドキア王家の血筋に転生を繰り返していると言われているから」

「何を馬鹿げたことを。真面目に話さないなら牢に移すぞ」

まだふざけているのかとアンドレアスは眉を吊り上げた。だが、彼女は強い口調で言い募った。

「本当の話よ。あの女は稀姫だったネリシア姉様を転生させたいの。そのつもりで産んだ私がとんだ失敗作だったから、もう一度やり直さないと間に合わないって半狂乱なのよ」

――この話、気になるな……もう少し揺さぶりを掛けてみよう。

アンドレアスはそう思い、あえて冷たくイリスレイアの話を遮ってみた。

「態度を改めろと言ったはずだが」

「あら！　嘘だと思うなら調査団でも派遣してみて。そしてカンドキア大神殿で働いている住み込みの侍女たちを捕らえて『命を助けるからなんでも喋れ』と命じてごらんなさいな。きっと、あそこで行われている『儀式』の話をしてくれるはずよ」

イリスレイアは、ロスヴォ公爵同様、到底信じがたいことを言い募る。だが、露骨にため息をついてみても、イリスレイアは引き下がらない。

「ご存じ？　閉鎖空間って本当に狂気がまかり通るの。私もお兄様もお父様も、あの女の愚行を止めようとしたわ。でも逆らったらこっちの大事な人間が『身代わり』に殺されるの。あの女、嫌らしいわよね、殺すのは逆らった本人じゃない、ってところが」

イリスレイアがぎらつく目でアンドレアスをにらみ返す。

眼差しの強さに、アンドレアスはおや、と思った。嘘を感じなかったからだ。

イリスレイアは小さな拳を握りしめ、アンドレアスに食ってかかった。

「お兄様は、少しでも『儀式』の話を漏らしたら、婚約者を殺すと脅され続けているそうなの。お父様は愛人の忘れ形見であるリーラを人質にされた。私はそもそも、あの女が毎日のように垂れ流す大量の死を予知し続けて、精神的には瀕死のまま生きてきたわ……。どう？　私の話を信用していただける？」

アンドレアスは首を横に振った。まだまだ、イリスレイアの話は荒唐無稽に思える。

「女王は、人質を取りながら殺人を繰り返していると？　……王族に面会したい人間は引きも切らないだろうに、そんな暇があるとは思えないな」

「それは『本物の王族』である貴方の場合でしょう？」

　イリスレイアの明るい紫色の目が暗い怒りに燃えた。

「私たちは落ちぶれて久しいの。他国の王家からは見下され、外交の席に呼ばれるわけでもなく、行政府から与えられる年金で生かされている孤立した存在なのよ。当然、貴方は私たちの状況なんて知らないわよね、こんな没落王家にオルストレムの国王陛下が興味を持つはずがないもの」

「確かに興味は無い。カンドキアと我が国は、ニルスレーンの存在さえなければ、他人同士のままだっただろう」

　アンドレアスが率直に頷くと、イリスレイアが怒りを湛えた表情のまま続けた。

「あら、正直にありがとう。嘘をつかれるより嬉しいわ！　正直にお話ししてくださったお礼にいいことを教えてあげる。カンドキア王家には、禿鷹のように金目当てのならず者たちが集まってくるの。信奉者たちが納めてくれる献金を狙ってね」

　イリスレイアの小さな顔は嫌悪に歪んでいた。

「具体的にはどういう状況だ？」

「献金を横取りする代わりに、あの女に傭兵を貸す奴らがいるのよ。お陰であの女は人殺しだのなんだのと好き放題できるわけ」

　アンドレアスは、目をぎらつかせるイリスレイアと見つめ合う。しばらくのちに、イリスレイアが挑発的な口調で言った。

「なによ、疑っているの？　こんな嘘をついたところで、私が得をすると思う？」

「分かった」

アンドレアスは、イリスレイアの話を反芻した。荒唐無稽だが話の筋は通っている。

イリスレイアの言うとおり、閉鎖的な場で一人だけが力を持つと、信じがたいような無理もまかり通るのかもしれない。

「お前はなぜ僕にこの話をした？　お前が喋ることによって、王配殿下や王太子殿下、女王に仕える侍女たちが危険に晒されないのか？」

イリスレイアが薄い笑みを浮かべて答える。

「仰る通り、あの女は『秘密を漏らしたのは誰だ』って怒り狂って、周りの人間を私兵に殺させて回るかもしれないわ。でも誰を殺したところで、外部から正式な調査が入ったら終わりよ。あの女はもう首をくくるしかない。だってあいつは狂った人殺しなんだもの、その罪はどうやっても誤魔化せないわ！」

そこまで言うと、イリスレイアは苛立たしげにまっすぐな長い髪をかきむしった。

「何が若返りよ、今更ネリシア姉様を産み直すなんてできるわけないのに！　生き血を浴びて若返るなんて考えも馬鹿みたい！　あの女をおだてて好き放題させている取り巻きどもも皆、愚かすぎて話にならないわ！　私がお姉様になれなかったからって！」

ひどく憎しみのこもった声だった。

アンドレアスはオーウェンと顔を見合わせる。

イリスレイアの話を真面目に検討しようという気になったからだ。

「リーラは女王のもとで何をさせられていたんだ？」

「よくは分からないけれど、連れてこられた娘の殺害に立ち会わされていたのは確かだと思う。侍女たちがそう言っているのを聞いたわ」

――リーラを……立ち会わせる……？

アンドレアスの胸に、なんとも言えない嫌な苦味が広がる。

「女王はなんのために、リーラにそんな仕打ちを？」

「憎き愛人の娘をいたぶるためじゃない？　そのくらいするわよ、腐った人間だもの」

母親のことを語っているとは思えない、凍てついた声音だ。イリスレイアは憎悪に歪んだ顔のまま話を続けた。

「リーラはいつも錯乱状態で、いつ自害するか分からなくて目が離せないから鎮静剤を与えていたとも聞いたわ。よほど恐ろしい思いをしたのでしょうね」

「……なるほど」

アンドレアスは目を伏せ、『記憶が戻った』あとのリーラの様子を思い出した。

何かに怯えたような落ち着きのない様子、必死に何かを隠そうとする態度。

女王による殺人に立ち会わされ、なんらかの脅しで口止めされているのだとしたら、追い詰められて身投げまで考えたことにも納得がいく。

──たぶん、リーラも誰かを人質に取られているのだな……。

ようやくリーラの頑なな態度の理由が分かったが、最悪な気分だった。

そんな過去のせいで、可愛いリーラが思いつめ、身投げまで考えたのかと思うと、哀れでならない。

全てが事実であれば女王をどうしてくれようかと思ったとき、とあることに気がついた。

──そういえば、リーラをイスキアに差し出したのは、王配殿下だったと聞いた。顔がよく似た娘がいるからと、自分から土下座して言い出したと……。

そこまで考え、アンドレアスはイリスレイアに尋ねた。

「お前は王配殿下の手を借りて逃亡したのか？」

「……お父様を罪に問わないならば『ええ』と言っておくわ」

イリスレイアが痩せた肩をすくめる。どうやらアンドレアスの『推察』はおおむね外れていないようだ。

「お父様は、死の予言に疲弊している私を助けてくださっただけ。死だけがひたすら見える、誰も助けられない力なんて本当に要らなかった。私は人と接して死を予言したくない。謁見も慈善活動も全部無理。だから王妃なんて絶対に務まらないのよ」

イリスレイアは大きなため息をついて続けた。

「それに、お父様はどんな滅茶苦茶な理由でもいいから、あの女に捕まっているリーラを大神殿の外に逃がしたかったのでしょう。会うことすらままならないけれど、お父様にとってあの子は……最愛の娘なんだもの」

語り終えたイリスレイアの小さな顔には、深い疲れが浮いていた。

「もう一つ聞く。王配殿下のご両親はまだご存命か」

リーラが人質に取られるとしたら、育ての親だという祖父母以外に考えられない。

「私が大神殿を出るまでは、なんの知らせも届いていなかったわ。お祖父様もお祖母様もお元気だと思うけれど？」

イリスレイアの答えにアンドレアスはやや安堵し、質問を続けた。

「他に知っていることがあれば教えてくれ」

「あの女が、そう遠くない未来に死ぬことかしら」

アンドレアスは、はっとしてイリスレイアの紫の目を見つめた。

——女王が死ぬ……？

イリスレイアは笑っている。リーラとはほど遠い歪んだ表情。愛らしい顔に浮かんでいるのは復讐者の笑みだった。

「あの女の死の運命は動き始めているわ。そう長生きしないと思う。信じるか信じないかは貴方の勝手だけど」

◆

「イリスレイア殿、今戻りました」

——アンドレアス様？

休暇中だというのに執務に出ていたアンドレアスが戻ってきたようだ。フェリシアを見送ったばかりのリーラは、慌てて侍女たちと一緒に彼を迎えた。

「お帰りなさいませ、アンドレアス様」

「ただいま。申し訳ないが、皆席を外してくれるか」

アンドレアスの声音には、普段臣下に見せる愛想のいい労りの色がない。皆、異変を察したのか、深々と一礼してさっと部屋を出て行く。

——なにが……あったの……？

リーラの髪がぞわぞわと震えた。不穏な空気、それからリーラに迫る小さな危機を感じる。アンドレアスが自分を怒っている……少なくとも苛立ちを感じているようだ。

リーラは落ち着きなく視線を彷徨わせた。

「いかがされましたか？　お疲れでいらっしゃいますか……？」

目を合わせることができないまま恐る恐る尋ねると、アンドレアスはいつものようには長椅子に腰を下ろさず、その場に立ったままリーラに言った。

「お前は祖父母を人質に取られているのか？」

——え……？

信じられないことを尋ねられ、リーラは無意識に一歩後ずさる。

「お前は祖父母を人質に取られているのかと聞いている」

「な……なんのお話……でしょうか……」

全身に脂汗が噴き出すのが分かった。アンドレアスは何に気づいたのだろう。

ぎこちなく背を向けようとした刹那、肩を摑まれた。

「言え、離宮に囚われていた頃、お前は女王に何をされていた」

「な……何も……」

「女王が身寄りのない娘を無差別に殺している話は聞いた。お前はそこに立ち会って何をさせられていたんだ」

全身の毛が逆立つような気がした。

大神殿の奥深くで、ひっそりと若い娘の血を浴び『若返ってネリシア王女を産み直す』と言い続けていた女王の姿が脳裏に浮かぶ。

――どうして知ってしまわれたの……！

こわい、こわい、と泣き叫ぶ自分の声が頭の中にこだまする。

何も考えられなくなり、リーラは俯いた。

「な……なぜ、そのことを……誰に……」

リーラの身の上をそこまで詳しく知っている人間が、そうそういるとは思えない。やはりイリスレイアはもう到着しているのだろうか。

彼女がアンドレアスに女王のことを喋ったのだとしたら大変だ。

余計な真似をされたら祖父母がどんな目に遭わされるか分からないのに。

リーラは小さな手を痛いくらいに握りしめた。

「なぜではない、むしろなぜと問いたいのは僕のほうだ。やはり祖父母を人質に取られ、脅しを受けているのだな。どうしてそんな目に遭わされていたことを、記憶が戻ったときに、僕に真っ先に話さなかったんだ」

「……わ……私には……言えません……」

「言うべきだった」

にべもなくアンドレアスが言う。彼のひどい不機嫌が感じ取れ、リーラは唇を噛む。同時に恐ろしい想像が頭に浮かんだ。

――ア、アンドレアス様に女王陛下の秘密を知られたら、お祖父様たちが殺されるだけでは済まされないのでは……？　あの『儀式』を知る人は皆、殺されるのでは……。

あながち間違ってもいないだろう。女王は他人の命などどうでもいいと思っている。大事なのは自分と、これから生まれ直すはずの稀姫ネリシアだけだからだ。

彼女が生まれることなど決してないのに。

――じ、侍女たちも、王配殿下も、王太子殿下も殺されてしまうわ……。

リーラの身体ががたがたと震え出す。

「アンドレアス様、お願いです。私が脅されていると分かっているのなら、どうかこのまま放っておいてください。私をカンドキアに帰してください」

「帰さないと言ったはずだ。お前がのこのこカンドキアに帰って何ができる」

　容赦のない物言いに、リーラは思わず言い返す。

「私のことは放っておいてください……お願いです、祖父母が……」

「幼稚なことを言うな」

　アンドレアスの冷たい声が聞こえた。髪を通して、同じくらい冷たい感情も伝わってくる。これは戸惑い、悲しみだろうか。それとも呆れているのか……。

「え、よ、幼稚って……っ……」

　リーラの目の前がみるみる涙で歪んだ。

「お前が国に帰って祖父母を助けるなどというのは、幼稚な考えだと言っている」

「ど、どうして、そんなことを言われなければならないのですか……」

「わざわざ説明が必要なのか？」

「な……っ……！」

　リーラは手の甲で涙を拭う。

　真剣に頼んでいるのに、これほどまでに取り合ってもらえないとは……。

　自分がアンドレアスの気分一つで扱いが変わる『偽妃』だと頭では分かっている。けれど、胸が抉れそうに痛かった。

　アンドレアスは、自分を対等に扱ってくれる人間だと信じていたからだ。

「……そうですか……アンドレアス様にとっては幼稚なお話かもしれません。もう結構です、私をカンドキアに帰らせてください！」

リーラは勇気をかき集めて、アンドレアスに反論した。

アンドレアスは答えない。だが、彼の感情が強い怒りに変わるのが分かった。

「失礼いたします！」

「待て」

身を翻そうとした刹那、手首を摑まれ、リーラは全身の力で抗う。嫌だ。リーラの大切なものを軽んじる人と一緒になんていられない。

リーラは涙を流しながら、アンドレアスに向かって叫んだ。

「放して！　アンドレアス様なんて嫌いです……っ！」

アンドレアスにこんなに逆らったのは初めてだ。案の定、彼の真っ青な瞳には、刃のような鋭い光が浮いている。

――私だって……逆らうときは逆らうんだから……！

アンドレアスの気の強さはよく知っている。こんな態度を取ってしまって、どんなことになるのだろうと思うと、怖くて身体中の力が抜けそうになる。

しばらくにらみ合ったのち、アンドレアスが低い声で言った。

「人質を取られて、おめおめと犯人に従うとは何事だ、無様な」

「ア、アンドレアス……様……？」

どんどん部屋の温度が下がっていく。髪が氷水に浸ったかのようだ。ビリビリするほど冷たくて、身体が震え始める。

なんという怒りの強さだろう。

——あ、ど、どうしよう……本当に怒らせてしまったんだわ……。

「お前一人でどうにかできる問題ではないと分からないのか」

鞭(むち)で打たれたかのように、髪に衝撃が走った。雷のごとき一喝に、リーラは手首を摑まれたまま、へなへなと腰を抜かしてしまう。

「何を泣いているんだ。訳を話せ」

言うまでもない。何もできないから泣いているのだ。身代わりにもなれず、祖父母も助けられないなんて、情けなくて悔しくて涙が止まらないから泣いている。

「き、決まっているでしょう……祖父母を助けたいんです……人質に取られているってご存じなのに、どうして意地悪ばかり仰るの！」

「……それで全部ではないな。そもそもお前は女王に何をさせられていた？　正直に全部話すんだ」

「あ……」

アンドレアスの鋭い問いに、リーラは言葉を失った。

脳裏に鮮血に染まった女の子たちの姿が生々しく浮かぶ。

『お願い、私の身代わりになって……』

皆、なんの罪もないのに、最後の最後までリーラに『助けて』『身代わりになって』と懇願しながら殺されていった。

思い出すだけで頭ががんがんした。それは恐怖なのか、罪の意識ゆえなのか……。

『誰も助けられないお前は、地獄行きですね』

女王の勝ち誇ったような声が蘇る。リーラの頬を涙が伝った。

――あ、ああ……嫌だ……私、私……!

足がすくむ。アンドレアスにこの話をしたくない。

誰も助けられずに泣いていただけの自分を知られたくない。

心の奥底に『過去を知られる前に、アンドレアスのもとを去りたい』という想いが間違いなく存在することに気づかされ、目の前が新たに溢れた涙でぼやけた。

――私は、卑怯な人間だわ。

身体の震えがますますひどくなる。

「どうした?」

リーラはしばらく躊躇したのち、歯を食いしばって腹を決めた。

どんなに隠そうと、自分が誰も助けられなかった事実は変えられないのだ。

だからアンドレアスに本当のことを話し、自分がどんな人間なのか教えたうえで、側に置く価値があるのか考えてもらおう……。

「僕から離れるなという命令を頑なに聞かないのはなぜだ。何を隠している」

「そ……それは……」

リーラは震えながら、ずっと後悔し続けていた言葉を口にした。

「助けられなかった……から……です……」

真っ青な双眸がリーラを冷ややかに見下ろしている。なんて冷たく、強い眼差しだろう。心の底まで見透かされるようだ。

「私、殺されてしまう人たちの身代わりに、なれなかったんです……」

口にしたら、また涙が流れた。

本気で頑張れば猿ぐつわも縄も外せたかもしれない。

なのに、歯が全て折れてもいいという覚悟で猿ぐつわを噛み切れなかった。自分の腕を引きちぎってでも縄をほどけなかったのだ。

頭の中に女王の嘲笑が響き渡る。

『お前は自分が可愛いから、拘束を解けない振りをしているのですね』

――そう。私の努力が足りなかったから、たくさんの人が女王陛下に殺されたのよ。

「お前が身代わりになる必要などないだろう」

アンドレアスが冷たい声で言う。

「でも……私が頑張れなかったから……」

「何を頑張れなかったんだ？」

申し訳なくて涙が止まらない。

命と引き替えにする気概があれば一人くらいは助けられたかもしれない。たぶん、自分が可愛いから、『本物の本気』を出せなかったのだ……。

「わ、私が……身代わりに処刑されるべきだったのに……身代わりになれなくて……女の子たちを見殺しにしたのです……」

「……どういうことなのか、状況をもっと詳しく説明しろ」

アンドレアスの声がますます冷気をまとった。リーラは歯を食いしばり、勇気を振り絞って口にする。

「処刑に立ち会わされたとき、猿ぐつわを噛み切るか、後ろ手に縛られた手を解いて猿ぐつわを外して、身代わりになりますと宣言できれば……女の子たちの代わりに私を殺してもらえたはずだったんです……なのに……できなくて……」

リーラの目から更なる涙が溢れる。

どうして縛られた振りをしてるの、嘘つき。早く助けて。貴女が身代わりになってよ。ぶつけられた無数の言葉が、娘たちの最後の思念が生々しく蘇り、リーラは吐き気を堪えて歯を食いしばった。

重い沈黙がしばし室内を支配する。

リーラは勇気を振り絞り、己の罪を告解した。

「私は、誰の身代わりにもなれなかったんです。猿ぐつわも縄も外せなくて……」

アンドレアスが首をかしげる。リーラは嗚咽を呑み込み、かすれた声で言った。

「女王陛下は、身代わりを望む者も、身代わりにならない者も、どちらも我が身だけが可愛い愚かな人間だ、生きる価値などないと……」

　アンドレアスがますます嫌な顔になる。

「なるほど、女王はそうやってお前をいたぶっていたわけか。最悪の趣味だな。気にしなくていい。縄抜けなど訓練された軍人にもまず不可能だ。一般人のお前なら尚更な」

　リーラは涙を溜めた目で、アンドレアスの言葉に首を強く横に振った。

「いいえ！　もっと頑張ればできたかもしれないのに、自分が助かりたいから力が出せなかったんです。そうに決まってます。私は身代わりになり損ねたんです……っ！」

　形の良い眉をひそめていたアンドレアスが、低い声で言った。

「お前は、自分が女王に何をされたか分かっているのか？」

　声から伝わってくるのは、強い嫌悪感だった。どうしたのだろう、何に嫌悪を抱いたのだろうと不思議に思い、リーラはそっと顔を上げた。

「いい加減、女王の洗脳から抜け出せ」

　洗脳とはなんのことだろう。訳が分からず、リーラは弱々しく首を横に振った。

「もう……私のことは放っておいてください……」

　オルストレム国王を、カンドキアの問題に巻き込むわけにはいかない。

　女王はとても恐ろしくて、アンドレアスにだって何をするか分からない。

　だから決めた。この国で毒の仕込まれた武器をもらってカンドキアに帰ろう。

　リーラは正気すら保てず、薬漬けで管理されていた存在だ。ひ弱で抵抗の意志も弱いと思われているだろう。

一撃必殺の武器を隠し持ち、隙を狙ってあの狂った女王と刺し違えるしかない。リーラも無事では済まないだろうけれど、それしかない。

「私でも使えそうな武器をいただいてカンドキアに帰ります。女王陛下や取り巻きの人たちは、きっと私が弱いと油断していますから、機会を見て……」

「駄目だ。一生僕の側にいろと言ったはずだ」

藁にも縋る思いで懇願したが、きっぱり拒まれてしまった。

「私には……アンドレアス様のお側にいる資格などなかったのです……だから、せめて祖父母を助けさせてください……お願いです……」

リーラは床に伏せて泣きじゃくる。

祖父母を守り、これ以上人が殺されないようにするには、一番弱いはずのリーラが油断を誘い、窮鼠の一撃を加えるしかないのに。

「いい加減にしろ、リーラ。僕にひと言『助けて』と言えばいい」

リーラは無言で首を横に振る。国王であるアンドレアスを、自分ごときの事情に巻き込みたくないのだ。どうして分かってくれないのだろう。

「お前の頼みなら、僕は多少の無理でも聞く。そもそもお前は泣いてばかりで悩みの一つも相談しようとしない。恋人である僕をなんだと思っているんだ」

激しい怒りに髪がビリビリと痺れ、痛みすら覚えた。

「私……私は、どんなにアンドレアス様をお慕いしていても、カンドキアに帰らねばならないんです、分かってください……」

啜り泣くリーラに、アンドレアスは続けて言った。

「お前の祖父母はまだ健在だ、僕なら保護できる。それに、死んでいった娘たちの仇も、僕なら取れるだろう。お前にできることは、僕に直訴することだ。カンドキア女王の犯罪を暴き、皆の仇を取ってくれと」

「少しでも疑いを持たれたら、女王陛下が何をなさるか分かりません！」

「女王の動きを封じる方法などいくらでもある。たった十四歳で狂人のもとに連れて行かれたお前には分からないだろうが、僕は知っている、信じろ」

リーラは唇を噛みしめた。判断できない。アンドレアスの言うとおりにして、本当に祖父母を助けられるのか……。

「女王は、お前が恐れているような怪物ではなく、ただの卑劣（ひれつ）な犯罪者だ。お前も女王の犠牲者の一人だから分からなくなっているだけだ。しっかりと顔を上げて考えろ。女王には、お前が刺し違えてやるほどの価値はない」

アンドレアスの言葉にリーラは歯を食いしばる。

――私が犠牲者……？　そんなはずない。私は女の子たちを見殺しにした側なのに！

「リーラ、卑劣な人間に屈服するな」

不意にアンドレアスの声音が変わった。

静かな声だが、肌を灼くような強い怒りが伝わってくる。

「弱い者を傷つける人間は卑劣だ。人質を取り脅迫する人間は卑劣だ。お前はまだ、女王が卑劣な人間だということが分からないのか？」

「あ……あ……」

何も答えられなくなったリーラに、アンドレアスが続けて言った。

「もう卑劣な人間に屈服しないと誓え。僕の言葉を復唱しろ、今ここで」

「え、あ、あの……」

「顔を上げて僕を見ろ」

リーラは力を振り絞って顔を上げた。髪が鉛のように重く冷たい。これがアンドレアスの『本気の怒り』なのだ。

「殺された娘たちは気の毒だし、仇を取ってやりたいと僕も思う。だがお前にはなんの責任もない。悪いのは殺した女王だ。お前は彼女たちを助けたくて必死にもがき、その真心を女王に踏みにじられ続けたんだ」

リーラを燃えるような目で睨み据えたまま、アンドレアスが声を張り上げた。

「もう卑劣な人間には屈しないと、腹の底から声を出して言え！」

凄まじい怒りだった。雷が落ちたかのような衝撃に、髪からぷつりと感覚が失せた。

必死に顔を上げていたリーラは、再び床に倒れ伏す。アンドレアスは汗だくのリーラの傍らに膝をつくと、身体を抱き起こして両手首を摑み、しっかりと立ち上がらせて、青い

目でじっと顔を覗き込んできた。

「自分の口で言えるな？」

アンドレアスの美しい瞳の中に、稲妻が閃いているかのようだ。リーラは彼の目を見つめ返し、出せる限りの声で復唱した。

「ひ……卑劣な人間には……屈しません……」

リーラの『宣誓』にアンドレアスが破顔する。笑顔の眩しさに、リーラの目が焼かれそうになった。

「よし、それでいい。お前は奇跡的にここに流れ着き、僕に愛された幸運の持ち主だぞ、ただ泣いて無駄死にを選ぶなど言語道断だ」

アンドレアスの気配ががらりと変わる。伝わってくるのは、まるで雲間から差す太陽の光のような眩しさだ。

初めて会ったときも黄金のきらめきに似た気配に圧倒されたけれど、今のアンドレアスはもっと眩しい。さながら、オルストレムを照らす陽光そのものだ。

普段は髪を通してしか人の気配が分からないのに、アンドレアスを包む光は目で見えるような気がする。その光に誘われるように、リーラは口を開いた。

「私、本当に見殺しにするつもりなんてなかった……本気で、猿ぐつわと縄を解こうとしたんです……」

次から次に涙が溢れた。

アンドレアスはリーラの目を見たままゆっくりと頷く。

「お前は、我が身可愛さに嘘をつくような娘ではない。もしお前が平気で他人を見捨てるような人間だったら、女王は嬲ることに飽きてお前を殺していただろう。お前が優しい娘だったからこそ、女王はお前を苦しめ続けたんだ」

言い終えたアンドレアスの顔には、苦々しげな表情が浮かんでいた。

「わ……私のこと……信じてくださるんですか……」

「僕の女にしたときから、お前のことは信じると決めている。その程度の覚悟もなく抱いたりはしない」

リーラはしゃくり上げながら頷いた。嗚咽で言葉が声にならない。

「だからお前も僕を信じろ」

子供のように大声で泣きながら、リーラはもう一度深く頷いた。

「よし。これから先は僕に任せておけ」

アンドレアスは、本気でリーラを助けてくれる気なのだ。

リーラはアンドレアスを信用しないまま、心を閉ざして身体だけ開いていたのだと、今更ながらに気づかされた。

申し訳ないのと同時に嬉しくて、ますます涙が止まらなくなる。

――そうよ……私だって助けたかった。本当は絶対に助けたかった……！

リーラを恨みながら死んでいった彼女たちは、女王の拷問で傷つけられ、瀕死で何も考えられない状態だっただけだ。リーラの戒めがすぐに解けるものかどうか判断できないまま、死んでいっただけなのだ。

アンドレアスが、罪のない娘たちに地獄を味わわせた女王を本当に裁いてくれるのだとしたら、こんなに嬉しいことはない。

「ありがとうございます……アンドレアス様……」

そのとき、不意に脳裏に幼い女の子の声が響いた。

『私、バルコニーから落ちて死んじゃったけど、お母様のことは怒ってないの』

アンドレアスを包むきらめく光に洗い流されるように、記憶の霧が晴れていく。

幼い頃、頻繁に同じ夢を見ていたことを思い出した。

それは、バルコニーから落ちて身体が砕け散る夢だ。

その夢を見て泣きながら飛び起きるたびに、祖母や侍女に背中を撫でられて『大丈夫、寝ぼけただけですよ』と宥められた。

だが、今見えているものは、あの怖い夢とは別の光景だった。

花咲き乱れる庭で、小さな銀髪の女の子が飛び跳ねて遊んでいる。はしゃぐ声に間違いなく聞き覚えがあった。

――こ、この子、『バルコニーから落ちて死んだ』って話しかけてくる声の主だわ……。

呆然とするリーラの耳に、アンドレアスの声が届く。

「どうした、リーラ」

「い……いえ……何でもありません……」

リーラはっと我に返り、あわてて首を横に振って見せる。同時に幻もかき消えた。

第六章　誰よりも愛された偽妃

オルストレム国王アンドレアスは、花嫁として迎えたイリスレイア王女が、カンドキアの貴族の養女『リーラ・ホルム嬢』と入れ替えられていたことを発表した。

『国民を偽れない』というのが発表の理由だった。

本物のイリスレイアは、結婚を嫌がり異性と逃亡していた。偽王妃が国王を騙し続けることに耐えきれず、身投げをしようとしたことから発覚したという。

だが驚くことに、国王は『よほどの問題がない限りは、神の御前で結婚を誓った相手と添い遂げたい』と明言した。

王妹フェリシアも、珍しく複数の大手娯楽紙の取材に対して返答をした。

『国王ご夫妻の件に、とても驚き胸を痛めています。仲睦まじく過ごされておいでだったお二人の心痛は計り知れません。陛下は妃殿下を守りたいと仰っているので、妹としてこれからもお二人を支えたいと思います』

滅多に声明など出さない控えめなフェリシアが、わざわざ兄王の件に言及したことにオルストレムの国民たちは驚き、国王は今の偽妃をよほど気に入ったのだろうと噂した。

王妃の入れ替わりの件は、すぐにカンドキアに正式回答を求めることに決まった。

もとより、オルストレムがカンドキアに手を差し伸べる形の『救済結婚』である。それを、偽りの花嫁を寄越すとは何事か、という話だからだ。

呼び出されるのは女王夫妻と、偽妃の育ての親である王配の両親だ。アンドレアスは誰の責任でこうなったのかと質すつもりらしい。

国中の者たちは固唾(かたず)を呑んで、若き国王の動向を見守った。

◆

アンドレアスは、カンドキアの女王夫妻とともに、リーラの祖父母もオルストレムに呼び出した。名目は事情聴取のため、実際は命を守るためである。

彼は呼び出し状の中で『指定した人間が呼び出しに応じなかった場合は、対ニルスレーン防衛線を破棄し、今後の支援も中止する』と明言してくれたのだ。

――これなら、お祖父様たちが途中で殺されてしまうことはないわ……。

もちろんカンドキアの関係者は、なぜ一度了承した『身代わりの件』に文句を付けてくるのかと怒りつつ、動揺もしているだろう。

だが、弱い立場のカンドキアはオルストレムに逆らえない。

アンドレアスは『イスキア王家は今回の醜聞(しゅうぶん)に関して、全てカンドキアに罪を着せ、知らぬ存ぜぬを通すだろう』と言った。

『僕が個人的にイスキアの伯父上に怒られるだけだ。構わない。元々無茶を言い出したのは向こうだからな』

そう語ったアンドレアスは、淡々とした表情だった。

しかし、他にも大問題が起きている。

偽妃のリーラとの婚姻関係を続けると言い張ったため、アンドレアスは国内の有力貴族たちから責められることになったのだ。

『国王陛下の意向は尊重するが、リーラ嬢はカンドキアとの話し合いが終わり、議会に正式に王妃と承認されるまでの間、謹慎すべし』

早急にとりまとめられた貴族議会の総意はもっともなものだった。

――当たり前だわ、私なんて、今すぐカンドキアに送り返されても文句は言えないのに。

リーラの身柄は貴族議会の預かりとなり、無期の謹慎を言い渡された。いかにアンドレアスの権力が強くとも、貴族議会の総意を覆すことはできなかったらしい。

だがアンドレアスは『僕の妃はリーラだ、彼女の安全を確認する権利がある』と言い張り、王宮内の塔に幽閉されたリーラに毎晩会いに来る。

そして『確認が終わらない』と言い張り、絶対に朝まで帰らない。その間は近衛騎士が、この塔が国王の私室であるかのように警備をしているありさまだ。

今夜も彼は『リーラの入る風呂が冷めていないか心配だ』という滅茶苦茶な理由を付け

てやってきた。そして侍女たちを部屋から追い出してしまった。

――周囲の方がどんなに諌めてもお聞きにならないなんて……。

二人きりになるやいなや、アンドレアスは獣のように激しく唇を貪ってくる。

なぜ可愛いお前と離れていなければならないのか、身体中でそう訴えてくるアンドレアスを今夜も突き放せそうにない。リーラは諦めて、力強い抱擁に身を委ねた。

「一応風呂を点検させろ、湯冷めするような湯に入れられていないな？」

「お、お風呂は、大丈夫です」

アンドレアスは子猫を慈しむような仕草で何度も頬ずりしながら言った。

「では一緒に風呂に入ろう。身体を洗ってやる」

「そ、そんな……国王陛下みずから……あ」

再び『逆らうな』とばかりに唇を塞がれ、リーラは浴室に引きずり込まれた。

「お前の身体を洗ってみたかったんだ……」

――そ、そんな美しいお声で……堂々と何を仰るの……っ！

アンドレアスは、リーラの衣装をものすごい速さで脱がせると、抗う間を与えず、向かい合った姿勢で膝の上に座らせた。

「か……身体は……自分で……洗いま……んっ……」

抗議した瞬間に乳嘴を摘まれ、リーラはびくりと身体を弾ませる。どうやら洗うと決めたら絶対に洗うらしい。逆らっても無駄のようだ。

身体中を丁寧に洗われながら、リーラは真っ赤になってアンドレアスを問い質した。

「また貴族議会から怒られるのではありませんか、私に会ってはならないと」

「多少は怒られるが、僕とお前の『面会』を拒絶する強制力まではない」

アンドレアスの言う『多少』は信用できない。

かなり厳しく『リーラとは会うな』と言われているはずだ。

昼間、面会に来た貴族議会の役員から『陛下とお会いしないでください……と、リーラ様に申し上げても無理なのは承知しておりますが』と困り顔で言われたから、知っている。

貴族議会にできるのはリーラを妃と認めないこと、アンドレアスとリーラと引き離すことだけで、彼の自由行動を止める権限はないのだ。

普通の王様ならば、貴族議会との対立を避けるため『リーラとは会わない』という選択をするのだろう。だが、アンドレアスは違った。

——誰になんと言われようとも、私に関しては自由に振る舞うと決めてしまわれた……。

石鹸の泡だらけの肌をアンドレアスの手が滑っていく。

「お前が誰かに苛められていないか確認しなくては。傷はないな、痣もない」

膨らみを辿る指先は執拗で、熱を帯びていた。

危ういところに触れられるたびに、リーラの身体がビクビクと跳ねる。息は乱れ、腹の奥に甘い疼きが走った。

「僕はお前に夢中で、誰に咎められようが、お構いなしに会いに来る。お陰でお前は『国王を誑かした魔性の女』と呼ばれているんだぞ」

全裸にされ、身体中をまさぐられながら、リーラは目に涙を溜めて抗議した。

「そ……そんな……違うのに……っ……」

昼間会った貴族議会の役員の愚痴が蘇った。

『陛下がこれほど自分勝手に振る舞われるのは初めてです。幼少のみぎりから今日まで、アンドレアス様は理性の塊のようなお方だったのに』

――アンドレアス様は、今の獣じみた自由なお振る舞いを、心の底から楽しんでいらっしゃるのです……。

リーラは、役員に言えなかった本音を心の中で呟く。

「お前は僕の理性を奪った魔性の女だ。どこもかしこも可愛いくせに、恐ろしい魔女め……反省するまで啼かせてやる」

泡を洗い流したあと、アンドレアスが笑いながら次々に口づけてくる。

首筋、頬、髪、肩……愛おしくて仕方ないとばかりの仕草に、リーラの下腹部がかすかに疼き始めた。

口づけはやまない。このまま抱かれそうな雰囲気を感じ、リーラはアンドレアスの膝から立ち上がろうとした。だが、腰を摑まれて押しとどめられてしまう。

「まさかここで風呂を上がって、悠長に髪を拭うなんて言わないな？　僕は、毎日昼間にお前の顔を見られなくて切ない思いをしているんだ、早く慰めてくれ」

美しい顔にはっきりと欲情を浮かべてアンドレアスが言った。

リーラの下腹には先ほどから元気なものがひたひたと当たっている。

顔中が熱くなるのが分かった。

「い……言いません……けれど……」

「ではまず、僕に接吻してくれるか？」

リーラは腰を浮かして伸び上がり、そっと額に接吻した。

それでは足りないとばかりに、大きな手で剝き出しの乳房を摑まれる。

リーラは勇気を出し、アンドレアスの唇に自分の唇を重ねた。水の味がする接吻を味わい、ゆっくりと唇を離す。

「アンドレアス様……」

「もうお前の中に入れるか？」

リーラは赤い顔で頷き、ゆっくりと腰を下ろしていった。

アンドレアスに腰を支えられながら、屹立した先端に自身の入り口をそっとあてがう。

「なんだか……今夜のアンドレアス様はひときわ強引でいらっしゃいます……」

「会いたいときにすぐに会えなくて、毎日苛々させられているからな」

アンドレアスはそう言うと、身を屈めてリーラの乳房の先に口づけした。

「んっ……」

音を立てて弱い場所を吸われ、リーラの唇から甘い嬌声が漏れた。先端をあてがったたま

まの蜜口から、とろりと雫がこぼれ落ちる。

「早く、もっと腰を落としてこい、ほら……」

リーラは息を呑み、屹立を咥え込んだまま、ゆっくりと身体を沈めていった。

アンドレアスに抱きすくめられたまま、リーラは奥深くまで肉杭を呑み込む。

「あ……あっ……」

リーラは必死に悦楽の声を殺す。ここは塔の一室に過ぎない。部屋の外に声が聞こえてしまうかもしれないからだ。

毎夜『声を出したくない』と訴えているが、アンドレアスは聞く耳を持ってくれない。

『僕の寵愛が熱いさまを見張りどもに教えてやれ』とまで言う。

「あ、深……っ……や……」

いつもとは違う体位で繋がり合う戸惑いで、リーラは怯えた声を上げた。その声さえもアンドレアスの劣情を煽るのか、ますます腰を強く摑まれる。

「ほら、僕の好きなあの声で喘げ」

「え、ど、どの……声か……わからな……」

中をみっちりと満たした熱が身体中に広がりリーラの思考まで溶かしていく。乳房と胸板がぴたりと重なったとき、リーラはおや、と思った。

——お元気に……なっていらっしゃるみたい……。

アンドレアスの身体からは、以前のような悲鳴が聞こえてこない。リーラは貫かれたまま、不器用に手を動かして広い背中を撫でさすった。

「お、お身体の調子が……良くなられて……んっ……」

「その話はあとで聞く」

せっかく具合が良くなっていることを伝えようとしたのに、アンドレアスは性急な態度を崩さない。

アンドレアスはリーラを深々と穿ったまま、もどかしげに身体を揺する。もっと快楽を味わいたいとでも言いたげな、貪欲な動きだった。

「あぁ……」

情けない悲鳴を上げて、リーラは力なくアンドレアスにもたれかかった。

何度抱かれても、一度も余裕など持てたことがない。いつも先に上り詰めて果ててしまうのはリーラのほうだ。今日も、こうしてぐちゅぐちゅと淫らな音を立てて番っているだけで、頭の中が真っ白になっていく。

「体調の説明など聞いている余裕があると思うのか？　だがありがとう、いつも心配を掛けているな。……今はお前の説教より、可愛い声を聞かせてくれ」

言い終えたアンドレアスが勢いよくリーラの身体を突き上げた。

雄の息づかいと、波のように押し寄せる悦びがリーラの身体を震わせ始める。

「ア、アンドレアス様……ん、あっ、あぁ……っ……」

お前がいい、お前でなければ嫌だという男の心の声に、リーラの肉体は翻弄(ほんろう)された。

「だ、だめ……あ……だめ……っ……」

がつがつと奥深い場所を突き上げられるたびに、必死で堪える喉から、小さな声が漏れる。腹の奥が熱くなり、蜜がしたたり落ちていく。

刻み込まれる快楽に溺れながら、リーラは滑るタイルの床を爪先で蹴った。

「あんっ……あぁ……い、いや……もう……」

もがけばもがくほど、身体中にアンドレアスの劣情が絡みついてくる気がする。

この力強い腕からは一生逃げられないのだ。

そう思った刹那、リーラの胸にえもいわれぬ幸福感が満ちあふれてきた。

——私、どんなに責められても、ずっとここに閉じ込められてもいい、アンドレアス様の健やかで幸せそうなお姿を見られるなら、それだけで嬉しいから……。

アンドレアスも、きっと今は幸せに違いない。聡明で道徳的で、国のためだけに生きてきた彼は、獣のごとく自由に振る舞う喜びを知ってしまったからだ。

そのお陰で、ぼろぼろだった身体も、息を吹き返し始めたのだろう。

「んっ、だめ……アンドレアス……さま……あぁ……」

アンドレアスを受け入れた場所がびくびくと収斂する。リーラは抑えがたい喘ぎ声を上げて、逞しい身体に縋り付いた。

「あ、あぁ、あぁぁっ」

「いいぞ、もっと啼け……っ」

仰け反ったリーラの身体を強く抱きしめながら、アンドレアスが奥深い場所に熱を放つ。

濡れた身体を密着させたまま、リーラは震える手で広い背中を抱きしめ返した。

肩に頭をもたせかけるリーラに、アンドレアスが荒い息と共に告げる。

「必ずここから出してやる。少しだけ待っていろ、いいな」

腕の中に閉じ込められたまま、リーラは素直に頷いた。

「はい……アンドレアス様……」

愛しい男の温もりを味わうリーラの脳裏に、ぼんやりと花咲き乱れる庭の光景が広がる。

その記憶の中でリーラは、銀髪の幼い女の子になっていた。お腹の膨らんだ若い女性の手を引いて、楽しげに歩いている。

女性の顔は、リーラの知る女王によく似ていた。けれど彼女よりもずっと若く、別人のように穏やかだ。

——まるで自分が経験したことのよう……これは、鎮静剤の副作用かなにかで生まれた偽の記憶なのかしら。

そう思いながらも、リーラは心のどこかで確信していた。これは過去、本当にあったことだ。この記憶をうまく利用すれば、狂った女王の夢を打ち壊せると。

——アンドレアス様に頼り切るだけじゃない……私だって、きっと戦える……。

そう思いながらリーラは伸び上がり、汗に濡れたアンドレアスの頬に口づけをした。

リーラが『塔の偽妃』と呼ばれるようになってから半月ほどが経った。

頻繁に『アンドレアス様と一緒に過ごさないでください』と懇願しに来る貴族議会の役員が、今日は違ったことを口にした。

「あの……カンドキアの女王陛下が、リーラ様をお呼びなのですが」

——とうとう女王陛下やお祖父様たちがオルストレムに到着したのね……でもどうして、私を呼び出そうと……？

不思議に思い首をかしげたリーラに、貴族議会の役員は言った。

「事情聴取の前にリーラ様に話があると仰っているのです。役員たちも立ち会いますので、女王陛下とのご面会をお願いできないでしょうか？」

もちろん偽妃のリーラに拒否権などない。役員や兵士、十人近い人たちに囲まれ、リーラは塔からカンドキア女王の待つ貴賓室に向かって歩き出した。

——いつか女王陛下とお会いしたら、お話ししたいと思っていたけれど、機会は急に来るのね。

自分が動揺していることを認めざるを得ない。リーラは唇を噛みしめて、アンドレアスの言葉を思い出した。

——卑劣な人間に屈してはいけない……。

女王は娘たちを拷問の上で残酷に殺した『卑怯者』なのだ。その過程でリーラの心も滅茶苦茶に傷つけた。アンドレアスを悲しませないためにも、負けてはいけない。

――そうよ、私にも『言いたいこと』があるんだもの。しっかり話をしなければ。

心を決めて顔を上げたとき、頭の中に女の子の声が響いた。

『バルコニーから落ちて死んじゃった……』

ひたすら同じことだけを訴える女の子の『声』にリーラは顔を歪めた。

――どうして私はこんなことまで知っているのだろう……。

花々が咲き乱れる美しい景色が脳裏に広がる。

それは、カンドキア大神殿の中庭だった。

リーラも、大神殿に連れてこられた日に、この中庭を目にした。

四年前、中庭は花も少なく荒れていて、誰からも顧みられない寂しい庭だった。

無理やり大神殿に連行されたリーラは、その荒んだ光景から自分の運命を悟ったのだ。

だが脳裏に広がるのは美しく彩り豊かな庭である。

ここは、二十年以上昔の庭。まだこの庭が女王に愛されていた頃の、女王の幸福が壊れていなかった頃の世界……。

――不思議ね、本当に私が暮らしていたかのように『思い出せる』……。

日に日にくっきりと蘇ってくる『とある少女の記憶』を噛みしめているうちに、一行は王宮の内部にたどり着いた。リーラは芸術品のような天井を見上げる。

そこには、風の神が花の乙女を攫っていく様子が生き生きと描かれていた。

乙女の爪先は大地を離れ、青い空を舞っている。

――『彼女』もきっと、あんなふうに飛べると思っていたのね。

足を止めて絵に見入っていたリーラは、役員に促されて再び歩き出した。

――けれど『彼女』は落ちてしまった……。

訳も分からず地面に叩きつけられた恐怖が生々しく蘇る。かすかに身体を震わせたとき、役員がリーラに声を掛けた。

「女王陛下はこちらでお待ちです。室内の少し離れた場所に書記官と衛兵がおりまして、女王陛下とリーラ様の会話の記録を取らせていただきます」

「分かりました」

リーラは大きく息を吸う。頭の中には相変わらず、経験したはずがない過去の記憶がはっきりと息づいている。

何故『こんなこと』を自分が知っているのか分からない。

けれど、自分の頭の記憶は、間違いなく真実だと思えるのだ。これは紛れもなく『己自身』の過去なのだと。

――一か八かの賭けになるけれど……やるしかないわ。

リーラは覚悟を決め、扉を叩いた。

「失礼いたします。リーラが参りました」

中から『入れ』という傲岸な女性の声が聞こえた。身体中に鳥肌が立ったが、リーラはもう一度アンドレアスの言葉を思い浮かべる。

――私は、卑劣な人間には屈しないわ……。

緊張の面持ちで扉を開けると、中には質素な旅装姿の女王がいた。銀の髪に紫の目、生粋のカンドキア人の美女である。五十近い年齢とは思えぬ若々しさの……。

否、違う。女王に歩み寄ったリーラは、記憶の中の女王との違いにはっとなった。

今の女王の姿からは、かつて大神殿で相対したときの覇気と恐ろしさが感じられない。

護衛もなく、一人で佇む女王は弱々しく惨めだった。

よくよく見れば、女王の髪には潤いがなく、肌は荒れ、血色もかなり悪く見える。カンドキアを発つ前に最後に見た、異様な若さを保っていた姿とはまるで違う。

さながら、年齢相応の老いが女王を覆い尽くしているかのようだ。

――私は……こんな人を恐れていたの……？

不思議な気持ちで、リーラは首をかしげた。

あの狂った魔女と、目の前に立つ疲れ切った女は別人のように見える。

「よく来ましたね、イリスレイアの影武者を務めてくれてありがとう。貴女と、貴女の養父母の無罪は証言しますから、三人で先に国へお帰りなさい」

にこりともせずに女王が言った。

恐らく女王は、リーラに余計な証言をさせないため、祖父母とリーラを今すぐカンドキアに帰らせてしまおうと思っているに違いない。

「いいえ、アンドレアス様から、勝手に帰るなと命令されております」

首を横に振ったリーラの態度に、女王が顔を歪める。

「アンドレアス殿に何か余計なことを申し上げたのですか」

何も答える気はない。リーラは、わざと質問の答えとは違うことを口にした。

「私、記憶が無いまま離宮を出たせいでしょうか、こちらでもまともに影武者が務まらず、皆様にご迷惑をお掛けしてしまいました。申し訳ございません」

「き……記憶が無いとはどういうことかしら？」

女王がかすかに怯えた表情になる。

——やはり陛下は自分の大量殺人を知られるのが何よりも怖いんだわ……。

髪を通して、はっきりと女王の感情が伝わってきた。

『怖い。オルストレム王に余計な弱みを握られたくない。オルストレム王家にあの件を知られたくない。早くカンドキア大神殿に戻って〝元通りの暮らし〟をしたい。全部イリスレイアが逃げたせいにしてしまえ。リーラが余計なことを言う前に連れて帰らなければ』

異様なほど明瞭に女王の気持ちが分かる。

リーラは黙り込んだ女王に、優しい声で言った。

「陛下の儀式に立ち会った影響で、記憶が曖昧だったのでございます」

髪を通して伝わってくる女王の感情が、恐怖一色に変わっていく。

「儀式？　儀式ですって？　儀式は神の血を引く王家の人間として様々に行ってきました

が、どの儀式のことなのかしら？」

　とぼける気のようだ。考えた末、リーラはひと言だけ返すことにした。

「若返りの儀式のことです。身代わりの……と申し上げればよろしいでしょうか？」

　女王の表情が覿面に凍り付く。

「その儀式の話は、大神殿の外では禁句だと言ったはずですよ！」

　悲鳴のような声で女王が叱責する。リーラは静かに首を横に振った。

「はい、愚かな真似はいたしておりません」

　怒りと恐怖で顔を歪めた女王に、リーラは言った。

「それよりも陛下、私、陛下にお詫びしなければならないことがございます」

　女王は何も言わない。だが始めてしまった以上、こちらも後には引けない……。

　リーラは静かに頭を下げて、淡々とした口調で言った。

「どうやらネリシア殿下の魂は、私がいただいて生まれてしまったようなのです」

　言い終えたリーラは、無言で女王の言葉を待った。

『ネリシア』は、公式には熱病で亡くなったとされている。もう世を去ってから二十三年が経つ。

　部屋の隅から、さらさらと書記官がペンを走らせる音が聞こえてくる。

　どんなに荒唐無稽な話でも、会話は全て記録するのだろう。

「お前は……何を……！　ネリシアを侮辱するのは許しませんよ！」

女王の声が怒りにうわずった。

「私、ネリシア殿下であった最後の日のことを思い出しました」

リーラはゆっくりと顔を上げ、女王の紫の目を見つめた。

「あの日ネリシア殿下は、新しい紫色のドレスを贈られて、とても喜んでいらしたでしょう？　春にふさわしい、菫（すみれ）の花と同じ色に染めたドレスだと教えていただきましたね。ネリシアの目と同じ色のお花なのよって」

女王が、信じられないものを見るように大きく目を見開いた。どうやら、リーラの記憶に残っている『過去』は、女王が知る『現実』と同等のものらしい。

「あの日ネリシア殿下は、女王陛下に添い寝していただいて、ずいぶん早くに目覚めたと思います。寝ている陛下をお起こしして『お腹の赤ちゃんも私と同じ色の目で生まれてくるの？』とお聞きになりました。まだ侍女もやってこない、薄暗い早朝のことでした」

女王の顔が蝋のように白くなっていく。乾いた唇がぽかんと開き、虚ろな目は笑顔のリーラを凝視していた。

なぜネリシアと女王しか知らない会話を知っているのか、と言わんばかりの表情だ。

「目の色は生まれてみないと分からないと教えていただいたネリシア殿下は、『赤ちゃんは男の子で、目は私よりももっと濃い紫だわ』と『予言』なさったと思います。あのとき、陛下はとてもお喜びくださいました、お前は完璧な『稀姫』だって……」

自分の言葉が、狙い通りに女王を動揺させたことを実感する。さあ、『賭け』に勝たねば。

　小刻みに震える女王に微笑みかけ、リーラは明るい声で言った。

「……お分かりいただけましたか？　陛下がどんなにネリシア殿下を産み直そうと励まれても無意味なのです。だってネリシア殿下の魂は私の中にあるのですから」

　リーラは微笑んで胸にそっと手を当てる。

「誰に……今の話を聞いたのですか……！」

「思い出したのですわ。四歳児の頃のことでも、驚くほどよく記憶に残っています。ネリシア殿下だった頃の私は、本当に神童だったのですね」

　女王が、かすかに『ヒッ』と喉を鳴らした。震える女王に一歩近づき、リーラは明るい声で告げた。

「私の亡き母は、凋落（ちょうらく）したカンドキア王家の末裔でした。稀姫はカンドキア王家の血筋の娘に生まれ変わる……不思議と、伝説の通りになりますのね」

　震え続ける女王に、リーラは言った。

「あのときも、お庭でお茶を楽しんでいた陛下に早くドレス姿を見せたかったのです。あのドレス、本当に私の目と同じ色で素晴らしかった……。私は鏡を見て大はしゃぎして、そのままバルコニーに走ってしまった。すぐに『お母様』のところに行きたかったから、露台から風に乗って飛ぼうと思ったのです」

「や……やめなさい……くだらない話を、今すぐにやめなさい……」

女王の声に力はなかった。

「そして、そのまま露台から落ちて、『お母様』の目の前で地面に叩きつけられた」

女王の目に激烈な恐怖が走った。

「そんな与太話は今すぐにやめなさい！」

女王が怒りに任せて摑みかかってくる。まるで手負いの獣のようだ。リーラは歩み寄ってこようとする衛兵を目で制して、ドレスの襟元を摑まれたまま、静かに尋ねた。

「とても痛かったわ。『私』は特別な稀姫でなんでもできるはずなのに、どうして空を飛べなかったの？　『お母様』はなぜ私を助けてくれなかったの？」

「ち、ちがう……ちがう！　お前は……ネリシアでは……っ……！」

間違いなく、リーラの言葉は狂った女王の心を揺さぶったようだ。強い手応えを感じたとき、俄に廊下から足音が聞こえてきた。『いかがなさいました、陛下』と衛兵たちが驚きの声を上げるのと同時に、乱暴に扉が開いた。女王がはっとしたように手を放す。

「リーラ！」

アンドレアスが部屋に飛び込んでくる。

リーラが女王の部屋に呼び出されたと聞いて、駆け付けてくれたのだろう。

髪を通して、アンドレアスがひどく焦っている様子が痛いほどに伝わってくる。あんな危険な女とリーラを一緒にしたのは誰だと、ひどく怒っているのが分かった。

「誰が女王陛下とリーラを面会させた。責任者を呼んでこい！」

鋭い声を上げるアンドレアスをリーラは静かに制した。

「大丈夫です、アンドレアス様」

「リーラ……」

取り乱した様子のないリーラを見て、アンドレアスがやや肩の力を抜く。

「ご心配をお掛けいたしました、アンドレアス様」

アンドレアスの顔を見た刹那、女王の表情が恐慌で塗りつぶされた。

『オルストレム国王に、何をどこまで知られたの。リーラは何を喋ったの』

保身と恐怖に満ちた哀れな叫びが、髪を通してリーラに伝わってきた。

リーラは惨めな女王の姿を見つめて、静かに告げた。

「なぜお母様が私を抱き留めてくれなかったのか、大人になれた今なら分かります。弟がお腹にいたから、私の『身代わり』にはなれなかったのですね」

女王があぁ、とうめき声を上げる。

――可哀想に。とっさに我が身を差し出せず、最愛の娘を目の前で失うなんて。

だが、女王は生涯その苦しみを負い続けるしかないのだ。

ネリシアはもういない。どこにもいない。

たとえ、明確に存在するこの記憶が、本当に『ネリシア』のものであったとしても、『稀姫』の魂が本当にカンドキア王家の血筋であるリーラに転生したのだとしても……関係ない。リーラはリーラだ。他の誰でもない。

——最愛のネリシア様を助けられなかったうえに、イリスレイア様がどんどんネリシア様とは別人に育っていったせいで、女王陛下は狂ってしまわれたんだわ。

病んで狂った女王は、我が身可愛さで人を見殺しにする人間が自分だけではないと証明したかったのだ。

だから娘たちを拷問し、無理やり身代わりを乞わせたに違いない。だがそれは、到底許されることではない。

「私は『お母様』の娘には、もう永遠になれません」

リーラの前で、女王がゆっくりと膝をついた。

女王の紫の目は、もうどこも見ていない。

「ネリシア、貴女は、あの淫婦の腹に宿ったのですか」

リーラは無言で頷く。

「お前が、本当にネリシアだったというの」

一瞬だけ迷ったが、リーラは深々と頷いた。女王の心に決定的な罅(ひび)を入れると分かっていて、あえて頷いてとどめの言葉を口にした。

「はい。『お母様』は、私がいた頃とは別の人になってしまわれたのですね。悲しいけれど……」

女王がうめき声を上げる。乾いた煉瓦(れんが)が割れるような声だ。

卑劣な女王を潰すための言葉は、間違いなく狂った心に楔(くさび)を打ち込んだのだろう。

四年もの間責め苛んだ『憎い女の娘』が、狂うほどに希った『愛しいネリシア』の魂を宿しているかもしれないと知り、女王はどう思っただろうか。

自分のしてきた殺人にはなんの意味もなく、ただ多くの娘を無駄に苦しめて死に至らせ、『ネリシア』の心を苛み続けただけなのだと知ったら……。

——もう、私には関係のないことね。あとは、アンドレアス様が裁いてくださる。

アンドレアスの手が肩に回るのを感じた。

「リーラからお聞きかもしれませんが、『若返りの儀式』とやらの話には、僕も興味があります。複数の関係者から『詳細を明らかにしてほしい』と懇願されておりますので」

「れ、歴史あるカンドキア王家の儀式に、なんの疑いを……っ……！」

女王の反論は、情けないほどに虚勢を張っていると分かる声だった。

「疑いなどと……ただお話を伺いたいと申し上げたまでです」

アンドレアスは、あくまで優雅に首を横に振る。

「儀式は……ただの宗教儀式よ……」

「もちろんです。陛下はただ、オルストレム王国とカンドキア行政府、および王家を支えてくれる国民に対し、己の身の潔白を証明してくだされば良いだけです」

女王がへなへなと床に膝をついた。

——そうよ、女王陛下……貴女のしたことは、もう誤魔化しきれないのよ……。

ぶつぶつと意味不明な独り言を言っている女王の姿を、リーラは無言で見つめる。同時にゆっくりと、哀れな幼女の記憶が遠ざかっていく。

もう、女王に伝えるべきことは伝えた。『ネリシア』の記憶は、リーラの魂の中で永遠に眠らせ続けよう。

リーラは『ネリシア』の記憶を心の奥に閉じ込めて、女王に告げた。

「さようなら、女王陛下。『私』がお会いすることは、恐らくもうございません」


塔の部屋に戻されたリーラは、いつものように学生向けの歴史書をめくっていた。ここに閉じ込められてからというもの、読書以外にすることがない。

——今夜もそろそろ、アンドレアス様がいらっしゃるのかしら。

刹那、外から衛兵の制止の声が聞こえた。

「陛下……恐れ入ります、この部屋への立ち入りは禁じられております……」

屈強な兵士とも思えぬか細い声が聞こえ、しばらくして扉が開く。

「リーラ、ただいま」

「お帰りなさいませ、アンドレアス様」

リーラは笑顔でアンドレアスを室内に迎え入れる。顔を合わせるなり、アンドレアスはリーラの身体をぎゅっと抱きしめた。

「今日はお前が女王に面会させられたと聞いて心臓が止まるかと思った」

「『お怒りになった』の間違いでは？」

　小声で笑いながら尋ねると、アンドレアスが照れたような声音で答える。

「確かに、心臓が止まりそうになったが、それ以上に怒ったな。貴族議会め、僕に断りもなく勝手な真似をして。お前が傷つけられたらどう責任を取るつもりだったんだ」

「部屋の反対側に、記録係のお役人様や衛兵がいましたし、女王陛下は身体検査を受けて丸腰だったと思いますけれど……」

「それでも駄目だ」

　アンドレアスは、リーラを抱きしめていた腕を緩めて、優しい声で言った。

「そういえばお前、女王と妙な話をしていたな、ネリシアがどうとか」

「陛下は時々、夢物語のようなことを仰るので、適当にお話を合わせながら『それは間違いだ』とお伝えしただけです」

　さらりと答えると、アンドレアスは頷いた。生まれ変わりがどうのという話など、もとよりまるで興味がないのだろう。

「そうか。嫌な思いをしたのでなければ構わないが……」

　アンドレアスの声が甘い欲望を帯びたのが分かった。反射的に『食べられる』と直感する。リーラは腕から抜け出そうとしながら、アンドレアスに言った。

「あの、アンドレアス様、女王陛下との面会のあと、王配殿下と祖父母に特別に会わせていただけて嬉しかったです。皆、元気だったから本当に安心し……きゃっ」

リーラの身体は軽々と抱え上げられ、寝台の上にのせられた。

「そうか、それは良かった。あの三人には、お前を必ず正妃に迎えると約束したからな」

「え、あ……祖父母は、驚いていたのでは……」

王配殿下と祖父母は、偽妃にされてしまったリーラが本当にアンドレアスの寵愛を受けていると知り、目を回していた。

アンドレアス本人の口からもそのことを聞いて、改めて驚いたに違いない。

「まあ、そこそこ驚いていたが、リーラを大事にしてくれるならよいと言ってくれた」

――絶対に『そこそこ』ではなかったと思います……！

心の中でそう思ったが、口にするのはやめた。アンドレアスと自分とでは、埋められない感覚の違いがあるからだ。

「滞在中は自由に会えるよう計らっておく。たっぷり親孝行、祖父母孝行をするといい。だがまずは、お前が怪我をしてないか検査する」

アンドレアスの言葉に、リーラは大慌てで抗議した。

「け、怪我なんてしておりません、本当に女王陛下とは会話をしただけです」

「この目で見るまで安心できない。僕のあずかり知らぬところで危険人物と面会したんだからな。まったく許しがたい話だ」

言いながらアンドレアスはリーラの衣装を手際よく脱がせていく。

「なぜ今回、僕を呼び出さなかった？　一人で女王に会うなんて怖かっただろうに」

「あ……あれくらいのことで国王陛下をお呼びするなんて……恐れ多くて……」

「遠慮などするな、なんとかしてやると言っただろう？　たまには僕を頼れ、まったく」

――も、もしかして拗ねていらっしゃる？

真っ赤になったリーラの前で、自身も華麗な国王の衣装を脱ぎ捨てると、アンドレアスはとんでもないことを口にした。

「寝台に立て」

何を言われたのか一瞬理解できず、リーラは瞬きする。

「立って、僕にその可愛い身体を余すところなく見せろ」

啞然としているリーラを寝台に引っ張り込み、ふかふかした敷物の上に立たせると、アンドレアスは座ったまましげしげとリーラの身体を眺め回した。

「な……っ、何をされているのですか……」

愛し合う前に寝台に立てなんて言われるのは初めてだ。皆このような妙な真似をするのだろうか。たぶんしない。アンドレアスの純粋な趣味だと思う。

「胸も手で隠さずに全部見せろ。女王に余計な傷を付けられていないな？」

「なっ……や、やめ……っ……！」

お尻に口づけされて、リーラは思わずそこを隠そうとした。

「こら、まだ確認が終わっていない。邪魔をするな」

両脚を片腕で抱え込まれて、あっさり自由を封じられる。

「で、で、でも……あ……っ」

舌が肌を這っていることに気づき、リーラは息を呑む。

「やはり、お前の肌は甘いな……不思議だ」

「な……なにを……あぁ……」

腰の辺りを舐められ、あまりのことに涙が出てきた。

アンドレアスとの閨事には慣れたつもりだったのだが、まだまだ未体験のことは山積みらしい。

——肌なんて、舐めないで……ください……！

何度も何度も尻や腰に口づけたあと、アンドレアスはようやく身体を離した。

同時に両腕で戒められていた脚も解放される。

アンドレアスがリーラの身体を全部好きだと言ってくれるのは嬉しいのだが……。

——ち、ちょっと変わったご趣味なのかもしれないわ……！

今更ながらにリーラは気づく。だが指摘しても『普通だ』と言われるだけだろう。

一糸まとわぬ姿で寝台に座るアンドレアスが、リーラの腕を引いて膝立ちにさせた。

「胸は大丈夫か？　傷つけられていないだろうか」

「や……」

赤く色づいた乳嘴に舌を這わされ、リーラは短く声を上げる。

「み、見ての通り、傷などございま……あぁっ……」

「お前は胸が弱くて本当に可愛いな」

リーラの反応が楽しいのか、アンドレアスは執拗に舌で乳嘴を転がした。

「あ……あぁ……アンドレアス……様……」

執拗にぴちゃぴちゃと音を立てて舐められ、リーラの脚の間に熱いものがにじみ出した。

「は……あ……」

リーラの乳嘴が刺激に負けて硬く尖る。

アンドレアスは、ちゅっと音を立てて乳房を吸った。

「んっ」

甲高い声を上げそうになり、身体を縮ませた瞬間、リーラの身体はいつものようにあっさりと寝台に押し倒されていた。

毎度のことながら、自分がどうやって押し倒されたのかさっぱり分からない。

無防備すぎるのだとアンドレアスには笑われるが、リーラに言わせれば謎の技をかけられていたのも同然だ。訳が分からないうちに、ころりと転がされてしまうのだから。

「ここは大丈夫か」

アンドレアスはリーラの脚を、簡単に大きく開かせる。

「な……ど、どこを……確認……あ……っ」

油断も隙もあったものではない。

「そ、そ、そこは平気です……っ！」

「いや、僕は自分で確認するまで安心できない」

瞬く間に顔が赤くなるのが分かった。リーラの大きく開かせた脚の中央に、アンドレアスがそっと顔を埋める。

「あぁぁっ！」

花心に口づけられて、リーラは思わず背を反らした。アンドレアスの舌先に刺激された蜜口から、とめどなく愛蜜があふれ出す。

「だ、だめです、だめ、それは嫌……ッ！」

リーラは身体を起こそうとしたが、巧みに膝を曲げられていて首しか起こせない。秘裂に舌先が忍び込み、リーラの身体からがくりと力が抜けた。

「あん……っ……」

ひくひくと震える花唇の反応がアンドレアスを満足させたのだろう。彼の舌はますます深くまでリーラを探ろうとする。

「あ、や、やだぁ、あぁ……！」

あまりの羞恥と快感に、リーラは無防備な姿を晒したまま両手で顔を覆った。

仕上げとばかりに、濡れた秘裂をぺろりと舐め上げられる。

「ン……っ！」

思わず腰を浮かすと、そのまま身体が下のほうに引きずられた。

アンドレアスが、リーラの脚の間に身体を割り込ませてくる。

まるで飢えた獣が、世界にただ一つの餌を貪るかのような余裕のなさだ。だが、いつしかリーラも、欲望のままに抱かれることを心の奥で悦ぶようになっていた。

――ああ……アンドレアス様……大好き……。

雄の温もりを感じ、リーラの花唇が緩やかに開き始める。

アンドレアスが硬く反り返る先端を濡れた蜜口に押しつけ、荒い息とともに言った。

「無事なようだな、どこにも怪我がなくて安心した」

昂る肉杭が、ずぶずぶとリーラの奥に沈み込んでいく。

「ひ……あ……」

「もっと脚を開け」

淫らな命令に、リーラは無我夢中で応える。

ぎこちなく脚を開くと同時に、剝き出しの秘部に、剛直の付け根が押しつけられた。

「やっ、あぁっ……！」

熱い肉杭が、リーラの細い路を割り広げ、腹を内側から灼いた。

呑み込まされた塊の大きさに戸惑うかのように、アンドレアスに馴染んだはずの器官が弱々しく痙攣する。絶頂感を覚え、リーラは息を弾ませた。

「あ、あ……いや……っ……」

アンドレアスは、挿入されただけできゅっと狭窄するリーラの中を楽しむように、より奥深くまで自身を押し込んできた。

接合部が密着し、一番奥の場所が力強く突き上げられる。

「あ、あんっ……あぁ……っ……」

リーラは必死に手の甲を唇に押しつけ、敏感な場所を硬い毛で擦られる刺激に耐えた。

ざりざりと音を立てて接合部が擦れ合うたび、リーラの腰が揺れる。

「い……っ……いや……いけませ……」

貫かれた秘部から、たらたらと熱い蜜がこぼれ落ちた。アンドレアスの分身を貪れて嬉しいとばかりに、蜜は次から次へとはしたなく滴る。

「アンドレアス……様……」

身体中が、アンドレアスの声なき声に震える。

お前がいい。お前が欲しい。果てることのないアンドレアスの欲望に炙られ、リーラの無垢な肌が燃えあがった。

──私も……アンドレアス様がいい……お側にいたい……。

リーラは無我夢中で手を伸ばし、半身を起こしたままのアンドレアスを呼んだ。

身体を倒してきた彼の首筋にしがみつき、ぎこちなく腰を揺らす。

「だ、だめ……奥……あぅ……」

「僕は強引な男か？」

唐突な質問に、リーラは繕うことなく本音で答えてしまった。

「あ……何を今頃仰って……強引です……あぁ、やぁ……っ……」

肉杭が、リーラの弱いところなど全て知っているとばかりに巧みに身体を責め立てる。

強すぎる刺激に目尻から涙が伝い落ちた。

淫らな音を立ててリーラの身体を穿ちながら、アンドレアスが優しい声で言う。

「悪かったな、確かに強引かもしれない。だが僕はお前を愛している、誰にも文句は言わせない……多少時間が掛かっても、僕はお前を正妃に迎える」

リーラは涙ぐんだまま素直にこくりと頷いた。

正妃になりたいなんてこれっぽっちも思っていない。側に置いてもらえることだけがリーラの幸福だからだ。

でも、リーラが妃になることがアンドレアスの望みであるならば、誰に責められようとも喜んで従おう。力を尽くし、彼に恥じない人間になれるよう頑張ろう。

「……っ、はい……アンドレアス様……」

リーラにとって大切なのは、アンドレアスの幸せだけだ。笑顔でいてほしい。元気でいてほしい。たまに、思い切り我が儘になってほしい……。

激しい抱擁に身を任せ、繰り返し力強く身体を穿たれて、リーラは息を弾ませる。

「あぁ……」

絶頂感に翻弄され、リーラはアンドレアスの身体の下で身を仰け反らせた。アンドレアスの激しい呼吸の音が耳元で聞こえる。

リーラの細い路が、硬くなった肉杭をぎゅうっと絞り上げる。

柔襞を貫く肉杭がびくびくと震え、腹の最深部に熱液が広がる。

襞の底に溜まる熱い滴りを、なぜか今日はひときわ愛おしく感じた。

――ああ、赤ちゃんができるのかも、私……。

不思議な確信と共に、リーラは汗だくの身体にぎゅっと抱きつく。

「どうした？」

「……いいえ……なんでも……」

アンドレアスの匂いをうっとりと味わいながら、リーラは静かに首を横に振った。

実際のところはまだ分からない。自分の勘に過ぎないことでアンドレアスをぬか喜びさせたくない。

――でも……たぶん本当だと思う……。

リーラの口元に笑みが浮かんだ。

彼ならばきっと、この子だけは不幸にしないでくれるだろう。

そう思った刹那、小さな赤ちゃんを抱いて笑うアンドレアスの姿が見えた気がした。

本当に不思議だ。ただのリーラの妄想なのに、近い未来に現実になる気がするなんて。

自分の輪郭が溶けゆくような喜びの中、リーラはただ一つのことを考えていた。

――アンドレアス様のお側にいるのが、私の幸せ……。

エピローグ

カンドキア女王は尋問の席で『送った娘は、逃亡したイリスレイアの身代わりだ』と認めた。

しかし、少女たちの殺人に関しては一切認めなかった。

ゆえにカンドキア行政府に引き渡され、更なる尋問を受けることになった。加えて女王に仕えていた人々に対しても事情聴取が行われることになったのだが……。

――まさか、イリスレイア殿の予言が当たるとは。

女王はオルストレム海軍の船で、単身カンドキアに移送されることになった。

だが、大回りの海路を旅する途中、船で高熱を発した女王は、薬石効なく、発病からたったの二日でもがき苦しみながら息を引き取ってしまったのだ。

『だから言ったでしょう、あの女は死ぬって。他人の生き血なんて舐め回していたら、感染症の危険があるわよね。あの女が生き血を浴びていた相手、貧民窟でどんな病気に罹っていたか分からない、その日暮らしの気の毒な娘ばかりだったもの……』

男たちと共にオルストレムを出て行ったイリスレイアは、最後にそう言い残した。

女王の犯罪は、証言と状況証拠で調査が進められることになった。

関係者を捕らえての尋問が続けられ、五年経ってようやく被害の全容が解明されたと、つい数ヶ月前に行政府から連絡が来た。

王配と王太子は罪に問われず、今は二人とも王配の実家で暮らしているらしい。

そして先月、カンドキア王室は行政府によって完全に解体された。


リーラと出会ってから五年後、アンドレアスは三児の父になっていた。

子供たちの個人教師から『お父上と四人だけで過ごされるのは、王子殿下方の情緒教育に良い』と進言され、今日は三十分間だけ侍女も交えず、父子四人の時間を取った。

「きょうの、おべんきょは、おわりにしましょう」

ペン先を不器用な手つきで拭きながら、長男のヨハンが宣言する。

目の前に置かれた紙には拙い字で『ヨハン・オルストレム』と繰り返し書かれていた。

「よく頑張ったな」

名前の練習を数分間続けられただけでも、四歳児としては合格だ。思えばアンドレアスも丸くなったものである。昔なら、我が子にもっと厳しく理想を追求しただろうに。

「ハイ……ペン、きれいになった……よし」

ヨハンがもごもご言いながらペンを筆立てにさす。アンドレアスは振り返って、下の双子の様子を確認した。

一人は長椅子によじ登り、一人ははめ込み式の窓に貼り付いている。二歳児が二人いると心の休まるときがまるでない。

ヨハンが生まれてからの四年間は、あっと言う間に過ぎ去った。

――子供が生まれてからの記憶があまりない。幸せだったことは覚えているのにな。

長子ヨハンの出産直前、アンドレアスは貴族の代表たち相手に『妃はリーラしか迎えない。生まれる子のために彼女を正妃と認めろ』と大喧嘩をした。

リーラが陣痛に苦しむ傍ら、ようやく彼女を正妃として迎える旨の宣旨(せんじ)がなされ、数時間後にヨハンが元気な産声を上げた。

お陰でリーラは、アンドレアスと結ばれてから一年近い時間を経て、『寵姫』ではなく『リーラ王妃殿下』と呼ばれる身分となったのだ。

ヨハンも問題なくオルストレム王太子を名乗っている。

「もうすぐお母様が迎えに来るからいい子にしていろ」

アンドレアスは、窓に顔のあとをべったり付けた次男ニルスを引き剥がし、長椅子から転がり落ちて泣き出した三男カールをさっと抱き上げる。

「カール、大丈夫か？」

分厚い敷物の上に落ちたお陰か瘤(こぶ)はない。すぐに泣いたから脳震盪(のうしんとう)も起こしていないだろう。泣きやんで「だいじょうぶ」と答えたカールの様子に安堵したとき、アンドレアスは、ヨハンの顔がインク色の指痕だらけであることに気づいた。

——な……っ！　たった今まで綺麗な顔をしていたのに！

アンドレアスは慌ててカールを下ろすと、ハンカチを取り出しヨハンの顔を拭いた。取れない。このあとリーラたちに引き渡すのに。侍女頭から怒られるのはアンドレアスだ。

慌てて強めに拭くと、ヨハンは嫌がって逃げてしまった。

「あっ、こら、ヨハン、その手で色々触るな……あぁ……」

有形文化財の『王の執務机』に小さな指痕を付けられ、アンドレアスは思わず呻いた。

ちょろちょろと逃げ回るヨハンを捕まえ、インクで汚れた手を拭う。

さて、この子の顔と、机の汚れをどうしたものかと考えたとき、双子の片割れのニルスがもぐもぐと口を動かしているのに気づいた。

「ニルス、口の中のものを出しなさい」

二歳にもなってまだ拾ったものを口に入れる癖が抜けないとは。

だが文句は言うまい。三人ともアンドレアスと同じ顔をしている。中身も似たのだ。

リーラの腹にいるのが『双子』と分かったとき、医者は『母子三人、皆が無事でいられる確率は低いかもしれません』と言った。

珍しく弱気になったアンドレアスは、出産にこぎ着けるまで毎日風呂で冷水を被り、『僕の命に代えてもリーラとお腹の子供たちを助けてほしい』と一人祈ったものだ。

奇跡的に双子は安産で産まれ、リーラは今も元気である。

あの日々の不安と胸苦しさを思えば、無事元気に生まれた双子が綿埃を食べる程度、たいしたことではない。

アンドレアスはニルスの小さな口を開けさせ、中から埃の塊を掻き出す。

そのとき、カールがまたしても長椅子に這い上がった。学習する気はないようだ。

「下りなさい」

もちろんカールはアンドレアスの言うことなど聞かない。

「お前はさっきそこから落ちて痛かっただろう、下りなさい」

叱責したとき、静かに扉がノックされた。

「あ、おかあさまだ！」

扉めがけてちょこちょこ駆け寄っていくヨハンのあとを、双子が追ってゆく。

「かあしゃま、きた？」

「にいたま、かあしゃま、きた？」

扉の前にちんまりと佇む三人を見つめ、アンドレアスは口元をほころばせた。

子供たちには『自分で両開きの扉を開けてはいけない』と躾けている。皆、言いつけを素直に守って、扉が開くのを大人しく待っているのだ。

——ああやって三人並ぶと、金色の雛鳥のようだな……。

子供など要らない、仕事一筋でいようと思っていた五年前が嘘のようだ。

毎日天地がひっくり返るほど叱っていても、やはり息子たちは可愛い。どんなに執務が忙しかろうと、この子たちと接する時間は無くしたくないと思う。

「入れ」

いつの間にか乱れていた髪を手ぐしで直しながら、アンドレアスは返事をした。

「陛下、失礼いたします」

優雅な声とともに扉が開く。

オーウェンやおつきの者たちを従えたリーラの姿が見えた刹那、子供たちが一斉にリーラのドレスの裾に抱きついた。

「まあ、ヨハン様のお顔！　どんな悪戯をなさいましたの！」

侍女頭の怒りの声が聞こえ、アンドレアスは無言で顔を俯ける。

「皆、お父様と遊んでいただいて楽しかった？」

リーラの優しい問いかけに、子供たちがそれぞれ「はい！」と元気いっぱい答えた。

――そうか、楽しかったのか……それは良かった……。

ヨハンは乳母に大人しく顔を拭かれている。父からは全力で逃げるのに……と思ったとき、リーラが笑顔で歩み寄ってきた。

「陛下、御髪が」

慎ましやかな仕草で腕を上げ、リーラがアンドレアスの乱れた髪を整えてくれる。

「ありがとう」

この五年で、リーラは気品溢れる貴婦人になった。

元から、カンドキアの名家の令嬢として充分な躾を受けてきた身の上である。貴婦人としての素養があったお陰か、今のリーラは誰が見ても『理想の王妃殿下』だ。

可愛い王子を三人産み、フェリシアの慈善活動を手伝いながらオルストレムの福祉を学び、懸命に王妃の責務を果たしてくれている。

真面目で優しい人柄が伝わったお陰か、今では国民からの評判も上々だ。

アンドレアスにとって、リーラ以上の妃はいない。

子供たちが元気なのも、素直で無邪気なのも、行儀作法が年齢相応に身についているのも、全部リーラのお陰だ。

多忙なアンドレアスを支え、侍女や乳母たちとともに、手が掛かる幼い子供たちをしっかり守り育ててくれて、どんなに感謝してもし足りない。

「あの子たち、ずいぶんはしゃぎましたのね」

リーラが笑い声を上げた。視界の端ににやりと笑うオーウェンの顔が映る。

――その笑顔はどういう意味だ。子供の世話に苦労している僕が面白いのか。

そう思った刹那、アンドレアスまで噴き出してしまった。

確かに客観的に見ても面白い構図だ。普段偉そうに取り澄ましている国王陛下が、髪を振り乱して幼い我が子を追いかけ回しているなんて。

「お前の忠告通り、一人で子供たちの相手をするのは、三十分でも大変だった」

「私も心配しておりましたの。実はオーウェン殿から『早めに迎えに行きますか』と勧められて、五分早く参りましたのよ」

「そうか、時計を見る余裕もなかった。悪戯ばかりで目が離せなくて」

アンドレアスの言葉に、リーラが鈴のような笑い声を上げた。そして思い出したように、ドレスの隠しから白い封筒を取り出した。

「そうそう、イリスレイア様から陛下宛てに書状が届いておりましたわ」

意外な相手からの手紙にアンドレアスは目を丸くする。手紙を開くと、そこにはこう書かれていた。

『子供を産んだら力が消えました。今は息子と男たちと皆で人生を満喫しています。手紙を書いたのは陛下に言い忘れたことがあったからです。最後に会ったときには、陛下から死の影は消えていました。おめでとうございます！　元気な身体で、せいぜいお国のために励んでね。では、お幸せに』

アンドレアスは口の端を吊り上げたまま、手紙をたたむ。

「相変わらず言いたい放題、したい放題な女だな」

だが、不快感はなかった。イリスレイアも遠い空の下、幸せに暮らしているのだろうと思えたからだ。思えばイリスレイアも、異様な力に振り回され不幸な娘時代を過ごしたに違いない。幸せな人間は、一人でも多いほうがいい。

「どんなお話をなさったのか存じ上げないのですけれど、きっと陛下が不安になるようなことを申し上げたと反省して、こうしてお手紙をくださったのでしょうね」

リーラがおっとりと微笑む。

「そうだな、気に掛けてもらえるのはありがたいことだ」

アンドレアスはリーラの華奢な身体を抱き寄せ、額に口づける。

リーラは人前であることを恥じらってか、ほんのりと頬を染めていた。

――お前は出会った頃と変わらず、愛らしいままだな。

三児の母となっても純情なリーラの様子に、アンドレアスは口元をほころばせる。

アンドレアスは五年前、無理やりリーラを自分のものにした。

強引に身体を奪い、身籠もらせ、片時も側から離していない。母国にさえ一度も帰らせていないのだ。

もちろんリーラの養父母や実父は、訪れてくるたびに賓客としてもてなしているが。

――不安ばかりの日々だっただろうに、お前はいつも僕を許してくれた……。

リーラを抱きしめたまま、アンドレアスはしみじみと己が貫いた我が儘を思い返す。

国民には『偽妃を正妃に迎える』と道理の通らぬことを言い張り、心配を掛けた。

伯父であるイスキア国王からは『勝手な真似をするな』と散々お叱りを受けた。

だがこの我が儘だけは、生涯貫かせてもらう。

リーラの他に、愛しい異性などいない。我が子の母親もリーラだけだ。

――この国にやってきた偽妃がリーラでなかったら、僕は未婚のまま。国王には珍しい離婚経験者になっていただろう。

『無理やりリーラを娶ってしまえ』という滅茶苦茶な判断は、今となってはアンドレアスの生涯において一、二を争う名決断だったと分かる。

――僕は幸せな男だ。僕には過ぎる伴侶を得られたのだからな。

獣のように奪うだけの男に、リーラは溢れんばかりの安らぎと幸せをくれた。愛する我が子にも、リーラがいなければ出会うことができなかった。

だから生涯リーラには頭が上がらない。誰よりも尊い大切な女性として、アンドレアスはリーラに愛と忠誠を捧げ続けるだろう。

「おとうさま、だっこ、してくださいませ」

子供たちが『自分たちもお母様のようにしてもらいたい』と手を伸ばしてきたので、アンドレアスは屈んで一人一人抱き上げ、同じように口づけた。

「今日はたくさんお父様にお相手してもらえて嬉しいわね」

無邪気な子供たちの様子に、リーラが鈴を振るような笑い声を上げる。

――ああ、家族皆が愛おしい。『国王』ではない、僕自身の宝だ……。

アンドレアスはもう一度リーラを抱きしめて、柔らかな白い頬に口づけをした。

あとがき

栢野すばると申します。このたびは『人は獣の恋を知る』をお買上げいただき、ありがとうございました。この作品は二〇一九年二月に刊行していただいた『人は獣の恋を知らない』のスピンオフになります。
前作をお読みいただかなくても大丈夫ですが、興味を持たれましたら手に取っていただけると嬉しいです。（こちらは、オーウェンとフェリシアの話になります）
アンドレアスはとにかく諦めない、屈しない、相手がヒロインだろうと本気で怒る男です。このくらい剛毅な男が王様であってほしいという作者の趣味が詰まっています。
リーラはアンドレアスを守れる女の子です。不思議な力を持ってはいますが、それがなくとも静かに彼を包み込んで、ずっと寄り添っていくのだと思います。

鈴ノ助（すずのすけ）先生、『人は獣の恋を知らない』に続き、イラストを引き受けてくださってありがとうございます！　アンドレアスとリーラが素敵すぎて眼福です……！

それから担当様、今回も色々とご助言いただき、ありがとうございました。

最後になりましたが、この本を手に取ってくださった皆様、本当にありがとうございます。小説は何冊書いても難しく、『これが正解だ』というものが見いだせませんが、今後も、少しでも良いものを作っていきたいと思います。楽しんでいただければ幸いです。

この本を読んでのご意見・ご感想をお待ちしております。

◆ あて先 ◆

〒101-0051
東京都千代田区神田神保町2-4-7 久月神田ビル
㈱イースト・プレス　ソーニャ文庫編集部
栢野すばる先生／鈴ノ助先生

人(ひと)は獣(けもの)の恋(こい)を知(し)る

2021年9月7日　第1刷発行

著　者　栢野(かやの)すばる
イラスト　鈴ノ助(すずのすけ)
装　丁　imagejack.inc
発行人　永田和泉
発行所　株式会社イースト・プレス
〒101－0051
東京都千代田区神田神保町2－4－7 久月神田ビル
TEL 03－5213－4700　FAX 03－5213－4701
印刷所　中央精版印刷株式会社

ISBN 978-4-7816-9705-5
定価はカバーに表示してあります。

Sonya ソーニャ文庫の本

『貴公子の贄姫』　栢野すばる

イラスト Ciel

Sonya ソーニャ文庫の本

『人は獣の恋を知らない』 栢野すばる

イラスト 鈴ノ助